ウォーターゲーム

吉田修一

幻冬舎文庫

ウォーターゲーム

CONTENTS

1　母なる大河

今夜も山は冷えそうだった。

埃っぽい廊下の床で、若宮真司《わかみやしんじ》はあぐらを掻《か》いて靴下を履いた。厚い防寒用の靴下だが親指に穴があいている。背中を丸めて靴下を履く姿が、酒に酔った作業員たちの喧嘩で罅《ひび》が入った鏡に映っている。

風呂上がりの半田《はんだ》が歩いてきて、「出かけるんか？　もう送迎のバン、出たぞ」と声をかけてくる。

「……また楽地か？　あそこのババアたちの顔見て酒飲んでも美味《うま》くないやろうに」

真司は応えず、もう片方の靴下を履く。

「その兄ちゃん、放っといたら一升も飲むんぞ」

食堂でテレビを見ていた別の作業員が口を挟んでくる。

「ほう、まだ二十四、五やろうに、お前は酒で身崩すタイプか。どうせ人間、何かで身崩すなら、早死にするだけ、酒が一番かもしれんな」

火照《ほて》った半田の体から安物のボディシャンプーの匂いがする。真司は立ち、厚手のジャンパーを羽織った。

「行ってきます」

ぼそっと呟き、玄関へ向かう。半田たちは食堂でもう別の話をしている。

外へ出ると、合図を送るように車のライトが点いた。真司はまず夜の山を見上げ、顔を叩くような寒風にジャンパーのファスナーを喉元まで上げた。

砂利を踏み、ベンツの助手席に駆け込む。暖房と芳香剤で車内の空気が濃い。乗るなり、真司は運転席の若社長に五百円玉を渡す。

「金なんか、いらんちゃ」

安達《あだち》というこの若社長の犬のような目を見ないように、真司は「行こう」とだけ言う。

砂利を踏んで車は駐車場を出る。風呂場から湯気が出ているプレハブの飯場《はんば》が、ルームミラーのなかで遠ざかる。

安達の運転は用心深く、未舗装の下り坂をトカゲが這《は》うように下りていく。右にハンドルを切れば、断崖の下は渓流で、微かに水の音はするが、山は圧倒的に無口だ。

「……明日はまた一日中飯場で寝とるだけね？　たまには小倉《こくら》辺りまで出てみればいいやん」

そんななか、安達だけがうるさい。

「……ここのダム補修終わったら、そのあとはどうすると？　うちの組でまた募集かけるけど、二カ月くらい間が空くっちゃんね。それまでどっかで食い繋《つな》げるならいいっちゃけど」

安達を無視して、真司は暗い山を見る。

車内のラジオでは、あす日曜が秋晴れの行楽日和になると言っている。

まだ秋なのか、と真司は思う。山はもうとっくに冬なのにと。

ダム湖に沿ってしばらく走った車は、つづら折りの山道を下りていく。ライトは杉林を照らし、白いセンターラインが矢のように飛んでくる。一度、この光のなかをイタチの親子が横切った。安達は悲鳴を上げてハンドルを切った。イタチの親子は無事だった。

安達がまだ隣で何か喋《しゃべ》っている。もう耳にも入ってこない。

真司は目を閉じた。そして、無事だったイタチの親子が轢《ひ》き殺された様子を思う。

車内の暖房と安達の退屈な話のせいで、真司はそのまま眠りに落ちた。目が覚めたのは、「楽地」の敷地内に入る車のタイヤがドンと跳ねた時だった。

雑草の生い茂った広場を囲んで、十軒ほどの飲み屋が並んでいる。屋根や壁はどれもトタン葺《ぶ》きで、低い空には蜘蛛《くも》の巣のように電線がからまっている。

ファミレスやショッピングモールの派手な看板が並ぶ街道から少し離れたこの楽地にだけ

色がない。

　車を降りると、暖房であたたまっていた体が寒風ですぐに冷えた。真司は鼻水を啜《すす》った。

「パラダイス終わったら、迎えに来るけ」

　安達がそう言ってパチンコ屋へ向かおうとする。真司は見送りもせず、楽地の奥にあるスナック「星」へ向かう。

　からっ風の吹く外とは違い、「星」のカウンターはくたびれた男たちでほぼ満席で、狭い店内にはおでんの湯気と煙草の煙が充満している。

「あら、あんた……」

　入ってきた真司に、愛想もなく、赤髪の女将《おかみ》が一番奥の席に向かって顎《あご》をしゃくる。真司は目でもう一人の女を探した。察した女将が、「すぐ戻るけ。ちょっと飲んで待っとかんね」と呆れたように言う。

　樟脳《しょうのう》臭い爺さんとベニヤ板の間で、真司は焼酎を一気に飲んだ。「ほう」と爺さんがその飲みっぷりに感心し、「ダムの補修で来とる兄ちゃんよ」と女将が紹介するが、誰も興味を示さない。

　その時、裏口が開き、買い物袋を提げた女が身を屈めて入ってくる。身を屈めたせいで腹の贅肉《ぜいにく》が目立つ。真司に気づいても、女は目も合わせない。女将に言われ、買ってきた万能ネギを俯《うつむ》いたまま俎板《まないた》で刻み始める。

結局、ストレートの焼酎を続けざまに六杯飲んだところで、「あーもう見とられん。行ってこんね」と女将が呆れる。

真司はその言葉を待っていたようにすぐに立ち、飲み代を置いて外へ出た。革靴が泥で汚れている。真司は雑草を引き抜いて、泥を落とした。

裏口が開く音がして女が出てくる。楽地を出ていく女のあとに真司も黙ってついていく。

女の歩き方には覇気がない。ふいに立ち止まってしまいそうな歩き方だった。

楽地の裏手に古いアパートがあり、一階の北側が空き部屋で、女が鍵を開ける。鍵にはキティちゃんのキーホルダーがついている。

「布団は？」

女に訊かれ、「いらんよ」と真司は言う。

それでも白い蛍光灯の下で、女が黴臭《かびくさ》い畳に花柄のマットレスを敷く。

真司は服を脱いだ。女がつけた電気ストーブで、肌が赤く染まり、臑《すね》が痒くなってくる。

真司は毛の生えた臑を掻いた。

女が脱ぐのを待った。目を閉じると、微かな音で女の動きが分かる。

外で盛りのついた野良猫が断末魔のような声を上げていた。その鳴き声は哀切を極めて凄まじく、「生きていくことは、ただただつらいのだ」と必死に訴えているようにも聞こえる。

「……こんなおばさん相手にせんでも、あんたなら、若い子たちもほっとかんよ。こんな楽地なんかに来んでも……」

野良猫のように声を上げる女の口を真司は塞いだ。それでも女の声は指の間から洩れてくる。

真司の額に汗が浮かび、膝頭が畳に擦れてヒリヒリしてくる。喉が渇き、頭がボーッとする。そのうち自分が腹を立てていることに気づく。何に腹を立てているのかは分からない。ただ、腹が立つからここにいるのだと分かる。

「腹が立つ」と、真司は声に出す。

「……うん、……うん」と、女も頷《うなず》く。

外では雌猫がまだ悶え苦しむように鳴いている。もう死んでもいいと諦めたようにも聞こえるし、どんなことをしたって生きてやると、必死に痛みを堪《こら》えているようにも聞こえる。

「どっちだ?」と真司は自分に尋ねる。「俺はどっちだ?」と。

真司は体を離した。女に背を向けて靴下を履くと、親指に穴があいていたことを思い出す。

股間に伸びてきた安達の手を、真司は邪険に払った。

助手席のシートを起こして夜空を見る。フロントガラスの先、雲が紫色の空を流れていく。安達がしつこく手を伸ばしてくる。

さっきまで楽地のスナックの女を抱いていた疲れと眠気で、体がシートに沈み込んでいく。男にも興味があるらしいが、山を下りれば、安達には一つ年上の女房がおり、小学生になる二人の娘たちもいる。

今夜、楽地からダムの飯場に戻るルートをなぜか安達は変えた。わざわざバイパスで遠回りし、南の登山口から山に入った。真司はその理由を訊かなかった。

山頂を越えた道が下り坂になり、大きな左カーブを曲がったところで、安達は車を停めた。見晴らしの良い場所で、流れる雲を水面に映す補修中のダム湖が見下ろせた。

安達の鼻息が荒い。

「俺、あんたみたいに自分に正直な奴って大嫌いなんよ」と真司は言った。

「……気持ち悪くて、見とると吐き気がする」と。

「そんなら、目つぶっとればいい」

真司は近づいてきた安達の顔を膝で蹴り上げた。顎に当たり、「イタッ」と安達が飛び退《の》く。

「イタタ、舌、嚙んだよ……」

安達の前歯が血で赤い。

「……なぁ、真司くん、この前の話、考えてみてくれたね？」

安達が舌で前歯の血を舐めながら言う。

「この前の話って？」

「……だけん、もう何もかも捨てて。俺と一緒にどっかに逃げようって。真司くんは遊んで暮らせばいい」

「遊んで暮らせって、その金は？」と、真司は鼻で笑った。

「金なら心配いらんよ。まとまった金が入ったんやけ」

「なんの金や？」

真司は窓を開けた。鈴虫の声が高くなる。

「それはまた今度話すけ」

「……なぁ、もう帰ろう。眠うなった」と真司は言った。

しかし、普段なら素直に従う安達が、「もうちょっとだけ。もうすぐ、ここで面白かものが見られるけ」と今夜に限って拒む。

「面白いもの？」

「あと、五分か十分やけん」

安達が思わせぶりな笑みだけを浮かべ、飲みかけのペットボトルの茶を口にふくむ。

真司は助手席を降り、叢《くさむら》に立ち小便をした。峠を吹き抜ける寒風が吹きつけ、ぶるっと身震いする。

真下にダム湖が見えた。巨大な堤体の補修中の部分だけ青くライトアップされている。

ダムから下流に目を転じれば、遥か麓《ふもと》に「楽地」のある相楽《さがら》市の明かりが広がっている。

真司が車に戻ろうとすると、運転席から安達も出てくる。小便でもするのかと見ていれば、ガードレールから身を乗り出し、こっちに来いと手招く。

「ほら、こっちに来てみんね」

安達の声がひどく震えている。しかし奥歯を鳴らすほどの寒さではない。

真司はその場で背伸びした。そして、「さっきの話、本当や？」と安達に声をかけた。

「さっきの話って？」

「まとまった金が入ったって」

「ああ、本当。あとは、真司くん次第たい。とりあえず沖縄の離島に家でも借りて、一カ月くらい二人でのんびりしてみるね？」

楽しげな話とは裏腹に、なぜか安達は震えている。

「……そろそろ始まるばい」

腕時計を確かめた安達が、ガードレールから一歩後ずさる。

「そろそろって、何が？」と真司は近寄った。

ドスンと地面が揺れたのはその時だった。続けてドンと足元から突き上げられ、真司は思わずガードレールを摑んだ。

地震だ、と思った。しかし次の瞬間、横に立つ安達の顔が赤く染まる。

ダムの堤体が爆発していた。それも一カ所ではない。水門、導流壁、副ダム……、至るところで爆発し、濃い土煙とコンクリート片が夜空に舞い上がっている。

また、ドンと足元の地面が突き上げられる。真司はその場に膝をつき、雑草を摑んだ。何か摑んでいなければ、山から振り落とされそうだった。

次の瞬間、その山がゴクッと唾を飲み込むように大きく動いた。

崩れる、と真司は思った。

ダムの崩壊はゆっくりと始まった。まず一斉に鳥たちが飛び立った。爆破のあとの土煙が薄れ、霧のように漂い始めるなか、堤体を大きなコンクリート片がいくつも転がっていく。

とても静かだと、真司は思った。しかしすぐに静かなのではなく、ギリギリのところで何かが耐えているのだと分かった。

耐えていたのは巨人のような堤体だった。背負った貯水湖の重さにその体をぶるぶると震わせている。それでも背中の赤子は暴れようとする。水面を揺らし、癇癪《かんしゃく》を起こそうとする。必死に堪えていた巨人の腰が折れ、その膝が地面につきそうになる。

崩れる、と、また真司は思う。

作業で何度も触れた堤体の冷たさが蘇《よみがえ》った。この手のひらで触れたコンクリート壁は、冷たく、厚く、強固だった。罅が入ることさえ想像できなかった。それが今、背中で暴れる赤ん坊に耐え切れず、頽《くずお》れそうになっている。

爆破で破損した排水ゲートから水が噴き出したのはその時だった。拳であけられたような小さな穴がみるみる広がり、ダムが悲鳴でも上げているような音が響く。

更に逃げ遅れた鳥たちが飛び立つ。山の獣たちが悲しげに鳴いている。

排水ゲートが轟音を立てて破れる様子を、真司は呆然と見つめた。

コンクリート壁が一気に弾け、貯水湖の水が先を急ぐように下流へ流れていく。

管理室のサイレンはずっと鳴っているのに、その音まで濁流に呑み込まれて響かない。

とつぜん腕を摑まれ、真司ははっと我に返った。横で安達が顎を震わせている。

真司は安達の手を払った。

「ほんとにやった……。あの人ら、ほんとにやった……」

安達の口の端から涎《よだれ》が垂れている。

あちこちで山崩れが起こったのはその時だった。まず杉林が根こそぎ大きく揺れたかと思うと、そのまま引きずられるように貯水湖や濁流のなかへ落ちていく。

次の瞬間、その一つが飯場を襲うのが見えた。杉林と泥とプレハブの飯場がぐちゃぐちゃに混ざり、濁流に呑まれていく。

真司はガードレールに爪を立てた。数時間前、底冷えする廊下で靴下を履いていると、半田が声をかけてきた。風呂上がりで安物のボディシャンプーの匂いがした。

大きな釜のなかに投げ込まれたように、杉の木も、プレハブの飯場も、泥もコンクリートもいっしょくたになって渦《うず》を巻き、大蛇がうねるように下流へ流れていく。

大蛇は荒々しく、右に左に蛇行しながら渓谷の木々や岩を呑み込んで、更に身を太らせて進む。その鱗《うろこ》が山を削る。赤い舌先が吊り橋を千切り落とす。

溢れるダム湖の水はその勢いを止めない。まるで地中から湧き上がってくるように、崩れた堤体を越えてくる。

下流には相楽市がある。平野に広がる田園地帯だが、家々が密集する相楽駅は山側にあり、間違いなく数十分後にはこの濁流が町を呑み込む。

真司は以前、相楽川の河原に下りたことがあった。ちょうど休日で日を浴びた河原では家族連れや若者たちがバーベキューをやっていた。真司は足元の石を拾っては川に投げた。渓流釣りをする男たちに睨《にら》まれてもやめなかった。

あの河原が濁流に呑まれる。

河原を呑み込んだ濁流は、相楽川の堤防を越え、休閑中の田んぼへ溢れる。黒瓦の農家をさらい、豚舎を流し、県道を水没させて市街地へ向かう。

街中には逃げ遅れた車が渋滞し、クラクションが鳴り響く。濁流に浮いた車が流され、パチンコ屋の看板にぶつかる。

ビルの屋上には大勢の避難民がいる。言葉もなく、町を襲う濁流を見下ろしている。

いつも見ている光景だと、真司は思う。

きつい仕事を終え、飯場に戻り、敷きっぱなしの布団に身を投げ出す。酒でも飲んでいなければすぐには眠れない。目だけが冴え、体は疲れ切っている。

真司は携帯を出し、YouTubeで震災の映像を見る。揺れる高層ビルの内部、津波が押し寄せる空港、炎上する港町……。見ていると、眠気が襲ってくる。

「……逃げよう」

ふいに安達に腕を引かれ、真司は我に返った。

いつの間にか、上空に数機のヘリコプターが旋回し、背後からは山道を上ってくるパトカーや救急車のけたたましいサイレンが近づいていた。

＊

ミルクティー色の大河を朝日が照らしている。耳に届くのは、ゆっくりとメコン河を進む小型クルーザーのエンジン音と、鳥たちの鳴き声。南国特有の重く湿った風が、河を渡って吹き抜けていく。

今日も暑い日になりそうだと鷹野《たかの》一彦《かずひこ》は思う。

大理石張りの客室を出た鷹野は、上階のテラスへ向かった。すぐにチーフウェイターのグエンが近づいてくる。

「おはよう。昨夜、何時まで付き合わされたの?」と鷹野は声をかけた。

「一時半までです」

グエンがあくびを嚙み殺す仕草をしてみせる。

昨夜の夕食後、デュボア夫妻がグエンたちスタッフを相手にポーカーを始めた。当初、鷹野も加わっていたのだが、十二時を回ったところで退散した。

「で、またグエンが勝ったんだろ?」と鷹野が訊くと、「またメコンの奇跡が起きました」と濃いコーヒーを注ぎながら笑う。

朝食には少し早く、デッキテラスにはまだ他の客はいなかった。朝日で眩しいほどに河面がきらきらと輝いている。

対岸に並ぶ水上家屋を眺めていると、ふいに背後からiPadがテーブルに差し出された。

「相楽ダムについての警察発表、もう聞いた？」

「いや」と、鷹野は振り返ってAYAKOを見上げた。

「おはようございます」

すぐにグエンがAYAKOのために椅子を引く。

「ミルクティーもらえる？　私、この船に乗って一番の収穫は、グエンが淹《い》れてくれるミルクティーを飲めたことかも」

「ミルクに合うセイロンの茶葉を使ってるからですよ」

誇らしげにグエンが立ち去ると、すぐにAYAKOが話を戻す。

「見てよ、この記事。ダムの決壊は倉庫にあったダイナマイトがなんらかの理由で引火したのが原因だって。こんなこと、警察が本気で信じてると思う？　よほど計画的にダイナマイトを仕込まないとダムなんて決壊させられるわけないじゃない」

「原因究明より被災者救助を優先させるって県警の意思表示だろ」

「それにしても呑気《のんき》な話じゃない」

AYAKOがそう言って、穏やかなメコン河に目を向ける。

昨夜、福岡にある相楽ダムが決壊したニュースを、鷹野はこのクルーザーの客室で知った。ホーチミンシティーからプノンペンに七泊八日で向かうクルーザーで、三十室ある客室は全てスイート、どの部屋にも毎晩シャンパンが届けられる。

鷹野が相楽ダム決壊を知ったのは、NHKやBBCが第一報を流す七、八分前だった。その時点で決壊からすでに十分以上が経っており、氾濫した貯水湖の水で下流ではおそらく数百人に上る被災者が出ると予想されていた。

「とにかく一番早い情報をどんどんこっちに流してくれ」と鷹野は部下に命じた。

その直後、濁流に呑み込まれる家々を撮ったBBCの映像がまず送られ、続けて濁流にえぐられた山の様子、国道から田んぼに広がっていく濁流など、NHKやCNNが中継するダム決壊の様子が届いた。

ベッド代わりにしているリビングのソファで、鷹野は刻一刻と変わる災害の映像に息を呑んでいた。ふと甘い香水の匂いがして振り返ると、奥の寝室から出てきたAYAKOが立っていた。

「始まったのね」

AYAKOの言葉に、「お前、知ってたんだろ？」と鷹野が睨むと、「今さら私を信じてくれとは言わないけど、女を疑う男って魅力ないわよ」とAYAKOは笑った。

グエン特製のミルクティーがデッキテラスのAYAKOのもとに届いた頃、他の乗客たちもデッキに上がってきた。お互いに朝の挨拶を交わし、それぞれがお気に入りのテーブルに着く。

そんななか、オーストラリア人の夫婦が鷹野たちの隣に座り、「日本人の夫婦はみんな君たちみたいに普段からスキンシップがないの？」と冗談半分に声をかけてくる。

鷹野は照れたふりをしてやり過ごそうとしたが、「日本の男はシャイなんですよ。だけど誰もいない所だと、どこの国の男性よりも熱いんです」とAYAKOが挑発的に返し、夫妻はもちろん、周囲から小さな口笛まで聞こえた。

この朝、供されたのは香草たっぷりのフォーで、アメリカンブレックファストに飽きていた乗客たちは喜んだ。そこに昨夜ポーカーで夜更かししたデュボア夫妻が眠そうな顔でデッキに姿を見せる。鷹野は、「昨夜の日本のニュース、もうご覧になりましたよね？」と、早速ムッシュー・デュボアに声をかけた。

鷹野の質問に、デュボアは期待したほどの反応は見せなかった。ただ、さすがに知らぬふりはできぬようで、「悲劇だよ」と呟き、その赤い鷲鼻《わしばな》を太い指で掻く。

二人の会話に他の乗客たちも興味を示す。相楽ダム決壊のニュースが本格的に流れ始めたのが遅い時間帯だったこともあり、ほとんどの乗客がまだ知らなかったようで、またニュースで見た者も、自分たちが暮らすヨーロッパとは遠く離れたアジアの一国でダムが決壊した話など、シリア難民やイスラム過激派の問題に比べれば、すぐにチャンネルを替えてしまう程度の事故でしかなかったらしい。

さっき「日本人夫婦はスキンシップが足りない」と冗談を言ってきたオーストラリア人夫婦が、「ご家族やお友達で被害に遭われた方はいないの?」と心配してくれる。

「日本といってもニュージーランドより広いですから。僕らは大丈夫。ありがとうございます」と鷹野は丁寧に礼を言った。

さっそくあちこちのテーブルでダム決壊の話になり、なかにはYouTubeで昨夜の映像を見始める者も現れる。

そんななか、鷹野はふとデュボア夫人の様子が気になった。

いつもは朗らかな老婦人だが、明らかに苛々《いらいら》している。次の瞬間、彼女が不器用に使っていた箸《はし》を投げ置き、「こんなもので食事なんて無理よ!」と声を荒らげる。

慌ててデュボアがその肩に触れようとするが、「やめて!」と、その手も乱暴に払いのけた。

グエンが急いでスプーンとフォークを用意するあいだ、さすがに場の雰囲気を壊したことに気が咎《とが》めたらしく、デュボア夫人が「ごめんなさい」と誰にともなく謝る。

他の乗客たちはそれがマナーとでもいうように、自分たちの会話や食事に戻る。

「デュボア夫人、今日は船を降りて村を見学なさるの？」

その気まずさを取り繕うように彼女に声をかけたのはAYAKOだった。

「……私、今日の午後はスパを受けようと思ってるんですけど、もしご興味があればご一緒にいかがかと思って」

まだ重い空気が漂うなか、デュボア夫人が少しほっとしたように、「じゃあ、ご一緒しようかしら」と硬い笑みを浮かべる。


クルーザーを離れた小型ボートは、村民たちが暮らす水上家屋が並ぶ岸へ向かっていた。ボートは二十人乗りで、座り心地の良いシートには救命胴衣をつけた乗客たちが座っている。一番後ろの席にいる鷹野が振り返ると、クルーザーのデッキに立ったAYAKOとデュボア夫人がこちらに手を振っていた。

「奥様が手を振ってますよ」と、鷹野は横にいるデュボアに教えた。

彼も手を振り返す。ただ、サングラスの奥の目は笑っていない。

愛想程度に手を振り終えると、デュボアはたっぷりと脂肪のついた腹を捩《よじ》って体勢を戻した。

「さぁ、お互い、恋女房は船に置いてきた。このあと、どんな楽しみが俺たちを待ってる？」とデュボアが自嘲気味に声を上げる。

「酒、ギャンブル、女。お望みならなんでも」と鷹野が笑う。

「じゃあ、モンラッシェの白が飲みたい」

「そりゃ無理だ。村で用意してくれるのは自家製の米酒スラーソーだけですから」

「ありゃ、美味くない。だったらギャンブルは？　何ができる？」

「闘鶏です。ただ、元締めは七歳の村の子供ですが」

「じゃあ、女だ。今日は女を頼む」

「それならお任せください。今日はたっぷり時間を取ってますから、思う存分、彼女たちがクメール織りを織る姿を堪能できます」

この辺りで他の乗客たちも笑い出す。船旅が始まってすでに五日目、この一連の会話は、現地の村を観光するためにボートに乗ると、誰かが言い出す定番のジョークになっている。

エンジンが切られ、ボートが水すましのように河面を滑っていく。

日除けはあるが、カンボジアの日差しは強い。鷹野は手を伸ばして河面に触れた。見た目は濁っているが、掬《すく》い上げると透明になる。鷹野は濡れた手で火照った首筋を叩いた。

岸の船着き場で子供たちがボートの到着を珍しそうに待っている。どの子もさっきまで河で泳いでいたらしくずぶ濡れで、その灼けた肌が、髪が、肩が、眩しいほどキラキラしている。彼らのはにかんだ様子を、乗客たちが頻《しき》りにカメラに収めている。

濡れた服をたくし上げ、その裾を噛んでいる女の子の臍《へそ》が、日を浴びたメコンの景色にも負けないほど美しい。

ボートを降りて村へ向かうと、予想していた機織りの集落ではなく、市場を中心に栄える立派な町だった。

市場には、青バナナ、南瓜《カボチャ》、赤唐辛子、インゲン、鶏肉、蛙、香草と、色とりどりの食材が並んでいるが、何よりも色鮮やかなのは、それらを売る女性たちの服装で、赤、黄、緑など、原色が美しく、三角形の笠帽子もよく似合っていた。

「この旅行に来て初めて気づいたけど、俺のナニーだった中国女は、きっと中国でも南方系の人だったんだな」

市場の女にもらった青檸檬《あおレモン》を齧《かじ》りながらデュボアが口を開く。

「……私が小学校の寄宿舎に入るまでいたんだ。とにかく肌のきれいな女だった。夏なんか、少し汗ばんだ首筋や二の腕に顔を擦りつけるんだよ。いい匂いがするんだ。甘い果物みたいな。あれ、初恋だったんだろうな」

「じゃあ、別れる時、つらかったでしょ？」

「さぁ、どうだったかな。……そういえば、俺の親父のナニーは日本人だったらしいよ。別れる時は声を上げて泣いたって。昔、親父に聞いたことがある」

カフェで休憩を取るらしく、乗客たちがガイドに導かれて薄暗い建物に入っていく。鷹野とデュボアは、先に船着き場の方に歩いていくからとガイドに告げ、のんびりと来た道を戻り始めた。

「そういえば、昨日、女房にも言ったんだが、あんたとAYAKOのお陰で、初めて日本人の男と女に会ったような気がするんだ」

「男と女？」

「失礼覚悟で言うから怒らないでほしいんだが、俺たちから見ると、日本人、まぁ、アジア人全般だけども、パリの街角で見かけても、たとえば家族とか、親子とか、そういう見方しかできなかった。たとえ、新婚のカップルがいても、男と女という感じはしなかった。それがあんたとAYAKOはちゃんと男と女に見える。……うん、そう見える」

デュボア自身は言いたいことをうまくまとめられないようだった。

船着き場へ戻ると、さっきの子供たちが水牛に水浴びをさせていた。水浴びというよりも一緒に水遊びをしているようで、濡れた白い水牛までもが今にも笑い出しそうに見える。

　鷹野たちは日差しを避けて、トタン屋根の下に入った。水浴びする水牛と子供たちを眺めながら、鷹野はパナマ帽を取った。汗ばんだ頭を下流から上ってきた風が撫でる。

「昨日の爆破の件、何か連絡が入っていたんですか？」と、鷹野は唐突に訊いた。

「いや。入ってない。本当だ。何も知らない。私は何も知らされていなかった」

　明らかにデュボアは焦っていた。サングラスの奥でその瞳が泳ぎ、口の端には唾が溜まっている。

「前にもお約束した通りです。もしあなたが私たちを信じないのであれば、私たちはあなたや奥様を守れない。私たちを信じるということは、あなたが知っている情報を全て私たちにゆだねるということです」

　鷹野はデュボアの横顔を見つめた。日に灼けた肌は赤く、染みの多い顔は栗色の髭《ひげ》で覆われている。

「私はV.O.エキュ社を裏切ったんだぞ。創業者一族であるにもかかわらず、兄弟たちを裏切ったんだ。もう、あんたたちを信じるしか道はないよ。分かってるだろ！」

　緊張したデュボアの顔が更に赤くなり、頻りに足首を掻き始める。

「河に入って体を冷やしたらどうですか？　また蕁麻疹《じんましん》が出ますよ」と鷹野は提案した。

　一瞬迷ったようだったが、また全身が腫れ上がるよりはマシだと思ったのか、デュボアがポロシャツを脱いで河に入る。

「ストレスがかかると出るんだ。だから、これ以上、ヘンな勘ぐりはやめてくれ」

河に浮いているデュボアの姿は人間というよりも水牛に近い。

「では、私たちもあなたを信用します。ただ、そうなると、本来、ダム爆破を中止するはずだったV・O・エキュ社が、とつぜん狼に変身したことになる。それも重役のあなたが会社にいなかった数日で、会社が誰かに乗っ取られたとしか思えない。まさかあなたの温厚なお兄さんたちが急に心変わりしてダム爆破を決断するとは到底思えません。V・O・エキュ社を乗っ取った狼は誰か……」

「だから私は何も知らない。私の裏切りを帳消しにしてくれるのが、あんたらAN通信の仕事だったはずだ！　表向きはアジアの情報を配信する通信社。裏では金になることならなんでもする産業スパイ組織なんだろ！」

その額に赤い発疹が出ている。

「ボートを呼んで先に船に戻りましょう。抗ヒスタミン剤を打っておいた方がいいですよ」

鷹野は沖に見える母船に電話を入れた。

迎えに来た小型ボートでクルーザーに戻る途中、デュボアの腕に蕁麻疹が現れた。細かな湿疹だったものが見る見るうちに水膨れになっていく。

「奥様が注射を用意して待っているそうです」と鷹野は声をかけた。

「本当に大丈夫なのか？」

掻くのを我慢しているデュボアが、その毛むくじゃらの拳を強く握っている。

「……本当に、この一週間の船旅が終わる頃には何もかもうまく事が運んで、私はまたV.O.エキュ社に返り咲けるんだろうな。そう約束したのは君たちだからな」

「いえ、約束はしていません。私たちは最善を尽くすと申し上げただけのはずです」と鷹野は冷たく言い返した。

「いや、約束した。メコン河のクルーザーでのんびり一週間過ごしてくれれば、あとは自分たちが全てやると」

「状況が変わったことは、あなただって昨夜のニュースで見たでしょう？　これまでの筋書きはV.O.エキュ社が日本のダム爆破という実力行使に出ないことが前提でした。しかし、誰かがその筋書きを変えた」

「私のせいじゃない」

「ええ。誰のせいでもありません。誰のせいでもないことばかりで成り立っているのがこの世界です」

ボートがクルーザーに横付けされると、抗ヒスタミン剤の注射を手にしたデュボア夫人がすぐに移ってきた。

「そう、慌てるな。大丈夫だから」

余裕を見せようとする夫を無視して、夫人が落ち着いた手順で静脈に針を刺す。その瞬間、河の風が凪《な》いだ。まるで河の流れまで止まったようだった。

「とにかく部屋に戻って休みましょう」

夫人に支えられ、船に戻るデュボアを鷹野も反対側から支えた。デュボア夫人は一九七〇年代に活躍した元女優らしく、カトリーヌ・ドヌーヴと共演したこともあるという。今でも女優の威厳はその横顔に残っている。

部屋まで送ろうとした鷹野を、廊下で夫人が止めた。その目に強い拒否反応がある。鷹野は素直に辞した。船内の廊下を老夫婦が力なく歩いていく。夫人の背中は自分たちの運命をすでに受け入れているようだった。

「AYAKOはどこですか？」と鷹野は尋ねた。しかし夫人は応えない。

嫌な予感がして鷹野は階段を駆け上がった。AYAKOがいつも午後を過ごしているデッキテラスのソファにも、プールにもその姿はない。

「家内は？」

水を持ってきてくれたグエンに尋ねても、「さぁ？　スパの予約もキャンセルされて……。お部屋じゃないですか？」と首を傾げる。

鷹野はふたたび階段を駆け下り、自分たちの客室に入った。リビングに変化はない。寝室をノックして、「いるのか？」と声をかけた。耳を澄ますが、気配はない。

鷹野はドアを開けた。クローゼットにあったドレスも、鏡台前の宝飾品や香水もなくなっている。

次の瞬間、高速ボートが近づいてくる爆音が聞こえた。慌てて客室のテラスに出ると、メコン河ののどかな風景を切り裂くように、高い水飛沫《みずしぶき》を上げて一艘の高速ボートが河を上ってくる。

鷹野はふたたびデッキへ駆け上がった。そこにグエンたちに別れを告げるAYAKOの姿があった。

振り向いたAYAKOが、「……私、先に帰るわ」と微笑む。

クルーザーに高速ボートが横付けされていた。グエンたちがタラップを下ろし、AYAKOの大荷物を運んでいく。

「どういうことだ？」と鷹野は訊いた。

「今回は私たちがハズレくじを引いたのよ。残念ながらデュボアはもう使い物にならない」

鷹野は表情を変えなかった。

「あなた、どうするの？　このままプノンペンに向かって、アンコールワットの見学でもするつもり？」

「V.O.エキュ社を陰で動かし始めた『誰か』の正体が分かったのか？」と鷹野は訊いた。

「もし分かったとして、私が教えると思う？」

タラップを下りかけたAYAKOが足を止めてふたたび微笑む。

「……ねえ、知ってる？　女って、人生で三度本気の恋をするんだって。一度目は年上の男、そして二番目が年下の男で、最後は同級生に落ち着くらしいわ。せっかく世界中を旅しても、最後が同級生に戻るなんて、なんか悲しくない？　でも、もし私が落ち着く同級生がいるとしたら、あなたみたいな男なのかもしれないって思ってたけど、今回あなたと夫婦ごっこして分かったわ。あなたとは無理。だって退屈だったもん」

AYAKOがタラップを下りていく。鷹野は引き止めなかった。AYAKOが飛び移った高速ボートが轟音を上げ、雄大なメコン河を遠ざかっていく。

2　産業スパイ組織

客が三人も立てばいっぱいになるような弁当屋だった。その代わり小窓の奥にある厨房は無駄に広く、焼肉弁当を作るおばさんの姿が小さく見える。

真司はすきま風が吹き込むサッシ戸を閉めた。表は名古屋高速都心環状線が通る広い道で、この時間、駅へ向かう人々はみな急いでいる。高架下の一般道も渋滞しており、雨に濡れた路面のあちこちにテールランプの赤い光が滲《にじ》む。

店の前にバイクが横付けされたのはその時で、さっきの雨に濡れたらしい弁当屋の主人が、「あー、寒い」と身を震わせながら入ってきた。

目も合わせずに厨房に入った主人が、レジに集金した金を入れる様子が小窓から見える。主人は指に唾をつけ、千円札を一枚ずつ丁寧に数える。

サッシ戸が少しだけ開いていた。手を伸ばして閉めようとすると、「お待たせしました」とおばさんが小窓から顔を出す。

「焼肉弁当二つとミックスフライ弁当、三つともごはん大盛り」

真司は小窓から弁当を受け取り、ポケットから出した新札の一万円を差し出す。一万円札はおばさんの手から主人の手に移り、さっき唾をつけて数えた千円札で戻ってくる。釣りを手渡そうとするおばさんに、「ここに入れて」と、真司は弁当の入ったビニール袋を広げた。

首を傾げながらもおばさんが焼肉弁当に巻かれたゴムに釣りを挟む。

外へ出た途端、寒風がサンダル履きの素足を縮こまらせた。靴下を履いてくればよかったと後悔しながら、真司は肩をすぼめた。

川沿いにしばらく歩く。川面では立ち並ぶラブホテルのネオンが揺れ、ペットボトルや布団が浮いている。

橋を渡ってくるパトカーに背を向けるように路地に入り、自動販売機で緑茶を三本買う。パトカーが行き過ぎるのを待って、また川沿いの道へ戻り、古びたアパートの二階まで駆け上がった。

二〇一号室のドアを開けると、安達が吸う煙草の煙が流れ出てくる。狭いキッチンには前の住人が置いていったやかんや鍋がある。奥の六畳間、埃っぽい床に寝そべった安達の下半身だけが見える。

部屋へ上がった真司は、安達の体を跨《また》ぎ、枕元に弁当を置いた。芋虫のように体を縮めた安達が袋のなかからミックスフライ弁当を出し、上に載っている釣りの千円札を数えてからポケットに突っ込む。

「悪いね、真司くん。……でも、明日までの辛抱やけ。明日までここに隠れとったら、あとはあの人らがどこかに逃げ道用意してくれるっちゃけ」

よほど腹が減っているのか、安達はフタを取るのももどかしいような勢いでカツに齧りついた。

安達の咀嚼音《そしゃくおん》が不快で、真司はカーテンを開けた。窓からはさっき渡ってきた汚れた川が見える。

「二千万円はもうもらっとるんやけ。あと三千万。それ手に入れたら、二人で世界中どこでも好きな所に行けるっちゃけ」

安達は日に何度もこの話をする。

何者かが相楽ダムの爆破を計画した。実際にダイナマイトを仕掛けたのは彼らで、安達は深夜の警備態勢を調整してその手引きをしたにすぎない。単独犯なのか、グループなのかも分からないという。安達が実際に会ったことがあるのは「野中《のなか》」と名乗る四十代の男で、二カ月ほど前、楽地の飲み屋で隣り合わせ、「儲け話があるから乗らないか」と声をかけられたらしい。

もちろん安達は本気にしなかった。しかしその夜のうちに百万円を渡されたという。

あの楽地付近が濁流に呑まれる映像を、真司はもう何度もテレビで見ている。見るたびに、いつも抱いていたあの女と一緒に流される自分の姿を想像してしまう。女は濁流に呑み込まれながらも、まだ真司の性器を摑んで放さない。

濁流が市街地まで達した相楽ダム決壊の被害は甚大で、死者九十七人を出し、今なお五十人を超える人々が行方不明となっている。

真司たちが暮らしていた飯場も山崩れに呑まれた。生存者はおらず、派遣業者が提出した土木作業員の名簿には真司の名前もあり、真司もまたあの飯場ごと濁流に呑み込まれたことになっている。

海老フライの尻尾をしゃぶる安達から目を逸らし、真司は狭いベランダへ出た。身を乗り出して隣室のベランダを覗くと、放置された多くのゴミ袋の間に、汚れた少女がいつものように座り込んでいる。

真司に気づいた少女は顔を上げたが、その目には力がない。伸び放題の汚れた髪が邪魔をしているせいもある。まだ四、五歳に見えるが、もしかすると小学校に通う年齢なのかもしれない。

真司は余分に買ってきた焼肉弁当を衝立《ついたて》の向こうに差し出した。いつものようにかなり躊躇《ためら》ってから少女が受け取る。

真司は次にペットボトルも差し出したが、こちらはなかなか受け取らない。仕方なく手すりに置いて、手を引いた。

衝立の隙間から弁当のフタを開ける少女の小さな背中が見えた。

部屋へ戻ると、弁当を食い終わった安達が便所に立とうとする。

「また弁当あげたんね？」

無視して床にしゃがみ、真司は自分の焼肉弁当のフタを開けた。

「隣、さっきも大騒ぎやったもんねえ。何が気に入らんのか、あの女の子が引きつけ起こすまで、おっかさんがぶっ叩いて……。あの女の出勤前のこの時間はいつもやもん。また、あのバカみたいな金髪の彼氏が、あの女を焚きつけるもんやけ、ますますあの女も興奮して……。あの子、また今夜も一晩中ベランダに出されるんやろか？　可哀相に」

安達が便所に入る。小便の音がする。満腹で気が抜けたのか、いつも肌身離さず持っているウェストポーチを毛布の上に忘れていた。

真司は手に取ってファスナーを開けた。数冊のメモ帳、預金通帳、鍵束、財布。他にコンドームやリップクリームなどが入っている。底に手を突っ込むと、ロッカーキーが出てくる。青い札に「２２９」と番号がある。

真司はこの鍵だけ自分のポケットに入れると、ウェストポーチを毛布の上に投げ置いた。

このアパートに身を隠してすでに四日目になる。だが、ダム決壊の現場に遭遇して以来、真司にはずっと長い一日が続いているようにしか思えない。

決壊したダムから逃げるように安達の車で小倉へ向かった。製鉄所が見える港に車を乗り捨て、安達が準備していたという別の車でここ名古屋までやってきた。正直、自分がなぜ安達と一緒にいるのか分からない。ただ、じゃあ、他に行く所があるのかと問われれば、それもない。


その夜、真司が銭湯からアパートに戻ると、案の定、安達が「ない、ない。ロッカーの鍵がない」と青い顔をしていた。

真司は素知らぬ顔で買ってきたポカリスエットを飲み、「ないって何が?」と訊いた。

「ここに入ってたロッカーの鍵が……」

「俺、知らねえぞ」

床を這いつくばって捜す安達の姿が滑稽《こっけい》で真司は笑った。

「ずっと手元に置いとったっちゃけ、なくなるわけないんよ」

安達が窓際に這っていった隙を見て、真司は握っていたロッカーキーを毛布の上に投げ置き、捜すふりをしてわざと毛布を乱した。

　便所で小便していると、「ああ、あった」と安堵する安達の声がする。真司は自分の笑い声が洩れないようにわざと小便の音を立てた。

　一時間ほど前、真司は銭湯に行くと言ってアパートを出た。向かったのは名古屋駅で、すぐに案内所に向かい、ロッカーの場所が分からなくなったと例のロッカーキーを見せた。係員はすぐに場所を教えてくれた。

　229のロッカーを開けると、デパートの紙袋が入っていた。

　真司は近くにあった便所の個室に入り、紙袋を開けた。なかには新聞紙に包まれた二千万円の札束が入っていた。

　ロッカーに戻り、今度は一つ上の228のロッカーにその金を入れる。そして何も入っていない229の方にも再び三百円を投入して鍵を抜き取ったのだ。

　便所を出ると、安達がウェストポーチを開けてロッカーキーを入れようとしている。

「なんだよ、それ?」と真司はわざと訊いた。

「俺たちの命綱」

　安達が心底ほっとしたような笑みを浮かべ、229と書かれたロッカーキーを見せる。

　真司は足で自分の敷布団を広げ、ごろんと横になった。水洩れのあとのある天井から今にもあの時のダムの濁流が落ちてきそうに思える。

「明日、そいつらと何時に会うんだよ？」と真司は訊いた。

「昼の十二時。そこで、あと三千万円と二人分の偽造パスポートもらったら全て終わり」

真司は寝返りを打ち、安達の顔を見つめた。そして、「なんだか、あんた、だんだん金持ちの顔になってきたな」と笑った。

その夜、真司は奇妙な声で目を覚ました。

安達の鼾《いびき》かとも思ったが、声は薄い壁の向こうからだった。

痛みに耐える少女の押し殺した声だった。母親の彼氏に何をされているのか分からないが、一定の間隔で、瀕死の獣が唸るような弱々しい声が聞こえてくる。

真司は、少女の髪が鷲掴みにされている様子を思う。少女の腕に煙草の火が押しつけられる様子を思う。少女の顔が踏みつけられている様子を思う。

真司は布団を出て、台所で水を飲んだ。少女の声はまだ聞こえる。冷たいサンダルを履いて外へ出る。隣の部屋の前に立ち、じっとドアを見つめる。

「逃げろ」と、真司は心のなかで呟く。

「逃げろ」

今度は小さく声に出す。

ドアの向こうで物音がし、誰かがこちらへ近づいてくる足音がする。

真司は思わず後ずさった。しかしドアは開かない。間違いなく少女はそこにいる。

「出てこい」と真司はまた心のなかで呟く。

重なるように奥の部屋から、「戻れ！」と怒鳴る男の声もする。少女の足音が奥の部屋へと戻っていく。

真司は冷たいドアに触れただけだった。

そのままアパートの階段を下り表へ出ると、川からの寒風が吹きつけた。真司はパーカのフードをかぶった。川沿いに歩き出すとすぐに、自動販売機の裏から出てきた女が、並んで歩き出す。

「お兄さん、マッサージ？」

真司は無視して歩き続ける。

「そこホテル、安いよ。マッサージも安いよ」

真司は立ち止まった。女が指差すラブホテルのネオンが川面で揺れている。

とつぜん女の腕を引き、ホテルに向かう。途端に女が脅え出す。

「お金、先。……お金」

この寒空に女はミニスカートで、不健康そうな痩せた太腿に鳥肌が立っている。

真司はポケットからくしゃくしゃになった一万円札を出し、「これしかない」と押しつけた。

「これ、ダメ。足りない。これだけなら、そこでしゃぶるだけ」

女の視線の先にラブホテルの駐車場がある。分厚いカーテンの奥に車は一台も停《と》まっていない。真司は金を女の胸に押しつけ、先に駐車場のなかへ入った。


「じゃ、行ってくるけ」

さっきからすでに三度も安達は同じ言葉を繰り返している。

真司は台所のシンクで歯を磨きながら、なかなか出ていかない安達をバカにしたように眺めていた。

「今日、残りの三千万円と二人分の偽造パスポートをもらって、それで終わりやけ。あとはなんの心配もいらんけ」

安達がまた同じ話をする。よほど緊張しているらしく、声が震えている。

「早く行けよ」

いよいよ焦《じ》れて、真司は言った。

「あ、うん。じゃ、真司くんはここで待っとって。俺は大丈夫やけ。奴らが俺を裏切ることはないけ」

自分に確認するように呟き、やっと安達が部屋を出ていく。真司は遠ざかる足音を聞きながら、のんびりと口を濯《ゆす》ぐと、足音が表通りへ出た辺りで、とつぜん服を着替えて外へ飛び出した。

階段の上から覗くと、表通りに出た安達が橋を渡っていく。

真司もすぐに階段を駆け下りた。

橋を渡った安達は、川沿いを名古屋駅方面に歩き続けた。警戒はしていないようで一度も振り返らない。

途中、自動販売機の前で立ち止まり、いつものように長く迷った末に甘そうなジュースを買う。たかがジュースを選ぶのに、そこに並んだものの味を全て想像するような買い方だった。

相楽ダムで働き始めたばかりの頃、一度だけ真司は安達の自宅に誘われたことがある。

市内の真新しいアパートで、壁もカーペットも天井も、テーブルもソファも、何もかもが真っ白だった。

安達の女房はよく笑う女だった。夫の話に手を叩いて笑い、更に可笑《おか》しいと夫の肩にしなだれかかって笑った。

ただ、そこには面白い話など一つもなく、ただ声を上げて笑う女がいるだけだった。

小学生の二人の娘たちはずっとゲームをやっていた。最初と最後に挨拶した以外、真司の前で二人が動かしたのはそれぞれの指だけだ。

酔った安達の代わりに、女房が真司を飯場まで車で送ってくれた。車中、女房は高校の頃に好きだったという男の話を始めた。

その一つ上の先輩の自宅は、いわゆる高級住宅街にあり、南欧風の白壁の家だったという。女房の実家は地元の商店街でクリーニング店を営んでいた。学校から戻ると、スチームの立つ作業場を通って自宅に入る。

先輩の卒業を前に、女房は手紙で告白したという。ただ、返事さえ来なかった。

女房は友達に嘘をついた。返事は来たが、他に好きな人がいると書かれてあった、と。

「あれ以来、私ずっと、その人からの返事を待ってるような気がするんよ。……もちろん、もうその人のことなんて好きやないよ。でもその返事を待ちながら安達と結婚して、娘たち育ててきたような気がすると」

もうすぐ飯場という山中で、真司は車を停めてくれと頼んだ。右にカーブする上り坂だった。真司は女房の太腿に触れた。女房は抵抗しなかった。代わりにエンジンを切る。

「私も話したんやけ、真司くんも話してよ」

「何を？」

　真司は自分のシートを倒し、乱暴に女房の腕を引いた。

「……ここで？　狭かよ」

「俺の上に乗ればいい」

　更に腕を引くと、もぞもぞと女房が乗っかってくる。真司は女房のシャツを捲《まく》り、乳房を揉んだ。

「真司くんも話してよ。好きになった人の話」

「そんなもん、おらんよ」

　その瞬間、ふと両手を縛られていた時の感覚が蘇る。まだ中学に上がったばかりの真司は福祉施設の医務室のベッドにいる。硬い縄が手首に食い込んでいる。

「俺、セックス依存症なんよ。ガキの頃は暇さえあればオナニー。女とやれるようになってからは毎日やってないと落ち着かん」

「依存症？　ただの女好きなんやろ？」

　女房は笑った。信じていないようだった。

「やったあとは毎回、必ず最悪な気分になる。死にたくなる。でも、翌日にはまた誰かとやらんと気が狂いそうになる」

女房の動きが止まっていた。シャツのボタンをはめ直し、運転席に戻ろうとする。

「やらせろよ」と真司はその腕を摑んだ。

「ごめん、恐い」と女房がその手を振り払う。

「……ここから歩いて帰ってもらっていい？」

強い口調とは裏腹に、女の手がひどく震えていた。


名古屋駅構内に立つ安達は、明らかに緊張していた。落ち着きなく場所を移動し、全ての音や声に反応して辺りをきょろきょろと見る。タカシマヤが入っている駅ビル内はひっきりなしに人が動いているのだが、他の通行人たちがスローモーションなら、安達だけが早送りの映像のなかにいるように見える。

真司は少し離れた新幹線切符売り場から安達を観察していた。

約束の十二時になろうとした頃、ふいに安達の前に男が立った。真司はずっと見ていたはずだが、その男がどちら側からどのように歩いてきたのか気づかなかった。

同じように安達も驚いたようで、目の前の男に、「あっ」と声を上げている。

真司は場所を移動して、男の顔を確認した。白髪交じりだが、日に灼けて、まだ若々しいその顔には柔和な笑みが浮かんでいる。目の色が少し薄いせいか、中東系の血が混じっているようにも見える。

安達もよほどほっとしたのか、男に抱きつかんばかりに喜んでいる。この男が、二カ月前、楽地の飲み屋で安達が会った野中という男らしかった。

野中に背中を押されて安達が歩き出す。そのまま再開発された地区の方へ出ていくかと思ったが、急に方向を変えてこちらに歩いてくる。真司は慌ててしゃがみ、靴紐を結び直した。混み合った長いコンコースを歩いていく二人を他に見張っている者はいないようだった。

二人は楽しげに笑いながら歩いていく。

駅のロータリーを抜けた二人が、一台のワゴン車に近づいていく。真司はわざと右に折れ、誰かと待ち合わせしているようにガードレールに腰を下ろした。

二人がワゴン車の後部座席に乗り込む。運転席に別の男が座っていた。ドアが閉まると、スモークガラスでなかは見えない。
五、六分、動きがなかった。次にドアが開いた時、野中だけが出てきた。その瞬間、車の床に倒れている安達の足が見えた。
野中は車を降りると、一人また駅構内へ戻っていく。

真司は焦った。安達から何度も聞かされた計画とは、明らかに流れが変わっていた。

構内へ向かう野中を追うか、そのまま安達の乗ったワゴン車を見張るか迷っていると、そのワゴン車がとつぜん走り出した。

野中はすでに駅構内に入ろうとしている。真司はガードレールを跨ぐと、野中を追った。人波を掻き分けていく野中につかず離れずついていく。野中が背後を窺《うかが》う気配はない。

その野中が足を止めたのが、昨夜、真司も来たロッカーの前だった。野中が青い札のついた鍵を手に、目的の番号を探している。

「229だろ？」と、真司は自動販売機の陰で呟いた。

野中がやはり229に鍵を差し込む。そして扉を開けた途端、その扉を叩きつけるように閉める。

安達は残りの三千万円をもらうどころか、前金の二千万円まで奪い返されようとしている。携帯を取り出し、苛立たしげに野中が歩いてくる。真司も思わず歩き出し、野中とすれ違った。その瞬間、「とにかく聞き出せ。何をやってもいい」と怒鳴る野中の声が耳に入った。

真司はただまっすぐに歩いた。あり得ないことだが、今足を止めて振り返ると、すぐ背後に野中が立っているように思えた。

安達は嵌《は》められたのだ。どんな組織か知らないが、安達や自分が太刀打ちできるような相手ではない。

おそらく安達は拷問にかけられ、金の在処《ありか》は知らないにしても、ずっと一緒にいた自分のことは話すに違いないと真司は思い至る。奴らはすぐにあのアパートにもやってくる。

真司は新幹線の改札前で立ち止まると、一度深呼吸して振り返った。すでに野中の姿は人ごみに消えている。

周囲を見回し、真司はゆっくりとロッカーへ戻り始めた。

ダムを爆破するような奴らが、安達を殺すことなど躊躇うはずがない。

真司はロッカーの前に立った。228を開け、紙袋を出す。二千万円分の紙幣はずっしりと重い。真司は深く俯いて歩き出した。その歩調が徐々に速くなる。

＊

深い泥濘《ぬかるみ》を踏んで歩いていく部下の田岡亮一《たおかりょういち》を鷹野はぼんやりと見つめていた。☆印を象《かたど》ったスニーカーの底の模様が泥濘に残り、ゆっくりと消えていく。

「それにしても、この臭い、やばいっすね」

田岡が鼻をつまんで振り返る。

「……映像じゃ、この臭いまでは伝わってこないですもんね」

二人が立っているのは、先日、相楽ダムの決壊で甚大な被害を受けた相楽市の中心部だったが、一応主要道路を車輛が通れるようになっているとはいえ、汚泥をかぶった瓦礫《がれき》にはまったく手がつけられていなかった。

「……なるほど。洗濯物の生乾きと同じですって。泥に微生物が発生するから臭くなるって」

臭いの原因を端末で調べた田岡が一人で納得している。

足元に泥まみれの靴が落ちていた。子供用のスニーカーで「あべゆかり」とひらがなで書いてある。

鷹野は周囲を見渡した。以前、この通りにはさびれた商店街があり、その奥に「楽地」と呼ばれる飲み屋街があったというが、今、鷹野の目の前に広がっているのは、汚泥をかぶった原野だった。

「そういえば、さっき警察無線聞いてたら、ちょっと面白い情報がありましたよ」

濁流になぎ倒された電柱を跨ごうとしながら田岡が言う。

「……相楽ダムの補修工事に、安達建設っていう会社が入ってるんですが、そこの社長の車がなぜか小倉の港で見つかってるんですよ。これまでの情報だと、当日の夜、この社長は飯場に残っていて、他の従業員たちと一緒に死んだってことになってたんですけど、そうすると、小倉の港に車があるのはおかしいでしょ」

倒れた電柱の上を器用に歩いていた田岡が足を踏み外し、「わっ」と声を上げて滑り落ちる。咄嗟《とっさ》に地面に両手をつき、なんとか汚泥まみれにならずに済んだが、服が乱れてその背中が剝き出しになる。

「おい、それ。なんのつもりだよ」

鷹野は思わず声をかけた。田岡の背中に中途半端な筋彫りがあった。

「あ、これ……。別に刺青禁止って規則はないでしょ！」

汚れた手で田岡が服を戻し、とつぜん喧嘩腰になって口を尖らす。鷹野はその顔をしばらく睨み、「痛みは友達ってか？」と笑った。

「それにしても、俺には今回のV．O．エキュ社の動きがまったく読めないんですよ」

結局、田岡はシャツで泥まみれの手を拭いた。

「……一回、俺なりに整理させてもらっていいっすか？　V．O．エキュ社っていうのはフランスの多国籍企業で、世界各国で水道事業を一手に引き受けてる水メジャー企業の一つ」

「頭んなかで整理しろよ」と鷹野は苦笑した。

「いえ、こういうのは口に出した方が整理しやすいんです。……で、そのV．O．エキュ社が日本進出を目論《もくろ》んでいる。もちろん実際には二十年近く前からの動きで、日本の政治家たちも巻き込んで、徐々に水道事業自由化の方向へこの国は方針を変えてきていて、すでに現在でも水道事業の民間委託は始まっている。まだ、小規模で財政難に悩む市町村限定だけど。それを一気に全国レベルの自由化まで持っていこうとした。ただ二十年近く経ってもなかなか日本国内でその動きが見られない。焦れたのはそこに商機を見ていた日本の企業と政治家たち。具体的には日本最大手のエネルギー会社『東洋エナジー』と、そこのお抱え政治家たち。そこで彼らはどこかの組織と組んで、荒療治に出た。すでに経済的に逼迫《ひっぱく》している地方のダムをいくつか爆破して、水問題を国レベルの危急の課題とする。東日本大震災の時もそうでしたけど、こういうエネルギー政策の方針転換はパニックのなかにある時の方が簡単に動きやすい」

「ただ……」

鷹野は口を挟んだ。

「ええ、分かってます。日本の地方ダムを爆破していくなんて映画みたいな計画が成功するはずがない。もしその事実が明るみに出れば、日本進出はおろか、V.O.エキュ社自体が終わる」

「そんな映画みたいな計画をこっそり実行しようとしたのがムッシュー・デュボアだった」

「でも、その秘密裏の計画が社内の反対グループにバレ、デュボアは社を追われることになった。そこで彼は俺たちAN通信に泣きついた」

「仕事は簡単なはずだった」と鷹野は続けた。

「……デュボアと組んでいた日本側の東洋エナジーやお抱え政治家を説得して、爆破計画を中止させる。そしてデュボアを復帰させる。あと三日で終わる仕事だった」

「なのに、この相楽ダムは決壊した……」

田岡がダムのあった山の方を見上げる。

「V.O.エキュ社としては、このダム爆破計画に断固反対だったわけですよね？」

視線を戻した田岡が、汚泥の詰まったペットボトルを足の裏で転がす。

「……それがどうして突然『決行』に動いたのか？　やっぱり鷹野さんが言うように、V.O.エキュ社がとつぜん誰かに乗っ取られたとしか思えませんよ。その後、V.O.エキュ社の連中はこちらとの連絡を一切遮断している。誰なんですかね？　というか、どこの組織なんだろう？　まぁ、どっちにしろ、今回の俺らの任務は失敗ってことっすよね？　それとも続きがあるんすか？　だって、このあとも日本のどこかのダムが爆破されていくわけでしょ？」

田岡が蹴ったペットボトルを、鷹野が踏み潰した。飲み口から汚泥が溢れ出る。

「次のダムの爆破を止めるべきだと思うか？」と鷹野は訊いた。

「俺たちAN通信が正義の味方なら」と田岡が笑う。

「俺たちは正義の味方じゃねえか？」

「違いますね。もしそうなら、もっといい人生送ってますよ」

鷹野は改めて汚泥をかぶった町を眺めた。町が泥をかぶっている分、雲一つない空の青さが際立つ。

「そういえば、鷹野さんって、前にもこのV．O．エキュ社関連の仕事やったんでしょ？」

田岡からのふいの質問に、「誰に聞いた？」と鷹野は冷たく問い返した。

「風間《かざま》さんですよ……。この前、V．O．エキュ社の資料を受け取りに行った時……」

「風間さん、他に何か言ってたか？」

「懐かしいって。鷹野さんの最初の任務がこのV．O．エキュ社の仕事だったって。やっぱり日本進出に絡む事案で……」

「懐かしい？　風間さんがそう言ったのか？」

「ええ。ただ、かなり体調悪そうで、あそこの手伝いのおばさんが……」

「……富美子《ふみこ》さんだ」

「え？」

「手伝いのおばさんじゃなくて、富美子さんっていうんだよ、あの人」

「ああ、そうか。鷹野さん、子供の頃、あの家でしばらく世話になってたんでしたっけ？

……まぁ、とにかくそのおばさんから、長く喋ると風間さんが疲れるからって止められて」

鷹野は記憶にある軽井沢の家を思い出そうとした。小学六年の頃に児童福祉施設を出たあと、鷹野は中学を卒業するまでこの風間の家で世話になった。今から二十年ほど前になる。記憶にあるのは美しい白樺の森のなかに建つ瀟洒《しょうしゃ》な別荘だが、最近訪ねた田岡の話によれば、朽ちた山荘にしか見えなかったという。

「……で、どういう案件だったんですか？　前に鷹野さんが扱ったV．O．エキュ社の件って」

車に戻りながら田岡が訊いてくる。鷹野もそのあとを追いながら、田岡の靴底が泥濘につける☆形の印をまた見ていた。

「AN通信に入るための最終試験みたいな任務だった。俺はまだ十七で……」

鷹野が話し出すと、「え？　十七って、鷹野さんが？　なんか想像できねえな」と田岡が笑う。

「簡単に言えば、今回と同じ構図だよ。V．O．エキュ社が日本進出を目論んでた」

当時のことを思い出そうとすると、まず鷹野の脳裏に南蘭島《ならんとう》の真っ青な空と海が浮かんでくる。

「……お前も南蘭島の高校に通いながら訓練受けたんだろ？」

「ええ、受けました」

「老街《ろうがい》の屋台街に美味い牛肉そばを出す店があったんだよ」

「ああ、知ってますよ。大蒜《にんにく》たっぷりのやつでしょ？」

「お前らの頃にも残ってたんだな。あの屋台の爺さん、今にも死にそうだったけど」

「爺さん？　俺らの時は太ったおばさんでしたよ。じゃあ、その爺さんの娘かな？」

賑わうビーチがあったサンセット通り、まだ椰子《やし》の原生林に覆われていた東路、島中をスクーターで走り回っていた頃の風がふと首筋を撫でていくようだった。

「同級生に柳《やなぎ》って奴がいたんだ。一緒に訓練を受けてた」と鷹野はふと口にした。

「じゃあ、今はその人もAN通信ですよね？」

「いや、逃げた」

「え？　うちの組織から？」

田岡が唾を飛ばして驚く。

「もう、どっかで野垂れ死んでるよ」と鷹野は言った。

「でしょうね……。ああ、南蘭島かぁ、懐かしいなあ」

田岡が見上げた真っ青な空が、鷹野の目にも高校時代を過ごした南蘭島の空に見えた。

助手席に乗り込んできた田岡が、「せっかく新車のジャガーなのに、初ドライブがこんな場所なんて、ほんとこいつも運の悪い車だよな」と嘆く。

鷹野はアクセルを踏んだ。タイヤが泥濘を踏み、ゆっくりと走り出す。

「あ、鷹野さん、例のダム補修会社の社長の居所、分かったみたいっすよ」

警察無線を聞いていた田岡が耳に突っ込んでいたイヤホンを押さえる。

「……やっぱド素人なんだな。ダム決壊のあと小倉から名古屋に逃げて、そこで携帯使っちゃったみたいっすよ」

「身柄拘束されたのか？」

「いや、今日の正午過ぎに名古屋駅付近で電波が途絶えたあとの行方は分かってませんね」

泥をかぶった信号機が一基だけなぜか動いている。泥で汚れた青信号が何かに似ている。

「名古屋に飛んで、その安達って社長を捜してみますか？　安達は単なる使いっ走りでも、そこから徐々にたぐり寄せれば、何者かに繋がるわけだし……」

「あの泥で汚れた青信号、何に見える？」と鷹野は訊いた。

「殴られた男の顔っすね」

田岡が即答する。

本部からの無線連絡が入ったのはその時で、田岡がすぐに繋いだ。まず聞こえてきたのは濁った咳で、それがかなり続いたあと、「俺だ。風間だ」と痰《たん》を詰まらせた声がした。

「これから次の任務を伝える」

そこでまた風間が苦しそうに咳き込む。鷹野は「大丈夫ですか」と声をかけることもなく、黙って咳が治まるのを待った。

「……二つ目のダムが爆破されるという情報が入った。ただ、いつ、どこのダムかは分かっていない。今回の任務はその阻止だ」

田岡が口笛を吹き、「マジで俺ら正義の味方じゃん」とふざける。

「やはり首謀者はV・O・エキュ社なんですか？」と鷹野は尋ねた。

「そうだ。ただ、現経営陣の判断とは思えない。何者かがなんらかの力で操っているはずだ」

「単なるダム爆破の阻止なら警察の仕事だと思いますが」

「そうですよ。俺たちは金でしか動かない産業スパイなんすから」と田岡もふざけた調子で口を挟んでくる。

「依頼してきたのは国だ」

風間が遮るように告げる。

「国って……、日本ってこと……すか？」

風間の言葉に田岡が狼狽《うろた》える。

鷹野は車を停めた。民家があったらしい場所の泥を年老いた夫婦がスコップで掬っている。ただいくら掬っても泥はまた足元に戻ってくる。まるでこの夫婦が泥を掬いたいのではなく、泥に埋もれたがっているように見える。

「どういうことですか？」と鷹野は訊き返した。

「簡潔に言うぞ。当初、日本のダムを爆破する計画を立てたのはV．O．のデュボアと、東洋エナジー、そして衆議院議員の中尊寺信孝《ちゆうそんじのぶたか》だった。計画は日本の水力発電機能に打撃を与え、一挙に水道事業を民営化に押し切ることだ。ただ、まずV．O．エキュ社の首脳陣が怖《お》じ気《け》づいた。そこで計画は白紙、のはずだった」

「そこに何者かが乗り込んできて、もう誰も手を出せなくなった？」と鷹野は訊いた。

「その通りだ。その何者かはV．O．のデュボア、東洋エナジー、中尊寺の三者が練った計画を盗み、そのまま実行しようとしている。このままでは三者が首謀者になる」

「そこで、代議士の中尊寺が我々にその阻止を依頼してきた？」

「そうだ。もちろん秘密裏にだが、白々しくも国の代表という立場でだ」

鷹野はどこかの寺の阿闍梨《あじやり》のような風貌をした中尊寺信孝を思い浮かべた。戦後日本のエネルギー政策を左右してきた重鎮だ。

任務内容の詳細は追って知らせる、と風間が唐突に通信を切ると、改めてヒューと口笛を鳴らした田岡が、「いよいよ俺たち、しがない産業スパイも、国のために働くのかぁ」と笑う。

「……いつも思ってたんですよ。MI6とか、CIAっていいよなあって。だってあいつら公務員ですよ。俺たちと似たような汚れ仕事してるのに、世間の見る目が違いますよ。しがない産業スパイと公務員じゃ」

鷹野は表情を変えなかった。

「……だってそうでしょ。なんたっていよいよ国から仕事を頼まれたわけですから」

鷹野はまた外へ目を向けた。老夫婦はまだスコップで泥を掬っている。

3　国際便利屋

安達の金を奪ったあと、真司は名古屋駅からほぼ走り通しだった。川沿いの道に出た時、抱えている紙袋が破れ、紙幣を包んだ新聞紙が落ちそうになっていた。

おそらく安達は、「これからお前を拷問するぞ」という言葉だけで全てを吐く。吐けば、野中たちはすぐに隠れ家のアパートにやってくる。

真司は更に走った。この二千万円の金だけ持って逃げてもよかったが、いつも持ち歩いているリュックだけは取りに戻りたかった。

川沿いの道を折れ、アパートの階段を駆け上がる。まだ野中の車は見当たらない。

真司は蹴るように部屋のドアを開け、乱れた布団を踏んで入った。押し入れから大きなリュックを出し、すぐに部屋を出ようとして足を止めた。

ベランダを振り返る。しかし、やはり行こうと決めて足を出し、また躊躇って振り返る。

結局、真司はベランダに出た。手すりから乗り出して隣のベランダを覗くと、叩かれて顔を腫らした少女がまたゴミ袋の間に座っている。

「おい」と真司は声をかけた。

少女が力なく顔を上げる。

「お前、泣き方、知ってるか？」と真司は訊いた。

少女はただ奥歯を噛みしめている。

「お前、このままだと死ぬぞ。……もうダメだと思ったら泣くんだ。怖がることない。勇気を出して、声を出して泣くんだ。誰かに聞こえるように。いいか？」

理解しているのかどうか、少女の表情は変わらない。

「どうせ殺されるんなら、何やったって殺されるんだ。最後くらい『嫌だ！』って泣け。『私は嫌だ！』って泣き叫べ。いいか、約束だぞ」

真司が顔を引っ込めようとすると、珍しく少女が立った。

「……いなくなるの？」

少女の唇が動くのを真司は初めて見た。

「ああ、いなくなる」

一瞬、この少女の手を引いて逃げる自分の姿が浮かんだ。しかし、すぐに笑いも込み上げてくる。

こいつを救う？　こいつを救って何かが変わるか？

その時、アパートの前にワゴン車が急停止するのが見えた。さっき安達を乗せたワゴン車だった。車を降りる男たちの姿は見えなかったが、すぐに階段を駆け上がってくる足音がする。

真司は慌てて手すりを跨ぎ、二階から飛び下りた。着地した瞬間、男たちが部屋に踏み込んだ音が聞こえた。真司は咄嗟に一階の軒下に転がり込んだ。

ベランダに出てきた男たちが、「いねえな」と苛立たしげに呟く声が落ちてくる。

真司は挫《くじ》いたらしい踝《くるぶし》を押さえた。

「おい、お嬢ちゃん。この部屋にいた兄ちゃん、知らないか？」

男たちは隣の少女に気づいたらしかった。しばらくして、「……そうか、知らないか」と男たちが部屋へ戻っていく。

男たちが部屋のなかを荒らす音が響いていた。だが、荷物もない六畳間を家捜しするのにそう時間はかからない。

男たちが部屋を出ていく。真司は洗濯機の裏で更に身を縮めた。

男たちを乗せたワゴン車が走り去ると、とつぜん緊張がとけて吐き気がした。四つん這いになり、喉に込み上げてきたものを吐き出す。出てきたのはすっぱい胃液だった。

口元を袖で拭き、立ち上がって歩き出す。ふと視線を感じて二階を見上げると、少女がこちらを見下ろしていた。

　相変わらずその顔には感情がない。

　だが、真司が立ち去ろうとした瞬間、その小さな手がすっと伸びた。まるで真司を呼び止めようとするかのようだった。

　真司は改めて少女を見上げた。次の瞬間、ふと口からこんな言葉がこぼれる。

「一緒に来るか?」

　少女に反応はない。

　もちろん少女を連れて向かう場所などない。それは誰よりも分かっている。それでも
「……来るか?」と真司はもう一度訊いた。

　少女の細い手が微かにこちらに伸びる。

「だったら、そこから飛べ」と真司は言った。

「……俺を信じて飛んでこい」と。

　真司は金の入った紙袋を足元に置き、両手を広げた。

　少女は一度部屋のなかを振り返った。おそらくそこには誰もいない。母親か、その彼氏が戻ってくるまで、少女は部屋に入れてもらえない。

　少女が手すりに這い上がる。その細い腕をぶるぶると震わせ、何度も失敗しながらそれで

も手すりを越えようとする。

「来い」と真司は心のなかで呟いた。

手すりを乗り越えた少女の足が、置き場を見つけられずに揺れていた。

真司は真下に立ち、「大丈夫だから手を離せ」と言うのだが、少女は恐怖心でそれができず、必死に手すりに抱きついている。

「俺が絶対に受け止めてやるから」

真司の言葉に少女が激しく首を横に振る。

「……安心していいから。目をつぶったまま手を離せ」

真司は二階へ手を伸ばした。さすがに少女の足には届かない。

その時、観念したように少女が目を閉じた。すでに腕の力は限界だったようで、すっと体が落ちてくる。

真司はしっかりと抱き止めた。思った以上に少女の体は軽かった。

腕のなかで少女がこわごわと目を開ける。

「大丈夫だったろ」と真司は笑いかけた。

少女を立たせ、金の入った紙袋を抱える。本当に一緒に来るのか、ともう一度確かめるべきだったが、真司はもう何も言わずに歩き出した。

アパートの敷地を出て、川沿いに歩き出す。数歩後ろから少女がついてくる。

どれくらい歩いた時だったか、ふいに少女から手を摑まれた。真司はただ強くその小さな手を握り返した。

「腹減ったな？　何食いたい？」と真司は訊いた。

少女が微かに手を握り返してくる。

「お前、名前は？」と真司は訊いた。

何も応えないので、「俺は真司。若宮真司」と教える。

「……お前、いくつだ？」

続けて訊いてみるが、やはり応えない。

橋を渡り、高速の高架の下を歩く。横断歩道の信号で立ち止まった時、「……すみれ」と唐突に少女が言う。

「……すみれ、か」と真司は呟いた。

「七歳」

すみれが続ける。「じゃあ、学校は？」と、真司は訊こうとしてやめた。代わりに、「もう一つ質問したろ？」と尋ねる。

しばらく首を傾げていたすみれが、「ロールケーキ食べたい」と言う。

真司はすみれを見た。そして、こいつを助けてやるなんて無理だと改めて思う。でも、今日一日だけなら救ってやれる、とも思う。一日、そしてまた一日。それなら続けられそうな気がする。

＊

泥濘に☆形のついた足跡が残っている。男物のスニーカーの靴底だろうが、まだ新しく、固まり切っていない。

九条麻衣子《くじょうまいこ》はその足跡を踏んでみた。自分の足よりも二回りも大きい。

「おい、九条、そろそろ行こうや」

上司の小川《おがわ》から声がかかり、九条は顔を上げた。見渡す限り、泥をかぶった被災地。遠くの信号機がなぜか一基だけ動いている。

九条は社用車へ駆け寄った。すでに泥まみれだが、走ると更にズボンに泥の染みがつく。

「九条、お前、どうする？　俺と千葉ちゃんはこのまま社に戻るけど……」

助手席でカメラマンの千葉が、写した被災地の写真を確認している。

千葉は元々戦場カメラマンとして世界を飛び回っていた。それが腎臓を悪くして故郷の福岡に戻り、現在は九条たちが勤める九州新聞の嘱託カメラマンとして勤務している。

九条は千葉の写真が好きだった。たとえばこういう被災地を撮影しても、その写真からは悲しみではなく、そこにあったはずの笑い声が聞こえてくるのだ。

「あの、私、このあともう一件取材が入ってるんで」と九条は応えた。

「ああ。楽地の人？」

「ええ」

そこで千葉が顔を上げ、「楽地って、そこにあった飲み屋街の楽地？」と訊いてくる。

「はい。楽地でお店をやってた女性で、唯一生き残った方がいて」

「どこで待ち合わせね？」と小川に訊かれ、「第二相楽小学校です」と九条は応えた。

「じゃ、乗ってけば？」

「あ、いえ。約束までまだ時間があるので、のんびり歩いていきます」

「あ、そう。じゃ、俺らお先に」

小川がそろりそろりとアクセルを踏み、なるべく泥をはねないように車が走っていく。九条も車を見送ると、泥濘を用心深く歩き始めた。

入社して五年、社会部で毎日のように残酷なニュースを追いかけてきたが、今回の相楽ダム決壊の衝撃はその桁が違う。取材地域内で起きた事件や事故なら、どんなものでも部内にカッと燃え上がるような衝撃が走るが、今回だけはあまりの惨状に誰もが口を閉ざしてしまった。そこに走ったのは、とても冷ややかな衝撃だった。それは今も部内に残っている。伝えなければという熱い思いに、水をかけられるような無力感だ。

瓦礫の撤去が終わっている国道を、九条は黙々と歩いた。歩くうちにまず汚泥の悪臭が消えていき、地面に本来のアスファルトが戻ってくる。この辺りまで来ると、一般の車も多く走っており、北相楽公園の芝生にはボランティアグループが寝起きするテントも並んでいる。公園を横切って、第二相楽小学校の校庭に入る。こちらも各ボランティアグループの尽力で、食料テント、医療テント、簡易風呂テントなどが整然と並んでいる。

受付テントに寄って取材の確認を取り、話を聞くことになっている赤堀摂子《あかほりせっこ》にメールを送った。すぐに返信が来て、二階の四年三組の教室にいるという。

九条は早速校舎に入った。

摂子ママがいた四年三組の教室は、避難者やボランティアたちの休憩所になっていた。観葉植物やパーティションで簡単に仕切られ、カフェのようにテーブルや椅子が置かれている。

「今日はお疲れのところ、本当にすみません」

窓際の椅子に座ってコーヒーを飲んでいた摂子ママに、九条は近寄った。

「昨日、眠れんで。前に処方してもらった睡眠薬飲んだんよ。そしたら今度は効き過ぎてしまって。まだボーッとしとるんよ」

　すでに七十を超えているはずだが、化粧っ気がない分、血色の良い摂子ママは若々しく見える。

「避難所も長くなるといろいろ大変でしょう？」と九条は向かいの席に座った。

「ボランティアの人たちが親切にしてくれるけん。でも、ほら、みんな何かを失った人たちやけ、そういう人たちが集まっとると、やっぱり気分が沈むもんねえ……」

　入社して二年目の頃、九条はこの摂子ママに取材をしたことがあった。テーマは時代に取り残された歓楽街「楽地」についてだったが、秋田に生まれ、東京から大阪、そしてここ九州に流れ着いたという摂子ママの力強い流転の人生に、九条は心から感動してしまった。

「……この前の続きを話せばいいん？」

　ふいに摂子ママが本題に入る。

「お願いします」と、九条は早速録音を始めた。

　摂子ママの話によれば、あの夜、楽地に避難命令が出た際、誰もが歩いて逃げたという。相楽川が氾濫したとしても楽地までは遠く、警察にうるさく言われなければ、酔客と一緒に誰もが店に残っていたはずだと。

　摂子ママものんびりと店を片付けて外へ出た。楽地にはもう誰も残っていないようだった。

ただ、店を出た瞬間、摂子ママは嫌な臭いを嗅いだ。空気に混じっているというよりも、地面から湧いてくるようだったらしい。

摂子ママは車に乗り、自宅へ戻ろうとする。その途中で濁流に車ごと呑み込まれる。幸い、車が浮いたお陰で一キロ近くも流されたところで、民家の屋根に引っかかり、水が引いたあとに救助されるのだが、流されている間にも、屋根に引っかかっている間にも、多くの人たちが目の前を流されていくのを見たという。

「……そういえば、昨日の夜、ふと思い出したことがあるんよ」

改めて遭難した時の様子を語っていた摂子ママが表情を変える。

「なんですか？」

熱心にメモを取っていた九条は手を止めた。

「相楽ダムの補修やっとる安達建設の若社長がうちの常連なんよ。……で、二カ月くらい前やったと思うんやけど、ふらっと入ってきた客とその若社長が妙に意気投合して、そのあとも何度かうちに来てくれたんやけど……、その時に二人が話してた会話のことを思い出して……」

「どんな話だったんですか？」

「大した話じゃないんよ。大金があったら何するとか、何を買うとか、どこにでもある酒場の話なんやけど、なんかあの二人に限っては本当にそこにお金があるような話し方で……」

九条は少し力が抜けた。期待していたダム補修工事の欠陥に関わる話ではないらしい。

「……二人で、爆破とかダイナマイトの量がどうとか、そんな話もしてたんよ」

「え？」

録音を止めようとしていた九条は慌てた。

「ほら、うちの店から共同トイレが遠いけん、うちのお客さんたち、店の裏でおしっこするんよ。壁一枚やけ、なかで煮物なんか作ってると、その声が聞こえて」

「じゃあ、その安達建設の社長たちがそんな話をしてたんですか、なんていうか、裏で……」

「そう、立ちションしながら」

摂子ママの話によれば、相手の男はその時期頻繁に安達と一緒に来ていたが、その後ぱったりと姿を見せないという。

「確か、若社長は『野中さん』って呼んでた気がするんやけど」

九条は慌てて席を立ち、社に戻った小川に電話をかけた。もし摂子ママの話が本当なら、今回のダム決壊は事故ではなく、補修会社の社長が関わった犯罪になる。

すぐに小川が電話に出た。

「どうした？」

「ちょっと気になる話を聞いて」と九条は声を抑えた。幸い、廊下には誰もいない。

「今、楽地のママに取材中やろ？」

「ええ、そのなかでちょっと……」

九条は摂子ママから聞いた話をかいつまんで伝えた。話し終えると、ずっと黙っていた小川が、「へえー」と大げさに驚く。

「……九条、その話、ママから詳しく聞いてこい」

「もちろん聞きますけど……」

小川の声がとつぜん威圧的になり、九条は緊張した。

「……今、こっちに戻って、県警回りの記者から聞いたんやけど、その安達建設の社長の車が小倉の港で見つかったらしいんよ」

「どういうことですか？」

「だから、これまでの状況からすると、その社長はあの晩、ダムの飯場にいて、作業員たちと一緒に濁流に呑まれたことになっとって……、当然、車も濁流に流されたはずで……」

「でも、その車が小倉で見つかった……」

「別の誰かが乗ってたわけじゃない。小倉港の防犯カメラに安達本人が映っとるらしい」

「一人で？」

「いや、作業員風の若い男と一緒」

摂子ママの話は嘘じゃない。九条は教室に視線を戻した。窓際で摂子ママが支給品のグミをつまんでいる。

電話を切ると、九条は教室に戻り、「あの、安達社長と懇意にしていた若い作業員っていましたか？」と唐突に尋ねた。

グミを喉に詰まらせて咳き込んだ摂子ママが、「何よ、急に」と目を回す。

「すみません……。あの、たとえば安達社長と一緒に飲みに来てた若い作業員の人とか……」

「真司くんやろ？」

「真司くん？」

九条はまた録音ボタンを押した。

「うちにいた雅美《まさみ》さんに惚れとったんだか、女なら誰でもよかったんだか知らんけど、毎週、来とったんよ。考えてみれば、雅美さんも最後は幸せやったのかもね。苦労ばっかりの人生やったみたいやけど、流れ着いた楽地であんな若い男に入れあげられて……」

摂子ママがその肉厚の指で子熊の形をしたグミを潰す。

福岡天神の九州新聞本社に戻った九条は、エレベーターのドアがのんびりと開くのも待てず、その隙間をすり抜けた。社会部までの廊下がいつになく長く感じられ、ほとんど駆け出していた。

社会部に駆け込むと、小川が待っており、「どうだった？」と早速声をかけてくる。

「はい、今……」

九条はとりあえず乱れた息を整えた。

安達社長と一緒にいると見られる若いダム作業員の名は若宮真司。二十四歳。四歳ごろから中学を卒業するまで東京郊外の児童福祉施設で過ごしているはずですと、九条はそこまで早口で上司の小川に伝えた。

「摂子ママが知っとったんか？」

「摂子ママの店に雅美さんという女性がいて、私も以前取材した時に会ってるんですが……、その雅美さんとこの若宮真司という若い作業員が、なんというか……」

「デキてた？」

「え、ええ……。母子くらいも年が離れていたそうなんですけど……、その……」

「やってたんやろ？　お前、新聞記者なんやから、いい加減、そういう言葉使うの慣れろよ」

「すみません……。で、摂子ママの話によると、若宮真司がいた福祉施設で、以前、その雅美さんも働いていたらしいんです」

「ってことは、昔からの知り合いか？」

「どの程度の知り合いだったのかは摂子ママにも分からないそうですが……、雅美さんがその施設で働いていたのは一、二年ほどで、計算すると、当時、若宮真司はおそらく七、八歳なんですが……」

「とにかく二人は顔見知りだったんやな？」

「おそらく……」

その時、携帯が鳴った。摂子ママからだった。「すみません」と断って九条は電話に出た。

「もしもし、九条さん？　そういえば、うちに雅美さんの荷物があるんよ。一階は水浸しやけど、二階にあるから無事やけ、もし必要だったら見る？」

「荷物ってどういうものですか？」

「写真とか書類とか、私もよく分からん……、たぶん、前にその福祉施設で働いてた時のものやと思うんやけど……。預かる時、雅美さんがそんなこと言いよって。大事なものやからって」

「大事なもの？」

九条は声を裏返した。


その日の午後、九条は車で相楽市に戻った。途中、避難所で摂子ママを拾い、床上浸水したママの自宅へ向かう。

わざわざ九条に電話をかけてきたのは、雅美の荷物を見せたいのが目的というよりも、身の回りのものを九条の車で避難所に運びたいという気持ちもあったらしい。

一階はまだ汚泥が残っていたが、案内された二階は、階下の惨状が嘘のように片付いていた。


「ここなら寝泊まりできるんやけど、トイレやお風呂が使えんから」

摂子ママがさっそくタンスから身の回りのものを出してバッグに詰め始める。

「……あ、そうそう。雅美さんから預かってる荷物はこれ」

押し入れの下段から引っ張り出されたのは古い女性用のボストンバッグで、受け取ると何も入っていないように軽い。

「開けていいと思うよ。もう本人もおらんし」

摂子ママの言葉に、九条は躊躇《ちゅうちょ》しながらもファスナーを開けた。

入っていたのはどこにでもあるようなファイルが一冊だけで、なかのクリアファイルに写真や書類が無造作に入っている。

児童福祉施設だろうか、二十人ほどの子供たちとスタッフの集合写真がある。指を這わせてみると、まだ若い雅美もいた。とすれば、この子供たちのなかに安達社長と一緒に逃げている若宮真司の姿もあるのかもしれない。

次のページを捲《めく》ると、何かの書類のコピーが入っている。よく見れば、死亡届で、死亡者の欄に「若宮真司」とある。

ゾワッと鳥肌が立ち、九条は思わず仰《の》け反《ぞ》った。

名前の下に生年月日があり、提出された日付と照らし合わせてみると、今から十六年前、若宮真司は八歳の時に児童福祉施設内で死んだことになっていた。

九条は何か答えを求めるように摂子ママを見た。しかし彼女は避難所へ持っていく洋服選びに余念がなく、紫色のカーディガンを胸に当てている。

八歳の時に若宮真司は死んでいる？　とすれば、摂子ママの店に来ていた若者で、現在安達社長と一緒に逃げているのは誰なのだろうか？

九条はファイルの次のページを捲った。今度も書類のコピーで、まず「AN通信」という文字が目に飛び込んでくる。

九条はファイルからコピー用紙を抜き出した。正式な文書ではないようで、手書きではないが文章は粗い。

まず「今後の若宮真司の取り扱いに関する注意」とある。

古いコピー機を使ったのか、文字が滲んだり歪んだりと全体的に読み難《にく》いが、どうやら指示書のようなものらしい。九条は一文字一文字に指を這わせて読んだ。

若宮真司の個人情報の破棄、若宮真司の親権者への説明、遺品の処理等の方法が事細かに書いてあり、そのあとに、「新谷洋介《しんたにようすけ》（仮）への改名手順」とある。

九条はここでいったん書類から視線を上げた。摂子ママが今度はスカーフを選んでいる。

若宮真司は死んだ。なのに、改名する？

この指示書を読む限りでは、まるで若宮真司という子供を死んだことにして、実際には死んでいないこの子供に新たな名前をつけて育てるというようなことらしい。

いや、というようなことどころか、どう読んでも、そう書かれている。

ということは、若宮真司は死んでいない。死んでいないのに死亡届が出され、この新谷洋介という名前で児童福祉施設で育てられた？

しかし摂子ママの店の常連客で、安達社長と逃げている若者は自ら「若宮真司」と名乗っている。

施設を出たあとに、いったんは変えられた名前ではなく、本名を使うようになったのだろうか。

いや、その前に、どうして子供の名前を変える必要があるのかだが、こちらはなんとなく理解できる。児童福祉施設に預けられているくらいだから家庭環境に問題があるはずで、ならば、その問題から子供を守るための手段だろう。とはいえ、死亡届まで出す必要があるだろうか。これではまるで子供の存在自体をこの世から消してしまうことになる。

ふと視線を感じて、顔を上げると、すでに荷物をまとめた摂子ママが立っていた。

「まだ時間かかりそう？」

摂子ママに訊かれ、「あの、これ、ちょっと預からせてもらえませんか？」と九条は尋ねた。

「いいけど。……あ、そうだ。今、思い出したんやけど、雅美さんが前にこんなこと言ったんよ。『真司くんは心臓が悪いから、あんな無茶なお酒の飲み方させたくない』って」

そう言いながら、摂子ママは狭い階段を下りていく。

＊

巨大なガラス窓の前に立つと、まるで自分が東京上空に浮いているようだった。ベルギーの画家マグリットの「ゴルコンダ」という絵ではないが、遥か眼下にある丸の内界隈《かいわい》を歩く背広姿の男たちが、次々と浮き上がってくるような錯覚に襲われる。

鷹野が立っているのは、最近オープンしたアマン東京のロビーフロアで、ゆうに三十メートルはありそうな吹き抜け空間には、アマンリゾート独特の一秒に二秒かかるような、ゆったりとした時間が流れている。

鷹野は午後のお茶を楽しむ客たちを見渡し、テーブルに着いた。白いテーブルクロスに強い日が差して眩しい。太陽はこのあと皇居の向こうへゆっくりと沈んでいく。

鷹野が席に着くと、すぐにテーブルに濃い影が伸びた。来るのは東洋エナジーの幹部のはずだが、汗臭く、饐《す》えた臭いが漂ってくる。

鷹野は視線を上げた。いかつい男がヨレヨレのスーツを着て立っている。現役プロレスラーが無理やりスーツを着ているようで、見ているだけで息苦しい。

「鷹野さんですか？　東洋エナジーの石崎《いしざき》です」

愛想のない男で、にこりともしない。

「……早速なんですが、場所を移させてもらってもいいでしょうか？」

石崎が居心地悪そうに豪奢なロビーを見回す。

「……どうもこういう場所は息が詰まって」

実際にそうらしく、石崎が太い首を締めつけているネクタイを弛《ゆる》めようとする。

「以前、ブータンのアマンコラというホテルに泊まったことがあるんですよ」と鷹野は一方的に喋った。

「……渡り鳥が来なくなるからという理由で、未だに電気も引いていない村があるような国に建っているのですが、この世で一番美しい朝というものが見られるホテルなんです」

もちろん石崎はまったく興味を示さない。鷹野としてもそれでかまわない。お互いに「第一印象でお前のことが苦手だ」と伝え合えればいいのだ。

「急遽、中尊寺先生もこの打ち合わせに参加したいとおっしゃられて、これから先生のご自宅までご案内したいのですが」

石崎がそう言ったあと、孔雀《くじゃく》の尾のように折られたテーブルのナプキンを乱暴に広げて口を拭う。

くしゃくしゃになったナプキンを石崎はテーブルに投げ置いた。ここが素晴らしいホテルだと評価した鷹野への彼なりの返答らしい。

「分かりました。では、中尊寺先生のご自宅へ向かいましょう」と鷹野は歩き出した。

広いロビーフロアを横切る時も、地下駐車場へ向かうエレベーターのなかでも、鷹野は一切口を開かなかった。代わりに石崎が何度も首を回して、ボキボキと関節を鳴らしていた。

駐車場で、中尊寺が迎えに寄越したというベントレーに乗り込んだ。地下駐車場を出た車は皇居のお濠《ほり》を周回し、首都高へと滑り込む。

「中尊寺先生のご自宅に行かれたことは？」

初めて石崎が口を開き、「いえ」と鷹野は応えた。

「今回の件では、私が東洋エナジー側の代表ということになります」

「私の雇い主ということですね」

鷹野は先回りしてそう言った。

白髪の運転手はベテランらしく、なんのストレスも感じさせない運転で首都高を走っていく。

「中尊寺先生のような方が、わざわざ私のような汚れ仕事をやる人間に会われるというのだから、かなりお急ぎなんでしょうね」と鷹野は話を変えた。

石崎は何も応えない。

実際、中尊寺といえば重鎮中の重鎮で、彼が鷹野のようなAN通信の諜報員に会うようなことはない。

中尊寺信孝の自宅は、環状七号線から少し入った場所にあった。緑の多い邸宅街のなかでも中尊寺の家は別格で、表門にかけられた「中尊寺」という立派な表札といい、その門構えといい、個人宅というよりも由緒ある寺のように見える。

門前に立つと、すぐに門が開いた。背広姿の男が二人、「お待ちしておりました」と慇懃《いんぎん》に鷹野たちを迎える。

香が立ち込める広い玄関から白木の廊下を抜けて、鷹野たちが通されたのは見事な日本庭園を見渡す部屋で、どうやら池の上に建てられているらしかった。

まだ紅葉には早いが、庭のもみじが薄《うっす》らと赤く色づき始めている。

「今年は晴れた日が少なくて、見ごろはまだまだ先になりそうですよ」

ふいに声がして振り返ると、法衣こそ纏《まと》っていないが、見るからに徳の高い阿闍梨のような中尊寺信孝が立っていた。

「さあさあ、座ってください」

中尊寺に促され、鷹野はソファに腰を下ろしたが、石崎はその場に突っ立っている。

石崎を見上げた中尊寺が、「君は相変わらず、悪い意味で男臭いねえ。君がいると、汗臭い剣道着がそこに置かれてるような気がするよ」と笑う。

ただ、きつい言葉のわりに悪い印象は持っていないようで、「……この石崎ですが、東洋エナジーのなかでは珍しい体育会上がりの男なんですよ」と紹介する。

「……私はね、この石崎のような男が好きなんです。昔はこういう男がゴロゴロいたんですがねえ。政治家にも、企業の経営者にも、悪党にも……。自分の身一つで伸《の》し上がってやろうとする奴ですよ。こういう男には、学歴はない、親は貧乏、顔も悪ければ、品性の欠片《かけら》もない。でも、頑丈な体だけはある。その体で天下取ってやろうとするんですから、見ていて気持ちがいいわけです」

これが中尊寺という老獪《ろうかい》な政治家の人心掌握術なのか、その柔和な語り口で一方的に話を聞かされているうちに、巧みな演説というものがどれもそうであるように、まるで彼と自分が離れ難い仲間だという意識が芽生えてくる。

「さて、鷹野さん、あなたは私のために何をしてくれます？」

ふいに名を呼ばれ、鷹野はごくりと唾を飲んだ。

「……鷹野さん、あなたがバカじゃないのは一目で分かる。この老いぼれが今どれほど焦っているかもお見通しでしょう。そこで単刀直入に聞きたい。あなた方、AN通信はこの中尊寺を助けられますか？」

徳の高い阿闍梨のようだった中尊寺の眼だけがとつぜん濁り、まるでそこにだけ別人格が現れたように見えた。

「お約束はできません。ただ、できる限りのことはします」と、鷹野は相手の調子が狂うくらいビジネスライクに応えた。

中尊寺は明らかにその対応に不満そうで、「私はね、そういう言葉が大嫌いなんだ」と大げさにため息をつく。

「……最善を尽くします、死ぬ気で頑張ります、命をかけてやります、なんてのも大嫌い。そう言って死んだ奴など見たことがない」

「中尊寺先生がどこまでのことを私どもに話してくださるか、その一点に尽きると思います」

鷹野は中尊寺の挑発には乗らなかった。

「私があなたがたAN通信にどこまでのことを話せるか……」

中尊寺は外の池に目を向けた。まるでそれが分かったように一匹の鯉が大きく跳ねる。

「……ということは、私がどこまであなたがたAN通信を信用するかということになりますね」

中尊寺が視線を戻し、まっすぐに鷹野を睨みつけてくる。

「……情報というのは宝ですよ。宝探しに秀でた者がこの世のなかを制する。もしこんな耄《もう》碌《ろく》爺さんでも成功者と呼ばれているのであれば、おそらく私にはその宝探しの才能があったんでしょう」

そこまで言うと、ふいに中尊寺は立ち上がった。

「今回の件については、全てこの石崎から話をさせます。私が言う全てに、例外はありません。全ては全てです」

部屋を出ていこうとした中尊寺がそこで足を止める。

「……ただ、こちらが全てと言ったのですから、あなた方も全てを出してほしい」

鷹野は立ち上がり、黙礼した。

長い廊下を中尊寺が遠ざかっていく。気のせいか、香の強い薫りがする。

「じゃ、始めましょうか」

振り返ると、石崎がいつの間にかソファに腰を下ろしている。一人掛けのソファにその体は窮屈そうで、肉の塊を無理に押し込んだように見える。

「詳しい資料はあとで私の方から送るとして、ざっと流れだけを説明させていただいていいですか？」

不機嫌そうなその口調に鷹野は思わず笑った。

「何か？」

「お互い好きなように喋らないか？　俺に敬語を使うのも面倒なんだろ」

「じゃ、お言葉に甘えて……」

にこりともせず、石崎が話を続ける。

「……爆破計画があった日本のダムは五カ所。そのうち福岡の相楽ダムがこのまえ決壊した。他の四カ所は、北から順に山形の太熊《たぐま》ダム、福島の陽葉《ひよう》ダム、福井の動谷《どうや》ダム、兵庫の知森《ちもり》ダム。どれも福岡のダムと同規模で、決壊した場合の災害・損害規模も同等。計画ではどれもダイナマイトによる爆破予定で、それぞれのダムで請け負う組織は別」

ここまで早口に告げた石崎がちらっと鷹野を窺う。鷹野は、続けろと目で合図を送った。

その後、石崎が続けた説明を要約すれば、次のようになる。

日本の水道事業自由化を目論んだダム爆破計画の名前は「ロックフィル計画」。ロックフィルとは岩を積み上げて造るダムの型式の一種。

計画の首謀者は、やはり中尊寺信孝と東洋エナジー、そしてV.O.エキュ社のムッシュー・デュボア。

当然、彼ら自身が手を汚すことはなく、実際に現地で計画を実行する者がどこの誰なのかはもちろん、その誰かをどこの組織が動かし、その組織を動かしているのがどこの組織なのかも分からないという。

「実際に私たちと直接繋がりがあるのは、あんたたちと同じ、金のためならなんでもやる国際便利屋ですよ。私たちはそいつに仕事を任せた。そして、ある時点で計画の中止を告げた」

「しかし、その便利屋が勝手に動き出した」と鷹野は石崎の話を引き取った。

「そうです」

「そいつの名前は？」

「リー・ヨンソン。シンガポール国籍。聞いたことある名前ですか？」

「いや、ない」

「実際には便利屋なんてかわいいもんじゃない。武器商人でもある」

石崎がタブレットでリー・ヨンソンという男の画像を見せてくれる。

鷹野は思わず目を逸らした。事故にでも遭ったのか、他人の皮膚でツギハギされたような顔だった。ちょうど顔面に×印のような傷があり、肉が引き攣《つ》れている。

「一つ訊きたいことがある」と鷹野は言った。

「……この計画、最終的には誰の仕業《しわざ》にするつもりだったんだ？　まさか水メジャー企業がやったとは言えないだろ」

「イスラム過激派のテロにするはずだった」

石崎の返答に、鷹野は思わず、「え？」と笑いそうになった。

すぐに石崎が、「分かりますよ。今の日本でイスラム過激派のテロなんて言われてもピンとこない。ただ、こう考えてみてください。実行犯はシリアにいるようなアラブ人じゃなく、インドネシアやマレーシアのイスラム教徒だとしたら。シリアに対するアメリカやフランスの空爆を援助する法案が通った日本への見せしめだとしたら。……そう現実離れした話でもないでしょ」と続ける。

ほとんどの悲劇は、そこにある差別から生まれる。そして日本にも差別はいくらでもある。火を近づければ、すぐに発火しそうな悔しさや悲しみがこの国の至るところに転がっている。

4　謎の男

　この時季に蟬《せみ》でもないだろうに、さっきから耳元でジージーと鳴っている。目を閉じ、歯を食いしばり、胸元にたらりたらりと汗を垂らしていると、このジージーという機械彫りの器具の音がどうしても真夏の蟬の声に聞こえる。

　田岡亮一は薄目を開けた。簡易ベッドの横に鏡があり、全裸で俯《うつぶ》せになっている自分の姿が映っている。

　その白い尻を摑み、針を刺し、色を乗せていく女彫師の和光《わこう》は一切表情を変えることもなく、流れる洋楽を口ずさんでいる。

　田岡の腰から白い尻にかけて彫られているのは梵字《ぼんじ》の般若心経で、その奇妙な文字はまるで和光の長い黒髪が縫い込まれていくようにも見える。

　田岡はまた目を閉じた。ベッドに置かれている血拭き用のタオルが生臭い。いくらトム・フォードのタスカンレザーをつけたところで、結局はこれが自分の臭いかと嫌になる。

　来店したとき、和光はこの香水を褒めてくれた。

「どこにつけたの？」と訊くので、「胸」と応えると、その場で田岡のシャツのボタンを外して、そこに顔を埋めた。

和光の唇はこれまで知り合ったどんな女よりも柔らかい。キスをしている時、田岡はいつもこの唇を噛み潰す感触を想像する。潰れた唇からは血が溢れる。その熱い血を田岡はこぼさず舌で掬って舐め尽くす。

またジージーと蟬の声が高くなる。痛みを忘れようと別のことを考えていられるうちはいいが、こうやって彫り器の音が耳に戻ると、一針ごとの鋭い痛みで全身がビクビクと痙攣《けいれん》する。

「このあと他の客の予約入ってんの？」と田岡は訊いた。

「入ってないよ。終わったら奥行こうよ。ヒリヒリしている時だと興奮するんでしょ？」

そう言って、和光が彫ったばかりの部分を指で弾く。田岡は堪え切れずに声を洩らす。

蟬の音に混じって、携帯の着信音が鳴っている。田岡は簡易ベッドから手を伸ばした。

電話は鷹野からだった。中尊寺の家での打ち合わせが終わったらしい。

田岡は痛みに耐えながら、電話に出た。

「今、どこだ？」と鷹野の声がする。

「川崎です」

「これからバンコクに向かう。羽田でも成田でもいい、一番早い便を取れ」

「今からですか？」

不平を言うヒマもなく、鷹野からの電話が切れる。田岡は舌打ちして体を起こそうとした。

「ちょっと待ってよ。今、やめられないって」

「やめられなくても、やめてもらわないと困るんだって……」と田岡はため息をついた。

「仕事？」

「これからバンコク」

「ねぇ、あんた、何やってる人？」

「もう三カ月も付き合ってんのに、その質問はないだろ……」

「通信社でしょ？　ネットでアジアの観光案内してる」

「そ」

「ねえ、バンコクとかプーケットの観光情報って、そんなに一刻を争うわけ？」

彫り器のスイッチを切り、凝ったらしい肩を回しながら和光が訊く。

「上司がスーパーせっかちな男なんだよ」と田岡は笑った。

「で、行くの？　これからバンコク」

和光が立ち上がり、縛っていた長い黒髪をとく。ふわっと甘い匂いがする。

田岡はベッドに腰かけたまま、和光を抱き寄せた。ベッドで尻が擦れて、跳び上がるほど痛いが、それでも和光の細い腰に腕を回し、その手で携帯を弄《いじ》って〇時五分羽田発の便を早速押さえる。

「消毒するから立ってよ」

千切ったコットンに消毒液を垂らす和光の肩に田岡は手を置いた。いつも強気な言動とは違い、摑むと崩れそうな薄い肩だった。

手を伸ばし、田岡は和光の白シャツのボタンを外した。指先が沈みそうなほど透き通った胸元に、紅《あか》い牡丹の刺青がある。

田岡は体をかがめ、その牡丹に唇を寄せた。人肌のはずなのに、なぜか牡丹だけが雨にでも濡れたように冷たい。

「いつ戻るの？」

「明日の便でとんぼ返りか、一年後になるか」と田岡は笑った。

冗談のつもりだったが、和光はなぜか本気と受け取ったらしかった。

「とにかく、この刺青だけは私に完成させなさいよ」と声を落とす。

「……あ、今の冗談だからな。すぐ戻ってくるって」と田岡は慌てた。

「分かってるけど、あんたって、なんか、これが完成する前に死にそうなんだもん」

「不吉なこと言うなよ。……もしかして、そういうの見えたりするタイプ？」

「スピリチュアル系？……まさか」

「じゃあ、ビビらすなって」

「とにかくこの般若心経だけは、私が完成させるから。たぶん、これ、あんたの一生の御守りになるやつだと思うし」

田岡は体を捻り、全身鏡で自分の背中を眺めた。左の脇腹から腰、腰から左尻に経文が並んでいる。

「まだ少しは時間あるの？」

「あるよ。フライト、夜中の便だから」

田岡は簡易ベッドに和光の手を引いた。そういう意味の質問だと思っていたのだが、「じゃ、もうちょっと続けよう」と逆に押し倒される。

田岡は素直に俯せになった。またすぐに耳元でジージーと自動針の音が鳴る。

薄い皮膚が針先で破れ、そこにインクが染みていく。田岡はそんな微細な様子を想像しながら、簡易ベッドの角を強く摑む。

「ねえ、スーパーせっかちなアンタの上司ってどんな人？」

「なんで？」

「この前、刺青《いれずみ》がバレた時、『痛みは友達ってか』って笑ったんでしょ？　その言葉がなんとなく気に入ったのよ」

「どこにでもいる中間管理職だよ」と田岡は笑った。

「子供は？」

「いない」

「結婚は？」

「してない」

「いくつ？」

「もうすぐ三十五」

「まだ若いんだね」

「若くもないよ。うちの会社、三十五歳で定年だから」

もちろん和光は信じない。滲んだ血を拭き、また薄い皮膚に針を刺す。

＊

空港を出た途端に、ここは異国だ、気を引き締めろと、そこの気温や湿気に忠告されるような国がある。ここバンコクのスワンナプーム国際空港がその一つで、超現代的な空港から一歩足を踏み出せば、ねっとりとした空気が体にまとわりつき、汗臭い白タクの運転手が寄ってきて、安物のたばこの臭いをかがされる。

運転手をあしらい、鷹野は車道に立った。立った瞬間、少し離れた所に停まっていた黒のレンジローバーが近づいてくる。

「すぐに用意できる車で、一番デカいのがこれだったんで」

横に立った田岡が言い、早速荷物をトランクに入れ始める。

運転席から降りてきたのはまだ少年のような若者で、愛想もなくキーを差し出してくる。

「前にも会ったか？」と鷹野は英語で訊いた。

若者は頷いたが、それ以上話す気はないらしく、キーを渡すと空港のなかに歩いていく。

「今の、タムですよ」

田岡が助手席に乗り込みながら教えてくれる。

「タム？」

「二年くらい前にこっちでバンコクテレコムの案件やったでしょ？　その時、こっちの諜報員が使ってた孤児がいたでしょ。あの子をそのままこっちのバンコク支局で働かせてるみたいですよ」

たしか見張り役として使っていた少年で、まだ口元を汚してアイスを舐めているような子供だったはずだが、たかが二年でその口元には薄らと髭まで生えていた。

「だったら、あいつ、まだ車の免許が取れる年じゃないだろ」と鷹野が思わず心配すると、

「免許って……。俺ら、偽造パスポートで入国してるんですよ」と田岡が笑い出す。

それもそうか、と鷹野は運転席に乗った。シートを後ろにずらし、ルームミラーの角度を上げる。大人びて見えたが、タムの体がまだ自分よりかなり小さいことが分かり、なぜか更に愛着がわく。

「ホテル取ってませんけど、このあと、どうすれば？」

田岡に訊かれ、「『ザ・サイアム』って新しいホテルがあるはずだ。そこにAYAKOが泊まってるかどうか調べてくれ」と鷹野は告げた。

「なるほど。メコン河で消えたあの女がここバンコクで見つかったってことですか。『あの女がいるところには情報あり』ってね」

早速、田岡が端末で調べ始める。

スワンナプーム国際空港を出た車は、珍しく混んでいない高速を順調にバンコク市街地へ向かった。

高速沿いには巨大な布製の広告が南国の風にはためいている。

韓国の家電メーカー、日本のゼネコンが建てる高級マンション、中国の自動車、フィンランドの通信機器、アメリカの銀行……。

この高速を走っているだけで、現在の世界情勢がつぶさに分かる。そしてこれら企業の広告が南国の熱い風に揺れれば揺れるほど、自分たちには限りない仕事が舞い込んでくるのだと鷹野は思う。

「……AYAKOって女、泊まってますね」

ふいに田岡が口を開き、「四日前から陳春燕という名前で」と告げる。

「確かか？」

「ええ。今、ホテルの防犯カメラに侵入して顔も確認しました。間違いなく、あの女です」

「一人か？」

「そうみたいです」

「宿泊予約はいつまで入ってる？」

「えっと、ちょっと待って……、あ、明日になってます。明日チェックアウト」

前方で車が渋滞し始めていた。あと少しで出口というところだった。鷹野は通行禁止の路側帯に乗り入れるとスピードを上げた。そして車の流れが止まってしまう寸前で、どうにか車列をすり抜けて一般道に下りた。

「あの、今さらなんですけど、俺たち、日本にいなくていいんすかね？　一応俺たちの仕事って、ダム爆破の阻止じゃないですか？　で、どのダムが爆破されるのかも一応分かってるわけで。だとしたら、とにかく人海戦術でそれぞれのダムを監視するとか……」

田岡の話を遮るように、「いつまで？」と鷹野は笑った。

「……お前の言う通り、それぞれのダムに見張りをつけたとして、いつまで見張らせる？」

「まぁ、そうですけど」

「爆破されないように見張るより、爆破しようとしてる奴を止める方が早いだろ」

「それを、あのAYAKOって女が知ってると？」

「あの女、メコンから消える時、悔しそうだったんだよ。騙されたって。でもあれは嘘だ。何か裏がある。ああいう女ってのは何があっても悔しそうな顔なんてしない。美しい女ってのは相手を悔しがらせても、絶対に自分は悔しがらないもんだ」

＊

宿泊しているヴィラには、小さなプライベートプールがある。第一リビングがアウトドアにあり、四方を囲む高い塀には南国の強い日差しが当たっているが、床に張られた大理石はひんやりとして、どこからか乾いた風も吹き抜けてくる。

そのひんやりした大理石を裸足で踏んで、AYAKOは部屋へ戻った。オーディオでベッリーニのオペラ「ノルマ」をかけながら、肌触りの良いガウンを脱ぐ。午前中、トルコ式風呂ハマムを利用したスパで、ヨガと瞑想のウェルネスプログラムを受けてきたので、体には気持ちよい汗が浮いている。

足元に落としたガウンを踏んで、AYAKOはプールにゆっくりと入った。どこから落ちてきたのか、水面に珍しい植物の大きな葉が浮いている。手に取ると、南国の植物らしく青々としている。

水のなかでゆったりと手足を伸ばし、プールを囲む部屋を眺める。アールデコ装飾のインテリアは落ち着きがあり、ここ数年、世界中に中国の富裕層目当てに続々とオープンしている豪奢なラグジュアリーホテルとは一線を画している。ここには純金のオブジェがない代わりに、ゆったりと揺れるタイシルクのカーテンがある。

やわらかいプールの水に浮かんだまま、AYAKOの頬が思わず弛む。

世界のどこかにお気に入りのホテルが一つ増える。こんな幸せなことはない。

ちょうどソプラノの有名なアリア「清らかな女神よ」が流れ出し、AYAKOはその歌声に耳を傾けた。

迎えが着いたという知らせを受けたのは、その一時間後だった。ゆっくりと支度を済ませてラウンジへ向かうと、ポマードで髪を固めた男が立っている。

「こちらです」

てっきり車寄せに向かうのかと思っていたが、男がホテルの裏を流れるチャオプラヤ川の桟橋に案内する。

桟橋には屋根がついた小さなボートが停泊している。

「どこへ?」とAYAKOは尋ねた。

「リー・ヨンソン様の船が、今、チャオプラヤ川を下っておりますので、その船までご案内します」

強い日差しを避けるように、AYAKOは桟橋からボートに乗り込んだ。

ホテルの桟橋を出たボートは古くて小さいながらも、革張りのソファや大理石のモザイクと内装はかなり凝っていた。

日を浴びたチャオプラヤ川の上でこのボートが横付けされたのは、百フィートはありそうなイタリア製のクルーザーで、その白鳥のような姿が茶色く濁った川に映えていた。

クルーザーに移ると、屈強な男たちに出迎えられた。AYAKOは怯《ひる》むことなく、「どっち?」と言わんばかりに両手を広げる。すぐにリーダー格らしい男が、「こちらへ」と船内のサロンへ案内してくれる。

全面ガラス張りのサロンからはチャオプラヤ川や対岸の黄金の寺院などが一望できた。

すぐに螺旋《らせん》階段をリー・ヨンソンが下りてくる。相変わらず直視するには痛ましい傷痕がその顔にあるが、AYAKOは一切目を背けない。初対面の時、このリー・ヨンソンから「私の顔を見て、目を逸らさなかった女性に、今日初めて会いました」とAYAKOは言われた。

「そんなもので、女を脅かそうとしたって無駄よ」とAYAKOは言い返した。

リー・ヨンソンはそれが気に入ったようだった。

螺旋階段を下りてきたリー・ヨンソンの手にシャンパンがある。「よく冷えてますよ」と、アクセントの強い英語で言った彼が、さっそく栓を抜いてグラスに注いでくれる。

AYAKOは白い革張りのソファに腰かけた。

「いい香りですね。なんという香水ですか？」

リー・ヨンソンに訊かれ、「ジョー　マローン。でもフレグランスじゃないの」とAYAKOはグラスを受け取った。

リー・ヨンソンの視線が川向こうで強い日を浴びるワット・アルン（暁の寺）に向かう。

「ねえ、あなたの英語、不思議なアクセントよね。シンガポール風でもあり、英国風でもあり……」とAYAKOは声をかけた。

「いろんな所で覚えましたから」とリーが微笑む。

「……AYAKOさんの英語は完璧だ」

「まさか。私だって、いろんな所で覚えてきたのよ」

AYAKOは改めてリー・ヨンソンを見つめた。歪んだ頬、栄養不良のような皮膚、だが体軀《たいく》は丈夫で筋肉質であることは間違いない。そしてなぜか南国にいるのにその体から吹雪の厳しさが匂う。まるで山猟生活をする密猟者の匂いだ。

「そろそろ、今回の全貌を話してもらえないかしら？　そのつもりで今日は伺ったんだけど」

空になったグラスを差し出しながらAYAKOは尋ねた。

シャンパンボトルを握るリー・ヨンソンの指は無骨で乱暴で、ボトルが裸の女に見えてくる。

「もちろん、何もかも話しますよ。これからは更にAYAKOさんの協力が必要になる」

「じゃあ、まず一つ訊いていい？」

「なんなりと」

「なぜ、私だったの？」

「美しいから」

「それだけ？」

「そして有能だから」

「それだけ？」

「美しくて有能な女性……、まだ他に条件が必要ですか？」

リー・ヨンソンはグラスのシャンパンを飲み干した。

「では、ビジネスの話を……」

どこかで分厚いドアでも閉まったのか、キンと耳鳴りがする。

「……一度は中止になったはずの日本のダム爆破を決行したのはこの私です。では、なぜそれができたか。それは現在、実質的にV・O・エキュ社の株式の過半数をこの私が持ち、経営権を握っているからです。正確に言えば、私単独とは言えない。仮にXとしておきましょう。今回の一連の動きは、このXの莫大な資金力があってこそです」

「ねえ」と、AYAKOは口を挟んだ。

「……そのXというのは個人？　それとも組織？」

「個人であり組織、としか今は言えません。続けていいですか？」

「ええ」

「将来的に、Xは日本での水道事業の独占を狙っています。簡単に言えば、今回、日本の中尊寺信孝が東洋エナジーと組んでやろうとしていたことを、計画ごと横取りするということです。ただ、中尊寺側もすでに手は打ったようで、彼らにはAN通信という産業スパイ組織がついたらしい」

「その組織なら、よく知ってるわ。組織としても退屈、個人としても退屈な人たちよ」

「それは心強い。そこで今回あなたにやって頂きたいのはスパイ。私たちにAN通信の情報を流してほしい」

AYAKOは口元に笑みを浮かべた。耳にアリアの「清らかな女神よ」が蘇る。

*

「もっと良いボート借りられなかったのかよ」

鷹野は揺れる船底で両足を踏ん張りながら双眼鏡を覗いていた。照りつける日差しで、額から噴き出た汗が双眼鏡を押しつけた目元に流れ込んでくる。

「借りられただけ褒めてくださいよ」

慣れぬ操縦にてこずりながらも田岡が口を尖らせる。

田岡が桟橋で借りてきたのは、まるでトゥクトゥクをそのまま船にしたような観光ボートで、日除けの天井シートには恥ずかしいくらいの電飾までついている。

「AYAKOと一緒にいる男、リー・ヨンソンで間違いなさそうですね」

やっと舳先《へさき》を下流に向けた田岡が、同じように横で双眼鏡を覗く。

「……というか、なんか、今回の仕事、早く片付きそうですよね。謎の男になるはずだったリー・ヨンソンが、こうもあっさり現れたわけですし」

田岡が喉を鳴らして缶のコーラを飲み干す。飲んでもいないのに、鷹野の口のなかにまでその甘さが広がる。

田岡が調べたところによれば、現在AYAKOが乗り込んでいるクルーザーの所有者は、太平洋開発公司というシンガポールのリゾート開発企業となっている。

リー・ヨンソンと太平洋開発公司との関係はまだ分からないが、こうやって用心しているようで、実はまったく無防備な状態でAYAKOと会っているところを見れば、田岡が言うようにこのリー・ヨンソンという男、さほど強敵というわけでもないのかもしれない。もっと言えば、彼程度の男に裏切られて右往左往している中尊寺や東洋エナジー側まで間抜けに見える。

「あ、もう出てきますよ」

田岡の声に鷹野も双眼鏡をふたたび覗いた。目元に押しつけると、また汗が流れ込んで不快になる。

レンズのなか、AYAKOがホテルのボートへ乗り移ろうとしている。リー・ヨンソンは見送りには出てこない。AYAKOを乗せたボートが離れ、クルーザーもゆっくりと速度を上げる。

「田岡、お前はこのままクルーザーをつけろ。無理はしなくていい」

ちょうど近づいてきた小さな定期船の操縦士に鷹野は紙幣を振ってみせた。操縦士もすぐに理解したようで、船が接近してくる。すれ違った瞬間、鷹野は飛び移り、日に灼けた操縦士の肩を叩いた。

鷹野が乗った定期船は次の桟橋で停泊した。操縦士に千バーツを渡し、野菜かごを抱えたばあさんに手を貸して一緒に下船する。

桟橋からAYAKOが泊まっているホテルまではすぐだった。日陰の多い路地裏を選んで向かうが、炎天下のボートに立っていた体からは噴き出すように汗が流れる。

路地の角に果物を売る屋台があり、鷹野はマンゴーを買った。「切ってくれ」と店の主人に頼むと、乱暴に二つに切ってくれる。

鷹野はマンゴーを齧った。渇いていた喉を甘い果汁が流れ落ちる。あとは手や顎が汚れるのもかまわずに齧りついた。

　ホテルに着いた時には手も口もベタベタしていた。ちょうどラウンジのテーブルにセットされたナプキンがあり、鷹野はそれで口を拭うと皿にチップを置いた。

「もう少し上品に振る舞えないの？」

　ふいに背後で声がした。振り返ると、AYAKOが立っている。

「……もう私が恋しくなったわけ？　メコン河のクルーズ船で別れて、まだそんなに経ってないと思うけど」

　そのままラウンジを抜けたAYAKOがプールサイドへ出ていき、濃い日陰の安楽椅子に腰かける。鷹野はウェイターを呼び、冷えたシャンパンを注文してからAYAKOを追った。

　隣の椅子に座ろうとすると、「ねえ、あなたに私の居場所がバレたってことは、私が何かヘマをしたってことよね？」とAYAKOが自嘲する。

「匿名の情報提供があった。あんたのことが嫌いな奴なら、この世界に大勢いるだろ」

「私のことが嫌いで、あなたたちのことが好きな密告者がこのバンコクにいるってことね」

「自分が目立たない女だって思ってんのか？」と鷹野は笑い、隣の席に腰を下ろした。

　サンダルを脱いだAYAKOがオレンジ色のペディキュアをした素足をプールにつける。水のなかで小さな貝殻が舞っているように見えた。

「リー・ヨンソン、どんな男だった?」と鷹野は単刀直入に訊いた。AYAKOに今の状況が理解できないわけがない。

「その質問、私に応える義務がある?」

「義務はない」

「前にも言ったかもしれないけど、私はあなたたちAN通信の人間じゃない。ただ、目的が同じなら協力できるってだけ」

シャンパンを運んできたウェイターも水のなかで舞う小さな貝殻から目を離さない。よく冷えたシャンパンだった。そしてAYAKOは本当に美しくシャンパンを飲む。まるでシャンパングラスがナイフのように、その白い喉を突き刺してしまいそうに見える。

「リー・ヨンソンがどんな男だったか……」

グラスを置いて、AYAKOが話を戻した。鷹野は氷のなかからボトルを抜き、AYAKOのグラスに注ぐ。

「……ここであなたと会う前とあとで、印象がガラッと変わったわ」

「どういう風に?」

「最初は組んで損のない男じゃないかと思ってた。でも、秘密だったはずのクルーザーでの今日の会合が、こうもあっさりとあなたたちにバレてるところを見ると、買いかぶっていたのかもしれない」

「あんたの読み、間違えてないような気がするよ。実際、俺も拍子抜けしてる。今回の案件、思ってたより早く片付きそうだ」

さすがにシャンパンを飲む気も失せたのか、AYAKOの手がグラスに伸びない。

「リー・ヨンソンに何を頼まれた？」と鷹野はまた単刀直入に訊いた。

AYAKOは動揺することもなく、「あなたは私に何を頼みたいの？」と訊き返してくる。

「じゃあ、はっきり言うぞ。リー・ヨンソンがAN通信に勝てる可能性は低い。遅かれ早かれ彼らの計画は俺たちに潰される。あんたに頼みたいのはスパイだ。あっちの情報をこっそりと俺に売ってほしい」

さすがのAYAKOも逡巡《しゅんじゅん》しているようだった。

組織には属さず、金の臭いを嗅ぎつけては世界を駆け回るAYAKOのような女に一番必要なのは経験と直感だろう。そして今回、その経験と直感はリー・ヨンソン不利と出ているはずだった。

秘密の会合がバレた。傍《はた》から見れば、ただそれだけのことかもしれないが、この世界に長くいれば、この甘さが命取りになるのは誰にだって分かる。

「じゃあ、今回の案件はさっさと片付けることにしましょう。リー・ヨンソンの背後にどの程度の組織がついてるのか知らないけど、そっちの依頼元はあの中尊寺と東洋エナジーなんでしょ？」

「ああ、そうだ。……で、リー・ヨンソンには何を頼まれた？」

性急な鷹野の質問をAYAKOが鼻で笑う。

「……あなたは私に何を頼んだ？」

＊

目を閉じると、自分が深海に沈んでいるようだった。

壁も天井も大きなアクリルガラス張りで、その向こうを熱帯魚が群れを成して泳ぎ、大きなアオウミガメが真司の頭の上をゆったりと進んでいく。

隣に立っているすみれも、この迫力の前で言葉を失っており、さっきから「あ、カメさん……」と、アオウミガメが泳いでくるたびに繰り返すだけだった。

もう何度もこの水族館に連れてきてもらっているらしい幼い兄弟が、アクリルガラスにへばりつき、「あれはブラックバタフライで、これはエンゼルフィッシュやろ」と、次々と魚の名前を言い合っている。

その男の子たちの声につられて、気がつけば真司とすみれも二人の横から水槽のなかを眺めていた。

「……ほら、クマノミがイソギンチャクのなかに隠れてる」

兄貴らしい男の子の声に、真司も視線を向けると、有名なアニメのモデルになった熱帯魚が、花のように開いたイソギンチャクのなかで動き回っている。

「ほら、あれがイソギンチャクだってよ」

見つけられずにいるすみれに、真司は指をガラスに突き立てて教えた。自分の説明を大人である真司が真面目に聞いていたのが嬉しかったのか、「他の魚やったらな、みんなイソギンチャクに食べられんねん。でも、クマノミだけは大丈夫やねん」と男の子が教えてくれる。

真司は、「へえ」と頷き、「でも、なんで？」と訊き返した。

「なんでて……」

真司の質問に男の子は応えられない。

「お友達だから？」

横からすみれが口を挟む。

「そんなんとちゃうわ。もっと科学的な理由があんねん」

呆れたとばかりに男の子が笑い出し、つられて真司たちも楽しげな声を揃えた。

探しに来た母親の呼び声に兄弟が駆けていく。途中、兄が立ち止まり、「この先に日本の川を再現した水槽があんねん。もう見た？」と訊く。

「まだ」と応えたのはすみれだった。

「おもろいで。川魚は飼育が難しいからな、なかなか見られへんねん」

男の子は自慢げにそう言い、母親のもとへ駆けていった。

イソギンチャクの長い触手のなかをクマノミという熱帯魚が泳ぎ回る様子を、真司とすみれは無言で見つめていた。他の魚だったら食べられてしまうという少年の言葉が耳に残っており、少しでも触手の動きが変わるとひやりとする。

真司は隣で分厚いアクリルガラスに額をつけているすみれを見遣った。おそらく生まれて初めての水族館なのだろう、その目は楽しんでいるというよりも、緊張しているように見える。

「まだ、これ見るか？」と真司は声をかけた。

はっと我に返ったすみれが、「もういい」と首を振る。

「時間ならたっぷりあるぞ」

「もういい」

「じゃあ、アシカショーまで時間あるから、その日本の川を再現したところに行ってみるか？」

真司が歩き出すと、すみれがすぐに手を握ってくる。おそらく手を繋ぎたいわけではない。手を繋いでいれば、二人の関係が怪しまれないと子供ながらに分かっているのだ。

ほとんど発作的にすみれの手を引いて、名古屋から逃げ出してから、すでに五日が経っていた。

実際、名古屋から電車に乗る時に、駅員に妙な目つきで見られた。父親には若過ぎる男と、伸び放題の髪や服が汚れている少女。

「もう昼だな。腹減ったろ？」

美味そうなサンプルが並ぶレストランの前で真司は尋ねた。

「ホテルの朝ごはん、いっぱい食べたからまだ減ってない」

すみれはレストランには目もくれず、早く次の魚を見たいと真司の手を引く。

しかし、あいにく「日本の川」のコーナーは改装中で閉まっていた。

まだ次のアシカショーまで時間はあったが、良い席で見ようと先に向かうことにした。今は減っていなくても、ショーが終わるまでもたないかもしれないと、途中売店でホットドッグとジュースを買った。アシカショーなど興味もないはずなのに、なぜか真司までそわそわしていた。

会場へ向かうと、すでに客席は半分ほど埋まっていた。前の方は満席で、仕方なく後方の席に座った。

「もっと早く来ればよかったな」

すみれに目を向ければ、まだ誰も立っていない舞台を珍しそうに眺めている。

昨夜もすみれはベッドで声を殺して泣いていた。歯を食いしばり、嗚咽《おえつ》を無理に呑み込んでいた。

声を殺して泣くすみれに、真司は気づかないふりをした。

わざと鼾を立て、熟睡しているから声を上げて泣いていいぞと伝えたいのだが伝わらない。

初めて二人で狭いビジネスホテルに泊まった夜も、やはりすみれは泣いた。

「帰りたいのか？　帰りたいなら、すぐに連れてくぞ」と真司は声をかけた。

すみれは涙で顔をクシャクシャにしながらも、「帰らない、帰らない」と首を横に振る。

それでも真司が、「あんな母親でも、恋しいんだよな？」と問えば、もう堪え切れないとばかりに嗚咽を洩らした。

あの母親のもとにいれば、理由もなく折檻《せっかん》される。そこに愛情などない。母親は自分を憎んでいる。

それが分かっているのに、恋しくて仕方がない。折檻されるためでもいいから、母のもとへ帰りたいと思う。

そんなすみれの気持ちが真司には分かる。自分がそうだったからだ。今、見知らぬホテルのベッドで嗚咽を上げているすみれの姿が、紛れもなく二十年前の自分の姿だったからだ。

アシカショーの会場で、前の列に座っている家族連れが、母親手作りの弁当を食べ始めていた。卵焼きに、ウインナーに、俵形のおにぎり……、珍しくもない中身だが、だからこそ色とりどりで美味そうに見える。

「ホットドッグ、冷める前に食うか？」と真司が訊くと、同じように前の弁当を見ていたすみれも、「うん」と頷く。

真司はソーセージにケチャップをかけて、すみれに渡しながら、「ああ、今、思い出した」と独り言のように呟いた。

「……あの時も、どこかでアシカショーを見たんだよ」

「あの時って？」

ケチャップで汚れたすみれの口元を真司はティッシュで拭ってやる。

「俺もお前と同じだよ、ゴミ捨て場みたいな狭いベランダで育ったようなもんだ」

真司の告白を、すみれはわざと無視するようにホットドッグに齧りついている。

「……隣に一人暮らしのおばさんがいてな。ああ、あの時はおばさんだと思ってたけど、実はまだ若かったのかもな」

舞台にアシカショーのスタッフたちが現れた。まだ準備中のようだったが、気の早い客たちの間で拍手が起こり、ホースで水を撒き始めたスタッフが、「まだですよ！　僕、アシカじゃないですから！」と笑わせる。

真司も笑おうとしたが、頬が強ばって動かなかった。この二十年、自分の口からは誰にも話したことのなかった母親との体験を、なぜ今、すみれには自然と語れるのか不思議だった。

真司はホットドッグに齧りついた。だがまったく味がしない。

「その隣のおばさんがどうしたの？」

まるで水を向けるように、すみれが初めて真司の告白に興味を見せる。

「ん？」

「隣にいたんでしょ？　おばさんが……」

「ああ、いた。俺がベランダにいると、お菓子やおにぎりをくれたんだ。あんな場末のアパートに住んでたんだから、きっとあのおばさんにも何か事情があったんだろうな。あれ、いつごろだったか……、おばさんちの荷物がどこかに運ばれるのをベランダから見てたんだ。そしたら、おばさんから、『坊やも一緒に来る？』って訊かれて、俺、ちょうどこの前のお前みたいに、『行く』ってベランダを乗り越えたんだよ。ほら、俺の左手の薬指、曲がっているだろ？　その頃、一緒に暮らしてた男に折られたんだ」

ホットドッグを食べるすみれの手は止まっていた。この話の結末が、自分の結末になることをすでに察しているようだった。

「……あのおばさんとどれくらい一緒にいたかなぁ。狭いホテルに泊まったり、朝までファミレスにいたり……、あれ、どこだったんだろう……その時、おばさんがこうやって水族館に連れてきてくれてアシカショー見たんだよ。不思議だな、楽しかったはずなのに、たった今まで完全に忘れてた」

「ねえ」

とつぜんすみれが口を挟む。

「……そのおばさん、いなくなったの？」

真司はすみれを見つめた。まだ幼いのに、その瞳は自分の運命を受け入れる準備ができている。

「ああ、いなくなった。俺を福祉施設に預けたあと」

舞台でショーが始まった。愛らしいアシカたちが次々とプールから舞台へ跳び上がってくる。

5　ゴーサイン

「おい、被災地の写真、もう揃えたんか？」

ふいに背後から怒鳴られ、九条は、「はい、すぐ！」と慌てて振り返った。締め切り間近のこの時間、デスクの小川がいつもながらの赤ら顔で、部下たちの様子を見回っている。

九条は早速写真を担当者に渡し、改めて自分のデスクに戻った。「AN通信」を検索してみる。この数日、もう何度となくやっているが、検索結果に変化はない。

出てくるのは、アジアのリゾート地を中心に紹介するホームページや旅行ガイドだ。

九条はこの「AN通信」について、社内各方面に問い合わせてもいた。結果、登記や税務関係などに不審なところはなく、至って健全な中堅の通信社で、摂子ママの店で働いていた女性が大切に持っていた資料から、九条が勘ぐったような、たとえば児童人身売買のような裏社会との繋がりなど皆無だった。

「おい、近日中に全国指名手配されるみたいやぞ」

振り返ると、小川が立っており、「……安達建設の社長と若宮真司だよ」と続ける。

「じゃあ、摂子ママの証言を警察も信じたってことですよね？」と九条は確かめた。

「やろうね。安達社長に近づいた『野中』って男の特定も急いでるみたいやけど、何しろ町中の防犯カメラが流されとるけんなあ……」

九条はパソコンに向き直った。画面にはＡＮ通信が配信したボラボラ島の美しい海が映っている。

「あの……」

立ち去ろうとした小川を九条は呼び止めた。

「……このＡＮ通信と若宮真司について、もう少し調べさせてもらいたいんですが」

「今回のダム爆破と何か関係ありそうなのか？」

「いえ、今回の件とは関係ないと思うんですが……」

だったら無理だ、とでも言いたげに首を振って立ち去ろうとした小川が、ふと考えを変えたとばかりに足を止める。

「相楽ダムの一件が少し落ち着くまで待てんのか？」

「もちろん、そっちも全力でやります」

「まあ、今回の摂子ママの件では大スクープを取ってきたわけだし、ちょっとの間だったら許す。自由に動いてみろ」

「ほんとですか？」と九条は素直に喜んだ。

「俺もまあ、気になることは気になるんだよ。何かの遊びにしては、あの書類のコピーは手が込み過ぎてるしな」

「あ、それと……、今回のスクープ記事でもらった金一封で、明日小川さんたちと行くはずだったもつ鍋なんですけど、キャンセルさせてもらってもいいでしょうか？」と九条は申し訳なさそうに言った。

「お前、どっか行くつもりなのか？」

「どこに行くんだ？」

「交通費は自腹で、というか、この金一封で……」

「この若宮真司が育った福祉施設に行ってみようかと」

「福祉施設って、東京？」

「……の郊外らしいんですけど」

小川は、行っていいとも行くなとも言わずに立ち去った。九条は許可が下りたことにして、

「ありがとうございます」とその背中に礼を言った。

老朽化による崩壊だと思われていた今回の相楽ダム決壊事故が、実は何者かによる爆破の可能性があるという記事を九州新聞がスクープすると、忽《たちま》ち全国紙や週刊誌も飛びついた。

当初は行方不明になっている安達社長や若宮真司の名前は、警察の箝口令《かんこうれい》と我が九州新聞の協力が効いたらしく、どの媒体にもまったく出てこなかったのだが、やはり情報というのは生もので、今週に入り、ちらほらと安達社長のことを匂わす記事が週刊誌などに出始めている。

その週刊誌の記事によれば、安達の妻らしき女性がインタビューに応えており、つい最近警察が会社の倉庫にあるダイナマイト等の在庫を確認に来たと話している。

実際、ダム崩壊の五週間ほど前に、安達の会社は普段よりもかなり多いダイナマイトを業者から購入しているのだが、この在庫と納入記録の数量があっていないという事実を、警察は内々で九州新聞に伝えた。摂子ママの証言を情報提供したことへの礼も兼ねてのことらしかった。

日を追うごとにダム爆破の様々な犯人像がテレビやネットや雑誌を賑わせている。新興宗教団体やイスラム原理主義組織によるテロの可能性……、反社会的勢力による抗議活動……、孤独な単独犯など、様々な仮説が立てられているが、いよいよ警察が安達社長と若宮真司を全国指名手配すれば、世間の注目はこの二人に集中する。

一昨日辺りからテレビや新聞による報道も、組織的関与を疑うこれまでの論調から、一転して単独犯行、あるいは狂信的な思想で繋がる数人による犯行ではないか、という見方が強くなってきている。

その際、各紙各局は一九九五年に起きたオクラホマシティ連邦政府ビル爆破事件と比較することが多い。この事件は地上九階建ての連邦政府ビルが爆破され、二階に入っていた託児所の子供たちを含む、死者百六十八人、負傷者六百人以上という大惨事となった。

犯行声明こそ出されていないものの、今回の相楽ダム爆破事件と同じで、当初はイスラム過激派による組織的な犯行だと思われていたが、実際に逮捕されたのはティモシー・マクベイというアメリカに暮らす白人男性で、全米に衝撃が走った。

その後、協力者としてテリー・ニコルズという男が逮捕されるのだが、マクベイとともにプライベートな武装集団に所属していた。

調査の結果、ニコルズの爆破への直接的な関与は発見されず、マクベイの単独犯行とされた。ただ、果たしてこれだけ周到に計画されたテロをマクベイたった一人で実行できたのかどうかという疑問は未だに燻《くすぶ》っている。


午後一時四十五分に九条を乗せた飛行機は羽田空港に到着した。

大学時代を東京で過ごしているので土地勘もあり、九条は予約していたレンタカーを早速多摩地区にある福祉施設へ走らせた。

もちろん、若宮真司が暮らした福祉施設に行けば、何か分かるかもしれないという確信があるわけではない。ただ、この目でそこを見れば、摂子ママの店で働いていた雅美という女性が、決して幸福とは言えなかった流転の人生で、なぜあの資料だけを大切に持っていたのかが分かるような気がしたのだ。

九条が到着したのは丘の上に建つシンプルな建物だった。

病院や老人ホームと言われればそう見えるし、古いマンションと言われればそうも見えるような、不思議な造りだった。

周囲に緑が多いのは、ゴルフ場に隣接しているせいで、施設の前で車を降りた途端、風に乗って芝生の匂いが漂ってくる。

入口はつづら折りの坂道を上り切ったドン詰まりで、敷地を樹木に囲まれているので、見晴らしがいいわけではないが、その分、頭上に真っ青な空だけが広がっており、逆に広々とした印象がある。

九条は早速施設内の受付へ向かった。

社内のアーカイブにこの施設を以前取材した記事が残っていた。記事自体は全国の児童福祉施設の取り組みを順番に紹介していくリレー記事だったのだが、この施設を担当したのが当時九州新聞東京支社にいた者で、出発前に彼からの紹介で、と連絡を入れると、見学であればいつでもいらしてくださいという返事をもらっていた。

受付には誰もいなかった。特に警備が厳重というわけでもないようで、小さな玄関ホールから奥へと続く廊下は開放されている。

九条は誰もいない受付に、「すみません」と声をかけたあと、迷ったふりをして廊下を奥へ進んだ。

廊下に沿って日当りの良い部屋が並んでいた。どの部屋もガラス張りで、幼児用なのか、青いマットが敷かれた部屋にはアンパンマンの絵などが飾られ、次の部屋は学習室らしく、壁一面に「夢」「空」「希望」などの書が並んでいる。

廊下から部屋の様子を眺めていると、ふと背後で声がした。てっきり壁だと思っていた場所に引き戸があり、給湯室なのか、コーヒーの香りと共に、なかから女性二人の会話が聞こえてくる。

「……保田《やすだ》さんは知らないのよね？」

「だって私、まだここ、五年目だから」

「私もギリギリ知らないのよ。でも、貴子《たかこ》先生が慌てて院長のところに行ったみたいだから、間違いないみたいよ」

「その新谷洋介くんが連れてきた女の子、すみれちゃんだっけ？　あの子、このままうちで預かるのかしら？」

ここで、「え？」と九条は声を洩らした。「新谷洋介」という名前には聞き覚えがある。八歳で死んだことにされた若宮真司が、この「新谷洋介」に改名させられているのだ。

新谷洋介＝若宮真司が連れてきた女の子？　若宮真司がこの施設に来た？

九条はすぐにでも引き戸を開けて問い質したい衝動をぐっと堪えた。

「まあ、院長の一存ではどうにもならないんだろうけど、一応手続きして、うちで預かる方針なんじゃないかな。それで新谷くんも納得して帰ったみたいだから」

「でも、自分と同じような境遇の子をここに連れてくるなんてねえ。……暮らしてたアパートの隣の部屋にいた子なんでしょ？　見ていられなかったのよ。そう考えただけで、可哀相で涙出てくる」

「でも、貴子先生、本当に嬉しそうだったね。中学卒業してここを出てから一度も会ってなかったんでしょ？」

「みたいね。心臓が悪かったらしくて、連絡もないから、もしかしたらもう死んでるかもしれないって内心思ってたみたいだから……」

ふと人の気配がして、九条は受付の方を振り返った。いつの間に出てきたのか、五、六歳の女の子が一人、じっと外を見つめている。

九条は直感が働き、女の子のもとへ向かった。九条が近づいても、女の子はじっと車寄せから丘を下る道を見つめている。

「こんにちは」と九条は声をかけた。

驚いた女の子の顔が涙で濡れていた。

「すみれちゃんでしょ?」と九条は尋ねた。

女の子は返事をしてよいのか迷っている。

「若宮真司くんと一緒に来たんでしょ?」

九条がそう言った瞬間だった。警戒していた女の子の目にふと安堵の色が浮かぶ。

「お姉ちゃん、真司くんのこと知ってるの?」

九条は膝をつき、女の子と目線を合わせた。

「ねえ、真司くんといつここに来たの?」と、九条はわざと馴れ馴れしく訊いた。

「昨日」

「昨日? じゃあ、真司くんは?」

「もういない。もうここには来ない。来られないの」

「どうして?」

女の子は何か聞いているらしかった。幼い子供ながら精いっぱい秘密を守ろうとしている。

「真司くん、逃げてるんでしょ？」と九条は言った。女の子はハッとしたようで、露骨に視線を逸らす。

「安心して。私はね、真司くんの味方なの。真司くんを助けてあげたいの」

自然とそんな言葉が出てきた。おそらくこの気持ちに嘘はない。ただ、助けてあげたいとこうやって東京まで来たのは、今の真司ではなく、死んだことにされた八歳の真司だ。

「ほんと？」

女の子にじっと見つめられ、九条は、「うん」と頷いた。

「ならんとう……」

女の子の口が動く。

「え？　何？」

「『ならんとう』っていう島があるの。真司くんね、そこに行くんだって。一度、行ってみたかったんだって」

廊下で音がした。給湯室から出てきた二人が、「どうかしました？」と慌てた様子で駆け寄ってくる。

九条は、「ありがとう。秘密は守るから」と早口で伝えた。

駆け寄ってきたスタッフたちが、「すみれちゃん、こんなところでどうしたの？」と心配そうに声をかける。

「私、九州新聞の記者で、今日、見学に伺ったんですが、受付に誰もいらっしゃらなかったので、この子に誰かいないか聞いてたんです」

九条の嘘をスタッフたちは信じたようだった。

「とにかく、すみれちゃんは院長先生のところに戻ろうね。いろいろお話があるって言ってたでしょ」

スタッフの一人に手を引かれ、すみれが階段を上がっていく。何度も振り返るすみれに、九条は小さく頷いてみせた。

施設内を案内してくれる先生を連れてくると言い残し、もう一人のスタッフも姿を消すと、九条はすぐに携帯で「ならんとう」と検索してみた。

すぐに「南蘭島」と出てくる。

南蘭島は沖縄県石垣島の南西六十キロに浮かぶ洋梨形の孤島で、そのほとんどが隆起珊瑚礁から成っているとある。

島にはリゾート開発された西側の青戸地区と、南に位置する旧市街があり、この両地区を通称サンセット通りが結んでいる。

「こんにちは」

声がかかり、九条は顔を上げた。立っていたのは、シスターの修道服や看護師の師長が似合いそうな銀髪の女性だった。

九条は名刺を出した。記者の見学など珍しくもないようで、野田《のだ》貴子と名乗った女性がすぐに施設内の設備紹介を始める。おそらく彼女が若宮真司のことをずっと心配していたという貴子先生なのだろう。

「あの、すみません……」と、九条は説明を遮った。

「……つかぬことを伺いますが、南蘭島ってご存じですか？」

一瞬、貴子先生の瞳の色が変わったように見えた。自分が慌てたことを、必死に隠そうとしている。

「さあ……、聞いたことありませんけど」

貴子先生は何事もなかったかのように施設の説明に戻った。

＊

エンジンを止め、しばらく点いていた車内灯が消えると、車ごと闇に呑み込まれたようだった。

外気は零下で、暖房をつけていた車内にも、エンジンが切れた途端に固い冷気が忍び込んでくる。

鷹野は車を降りた。首筋に凍ったマフラーを巻かれたような寒気が走る。音という音を誰かが盗んでしまったような軽井沢の森のなか、砂利を踏む自分の足音だけが響く。

すでに深夜だったが、風間の家には明かりがついている。台所も明るいということは、まだ富美子も起きているのかもしれない。

鷹野はチャイムを押した。まるでそこで待っていたかのように、すぐに富美子がドアを開ける。

自分を見上げる富美子の視線に照れ、鷹野は、「開けたままだと寒いですよ」と、押し退けるようになかへ入った。

「良かった。ちゃんと食べてるみたいね。この前、来た時すごく痩せてたから」

「ええ、ちゃんと食べてます」

ほっとしたような富美子の顔に皺《しわ》が目立つ。おそらく風呂上がりなのだろう、顔が乳液でテカテカしており、微かに薔薇の匂いがする。

ふと、この人はずっとおばさんだったと気づく。ここに世話になっていた小中学生の頃からずっとおばさんのままで、まるで時間が富美子にはかまいもせずに流れてしまったようだった。

「風間さんは？」と鷹野は尋ねた。

「今日は体調が良かったから、さっきまで鷹野くんを待つってリビングにいたんだけど、さすがに疲れたみたいで、今、寝室に」

鷹野は頷き、風間の寝室へ向かった。ドアをノックすると、「入れ」と濁った声がする。入った瞬間、鷹野は風間から目を逸らした。布団のなかの体が、また一回りも二回りも縮んだように見えた。

「体調いかがですか？」と鷹野は声をかけた。

「それよりリー・ヨンソンの動きは？」

風間が細い肘をついて体を起こそうとする。鷹野は敢えて手を貸さず、ただ待った。

「……それぞれのダムの爆破計画は進んでいると考えた方がよさそうで、あとはリー・ヨンソンがゴーサインを出すだけです」

「リー・ヨンソンは次のダム爆破にゴーサインを出すと思うか？」

尋ねたあと風間が激しく咳き込む。声を出すと、喉に痛みが走るらしい。

鷹野は近くにあったティッシュ箱を手渡した。えずきながら苦しそうに風間が痰を吐き出す。

「五分五分だと思います」

かなり間が空いてから鷹野は応えた。

「……リー・ヨンソン、もしくは彼の属する組織が最終的に狙っているのは日本の水利権で、そのためのダム爆破です。とすれば、もしその水利権が手に入る確約があれば、なにも危険を冒してまでダムを爆破する必要はありません。もちろんその利権を中尊寺や東洋エナジーが簡単に手放すとは思えませんが……」

「リー・ヨンソンという男は、その交渉に乗ってきそうなのか?」

「おそらく。爆破が趣味というサイコではなさそうですし」

「AYAKOとかいう女からの情報か?」

「はい」

「その女、信じられるのか?」

「いえ、信じられるような女じゃありません。ただ、この世界に長くいますが、信じられる人間になんて、これまで一度も会ったことがありません」

その時、ドアの向こうで音がした。

「富美子さんだろう、開けてやれ」と風間が言う。

鷹野はドアを開けた。盆に紅茶のポットを載せて、富美子が立っている。

「置いときますから飲んでください」

盆を置くと、富美子はすぐに部屋を出る。

「中尊寺たちとの交渉はこちらでやる」

風間の言葉に鷹野は無言で頷いた。

＊

勝手口での言い争いが書斎にいる中尊寺の耳にも届いていた。何を騒いでいるのか知らないが、なかなか終わらない。

東洋エナジーの石崎を呼びつけ、水利権を放棄してはどうかというＡＮ通信からの打診について聞かされている最中で、中尊寺の苛立ちは限界を超えた。

廊下に出て、「おい、なんの騒ぎだ！」と怒鳴る。しかし誰も出てこない。中尊寺は荒々しく足音を立て、勝手口に向かった。

勝手口では秘書や家政婦たちはもちろん、警備員まで集まり、何か怒鳴っている男を囲んでいる。

「なんの騒ぎだ？」と中尊寺は一喝した。

主人の声にすっと人垣が崩れる。その奥にいたのは小型犬を抱いた初老の男で、よくよく見ればぐったりとした犬は血に染まった包帯を巻いている。

「あの……」

近寄ってきた秘書が、「うちのジャッキーがあちらの犬に嚙みついたみたいで……」と耳打ちする。

「ジャッキーが？」

中尊寺は初老の男を見つめた。学者か、左寄りの記者上がりか、どちらにしろ、中尊寺がもっとも嫌いなタイプだった。

「おい、あんたがここの主人か？　どうしてくれるんだよ」

興奮した男は口から唾を飛ばし、涙声になっている。中尊寺は、「死んでるのか？」と小声で秘書に訊いた。

「いえ……」

「確かにジャッキーなのか？」

「散歩に連れ出したお手伝いがちょっとリードを弛めてしまったそうで」

「ちょっと来い」

中尊寺は秘書を連れて廊下へ戻ると、「騒ぎ立てられたら面倒だ。向こうの言い値で収めろ」とだけ言い、舌打ちしながら書斎へ戻った。

書斎の前で石崎が待っていた。

「なんでもない」

中尊寺はまた舌打ちをして書斎に入った。

広々とした書斎のソファに腰かけ、「続けろ」と中尊寺は石崎に命じた。

席に戻った石崎がAN通信から送られてきたという妥協案の続きを読み上げる。

すぐに中尊寺は額の血管が脈打つのを感じた。ジャッキーに噛み殺されそうになったさっきの犬ではないが、まるで自分の血管まで破れそうだった。

リー・ヨンソンとその属する組織には、こちらの提案を呑む用意がある。提案とは、今後日本国内で水道事業が自由化された場合、その利権を確約すること。

条件としては、今回、中尊寺と東洋エナジーが企てていたロックフィル計画が成功し、日本国内で水道事業が自由化された場合、緊急措置として無条件で東洋エナジーが開発することになっていた各種事業の七割をV.O.エキュ社と共同で、また残りのうち二割をV.O.エキュ社単独で開発できるようにすること。

「やめろ！」

怒りで身の震えが止まらず、中尊寺は石崎を怒鳴りつけた。

「七割が共同で、残りの三分の二を向こうが取れば、こっちが自由にできるのはたったの一割じゃないか！　共同といったところで、すでに水メジャーとして世界に君臨しているV．O．エキュ社と比べれば東洋エナジーの技術などまだまだで、実質的に向こうの下請けになるということだ！」

中尊寺は誰にともなく怒鳴った。まるで自分がいるこの書斎を怒鳴りつけているようだった。

「続けます」

しかし、石崎が冷静に口を挟む。

「……とにかく、こちらが不利なのは間違いありません。向こうは私たちが作った『ロックフィル計画』の計画書を持っている。あれが世に出れば、百人以上の犠牲者が出た相楽ダムの爆破事件の首謀者が、先生と、私たち東洋エナジーであることが露見します。向こうには計画書だけでなく、計画に関する全ての資料、交わされたメールや通信記録に至るまで全て揃っています」

「そんなことは分かってる！」

冷静な石崎が憎々しく、中尊寺は怒鳴った。

「……だからこそ、あのAN通信に仕事を頼んだんじゃないか！　その証拠を奪い返せ、敵がどんな組織か知らんが、ぶっ潰してしまえと。俺は暗にあいつらにそれを頼んだんだ。それをなんだ。これじゃ、まるで向こうの味方じゃないか！」

中尊寺が怒りに任せてテーブルを叩いた瞬間、ドアがノックされる。

「なんだ？」と中尊寺は苛々した。

すぐに石崎が立ってドアを開けると、秘書がおり、「ジャッキーの件、治療費と慰謝料という形で片付きそうです」と告げる。

「あのオヤジ、いくら吹っかけてきた？」と中尊寺は訊いた。

「五百万です」

「何をやってた男だ？」

「医療系の大学の研究者だったようです」

「面倒なところとの繋がりはないのか？」

「面倒というと？」

「マスコミだよ」

「おそらくないかと……」

「じゃあ、百から交渉して、百五十で収めろ。それ以上になると、弁護士を入れなきゃならんとかなんとか言えばいい」

秘書が一礼して部屋を辞す。中尊寺は石崎に向かって舌打ちをした。

「……結局、可愛い飼い犬の苦しみを金で帳消しにしたか。あのチビ犬、きっとジャッキーに嚙まれた時より、飼い主に裏切られた今の方が痛くて惨めだろうよ」

中尊寺は吐き捨てるように言い、「……それでお前んとこのボスは今回の件、なんと言ってるんだ？」と早速話を戻した。

「会長、社長ともに、AN通信からの提案を受けた方がよいのではないかという判断です」

「これ以上、危ない橋を渡るつもりはないということか？」

「ダムの爆破。自分たちがやろうとしていたことが実際に起こっただけなのですが……」

「ほう。お前は反対の意見みたいだな」

珍しく微笑んだせいか、笑い皺に慣れていない中尊寺の顔が引き攣る。

「私はやらせればいいと思います」

石崎がきっぱりと言う。その表情には強がりも恐れもない。

「やらせる？　何を？」と中尊寺は訊いた。

「爆破です。向こうだって、危ない橋は渡りたくないはずです。こちらに良心というものが芽生えて、全てを暴露することだってあり得ないことではない。その上、どちらにしろ、日本の法律を変え、水道事業の完全自由化に舵《かじ》を切ることができるのは、あいつらではなく、先生、あなたなんですから」

　中尊寺はふと、この石崎という男の生い立ちを訊きたくなった。

＊

　夜の首都高に並んだ赤いテールランプの列が動かない。

「あいつ無理してんなあ。絶対ぶつかりますよね？」

　助手席の田岡が視線を向けた先に、ギリギリの路肩走行で出口へ抜けようとしているカイエンがあった。

「……ほら、曲がり切れなくてトラックの腹に突っ込みそうですよ」

　運転席の鷹野からもその様子は見えた。青白いライトに照らされて、すでに事故を起こしたように見える。白いカイエンには中年男が乗っており、ハンドルを右に左に回しはするが、もう前にも後ろにも行けない。トラックが動けばタイヤに巻き込まれ、かといってもうバックする余裕もない。

　風間からの連絡が入ったのはちょうどその時だった。声の調子が良く感じられるのは、画像が切られているせいで、衰弱した風間の姿が見えないからか。

「中尊寺と東洋エナジーからの返事を伝える」

挨拶もなく風間が本題に入る。鷹野はスピーカーの音量を上げた。

「……返事はノーだ。リー・ヨンソン側への提案はしない」

「え？」

鷹野は思わず声を洩らした。路肩で立ち往生しているカイエンと同じで、中尊寺や東洋エナジー側に今さら動く余裕などない。

「……ノーというのはどういうことですか？」と鷹野は急《せ》いた。

「ノーはノーだ」と風間が応える。

「提案をしないということは、どこかのダムがまた爆破されるということですが……」

「それを阻止してくれ、というのが中尊寺たちから我々が請け負った仕事になる」

「いや、しかし……」

「とにかくこちらでも何かしらの策を講じて、また連絡する」

一方的に通信は切れた。

「策を講じてって……、そんなもん、警察に任せちゃえばいいじゃないっすか。俺、イヤっすよ。この寒いのに一晩中ダムの見張りなんて」

田岡がガキのように口を尖らせる。

「警察に言えないから、俺たちに頼むんだろ」

「どうして？　どのダムかは俺たちが調べて、あとはどうぞどうぞって、警察に……」

「実行犯が捕まったら、芋づる式に中尊寺たちの名前が出る」

「そりゃ、そうですけど……」

渋滞した車列がやっと動いた。鷹野がさっきのカイエンに目を向けると、トラックの運転手がうんざりした顔で降りてきており、相手は携帯で誰かに連絡を取りながら平謝りしている。

「無理なもんは無理なんだよ」

田岡が誰にともなく舌打ちをする。

またすぐに車列が停まり、鷹野はブレーキを踏んだ。赤いテールランプがずらりと並び、まるで東京の街が赤いリボンで結ばれているように見える。

鷹野はバンコクのAYAKOに連絡を入れた。かなり待たされてから、やっと繋がると、風呂上がりらしくバスローブ姿で、胸元に薄らと汗が浮かんでいる。

「あまり良い知らせじゃない」と鷹野はまず言った。

鮮明な画像の向こうから、風呂上がりのAYAKOの匂いが漂ってくるようだった。

「……中尊寺と東洋エナジーが、リー・ヨンソン側への提案を断ってきた」

「条件を少し甘くしてやれば、乗ってきそうな感じ？」

「いや、そういう雰囲気じゃない」

「じゃあ、どうするっていうのよ？　ダムの爆破は見て見ぬふり？」

「爆破は俺たちが止める」

「どうやって？」

「いつ、どこがどのように爆破されるか分かれば、誰にだって止められるだろ」

「それはどうやって分かるの？」

浮かんだ笑みを画面にちらっと残し、AYAKOがカメラを離れていく。背後は長い廊下で、その奥が浴室らしい。AYAKOが裸足で踏む大理石の冷たさが伝わってくる。

「しかし、すっぴん晒《さら》すなんて、そうとう自信あるんだろうなあ。……こういう女がたまんねえって、おっさん、多いんでしょうね。俺なんか、ぜんぜん興味ないっすけどね」

とはいえ、じっと画面を見つめている田岡を、「ガキにはまだ早いんだろ」と鷹野は笑った。

「いや、年じゃなくて、世代でしょ」と珍しく田岡も譲らない。

のろのろと進んでいた車列が浜崎橋のジャンクションで一気にほどけた。

鷹野がアクセルを踏み込むと、またAYAKOが画面に戻ってくる。喉が渇いていたのか、その手に発泡水の入ったグラスがある。

　グラスの水を一口飲んだAYAKOが、「あのリー・ヨンソンって男、私たちが思ってるより仕事が早いわよ」と言う。

　鷹野は順調に車を羽田空港に向けながら話に耳を傾けた。

「……中尊寺たちからの回答が伝わった時点ですぐに動きがあるはず。向こうが条件を呑めば、爆破は中止だったけど、条件を呑まなければ、爆破までの猶予はあまりないと思う」

「あんたの見立てでは？」と鷹野は訊いた。

「六時間、長くても十二時間以内だと思う」とAYAKOが応える。

　とすれば、すでに日本のどこかのダムで爆破の準備が整い、あとはスイッチが入るのを待つだけの状態なのかもしれない。

「そちらの回答は、これから私がリー・ヨンソンに伝えるわ。その瞬間からカウントダウンが始まると思って」

「万が一、あんたが爆破されるダムの場所を訊き出せなかったら？」

「そんな女がこの世界で生き残れてると思う？」

「なるほど、男たちの話し合いが拗《こじ》れれば拗れるほど、あんたは得をする」

「でも、男たちが仲直りをすれば、男たちは私を殺すわ」

「さあ、どうかな」

「男なんてそんなもんよ」

通信が切れ、鷹野は更にアクセルを踏み込んだ。百五十キロほどで走っている隣の車が、木の葉のように背後に飛んでいく。

AYAKOから連絡が入ったのは、鷹野たちが羽田空港に到着して四十分後だった。

「福井県の動谷ダムよ」

AYAKOはただそれだけ伝えてきた。鷹野はまず田岡に命じて動谷ダムへの最速ルートを探らせながら、「他に情報は?」とAYAKOに尋ねた。

「とにかく向かって。今、分かっているのは場所だけ。爆破されれば、福岡の相楽ダムと同程度の被害が出るわ」

AYAKOの声にも焦りがある。

「小松空港行きがすでにないので、二十五分後の名古屋行きを取りました。中部国際空港から動谷町まではヘリをチャーターします」

すでに歩き出している鷹野のあとを田岡がついてくる。

「ダムには何時に着ける?」と鷹野は訊いた。

「二時間半もしくは三時間後」

二人はそのまま搭乗ゲートに駆け込んだ。

6　来るな！　戻れ！

中部国際空港に到着した鷹野たちは、隣接したヘリポートへ急いだ。民間の会社だが、AN通信との付き合いは長く、行き先、飛行ルートなどが外へ洩れることはない。

ヘリポートの受付に立つ田岡を眺めながら、鷹野はAYAKOに連絡を入れた。爆破されるダムの場所以外で、フライト中に何か新しい情報が入っていないかと思ったのだが、AYAKOは電話に出ない。

そのうち田岡が駆け出てくる。

「あのヘリだそうです！」

背後で、すでにローターを回しているヘリを田岡が大声で指し示す。

地面から吹き上げてくる強風に抗いながら、鷹野たちはヘリへ駆け寄り、座席に這い上がった。

ドアを閉めると同時にヘリが急浮上する。

操縦席を見れば、顔見知りの操縦士で、「急ぎなんだろ？」と笑いかけてくる。

「ああ、頼む！」と鷹野は返した。

一気に浮上したヘリはあっという間に中部国際空港を離れ、名古屋市上空に差し掛かる。

鷹野はヘッドフォンをつけて操縦席の背後に落ち着くと、「なるべく気づかれないように動谷ダムに行きたい」と操縦士に告げた。

「動谷ダム？　動谷町のヘリポートまでって指示だったぞ」

「じゃあ、変更だ」

「まあ、どっちにしろ、あんたたちをどこに運んだかは他言無用って規則だ。俺はどこだってかまわないよ」

「助かる」

「なあ、どうせ教えてくれないだろうけど、あんたたち、何者だよ？」

茶目っ気のある目で振り返った操縦士が、「……警察？　まさか税務官ってわけでもないよな」と勝手に続けて笑い出す。

「もっと汚れ仕事だよ」と鷹野も笑った。

横でAYAKOに連絡を取り続けていた田岡が、「メールが来ました」とタブレットを見せる。

送られてきた画像には動谷ダムの設計図が添付されており、堤体や排水ゲートの六カ所に赤い印がついている。

「この印がダイナマイトを仕込んだ場所らしいです」と田岡が伝えてくる。

ヘリがゆっくりと方向転換し、自分たちの体が名古屋市内の夜景にこぼれ落ちそうになる。

鷹野はシートを摑みながら、「爆破の操作はどこでやるんだ?」と田岡に訊いた。

「まだ、そこまでの情報は送られてきてません」

「AYAKOとは話せないのか?」

「無理みたいですね。おそらく向こうも情報を盗みながらそのままこっちに送ってるんで、手いっぱいですよ」

鷹野はヘッドフォンマイクのスイッチを入れ、「動谷町からダムまで車だとどれくらいかかる?」と操縦士に尋ねた。

「峠道だから四十五分、いや、一時間はかかるかなあ」

「そんなにかかるか……」

「動谷ダムに行きたいんだろ? だったらダムのヘリポートがあるよ」

「いや、そこだとちょっとまずいんだ」

「ああ、こっそりとか……。じゃあ、ダムの下流に広い河川敷があるから、そこはどうだ? あそこならこのヘリでも降りられるぞ」

「ダムから見える場所か？」

「いや、少し離れてるし、ちょうど川が蛇行してるから、ダムからだと山で隠される。まあ、ヘリの音くらいは用心深く耳を澄ましてれば聞こえるだろうけど」

「そこからダムまで歩いてどれくらいかかる？」

「けもの道があるから山越える気がありゃ、ほんの十数分だよ。まあ、俺がガキの頃はそれくらいだった」

鷹野は同年代の操縦士の横顔を改めて見た。その乱暴な物言いのせいで、おそらく不器用に人生を送ってきた男なのだろうが、目元の深い笑い皺はそんな男を理解してくれる誰かがいることを教えてくれる。

「あんた、動谷町辺りの出身なのか？」と鷹野は訊いた。

「ああ、中学に上がるまで。そのあとは親の仕事で名古屋だ」

目映い名古屋の夜景はすでに背後に去り、前方には雄大な山脈が月明かりに青く浮かび上がっている。

「今でも動谷には妹夫婦が暮らしてるよ」

男の言葉に、「あんた、奥さんは？」と鷹野は尋ねた。

「俺なんか、いつこのヘリと一緒に墜落してもいいような自由の身だよ」と男が笑う。

男の唯一の理解者は、おそらくその妹なのだろうと鷹野は思う。

動谷ダムが爆破されれば、その妹夫婦が暮らす動谷町が壊滅する。ダムと繋がる川は氾濫し、人口三千人の町を濁流が襲う。

万が一、爆破の阻止に失敗した場合、ダムの決壊から川の氾濫までにどれくらいの時間があるのだろうか。

おそらく鷹野たちが失敗した時点で、状況を見守っている風間がすぐに動く。だが、消防や警察に通報し、それが自治体に下りて、実際に住民たちに伝わるまでには数十分かかる。そこから避難となれば、逃げ遅れる住民たちの数は、前回の福岡相楽ダムほどではないにしろ、かなりの数に上る。

そしてもちろん自分や田岡の救助など後回しとなるに違いない。

ヘリが徐々に高度を下げ始めていた。

「あそこの河川敷だ」

操縦士に声をかけられ、鷹野は眼下を覗き込んだ。月明かりを浴びた青い森が広がり、そこにひび割れが起きたように川が流れている。

ローターが起こす風で、森の木々が大きく揺れる様子が見えるようになった頃、田岡が、

「繋がりました」と通信機の端末を差し出した。

鷹野はヘッドフォンを外し、端末を受け取った。

「もしもし！　聞こえる？」

端末のイヤホンからAYAKOの声がする。

「ああ、聞こえる！　何か分かったか？」と鷹野も怒鳴り返した。

「ダイナマイトの設置場所はさっき送った通り。でも、誰がどこで起爆装置を操作するのかは、まだ分からないの」

「爆破の予定時刻は？」

「それもまだ分からない」

聞こえてくるAYAKOの声もひどく焦っている。

「今、どこだ？」と鷹野は訊いた。

「リー・ヨンソンのクルーザーのなか」

「クルーザーって、この前の船か？」

「ハーバーに停泊してるところに忍び込んだんだけど、パスワードに時間制限があったのか途中でシャットダウンしたのよ」

「とにかく俺らはこれから動谷ダムに向かう」

ヘリはかなり降下していた。ローターの強風で河川敷の枯れ葉が舞い上がっている。

「俺たちを降ろしたら、そのままダムとは反対方向から帰ってくれ!」

鷹野は操縦士に伝えた。と同時にヘリが河川敷に着き、足元から振動が来る。

鷹野と田岡はヘリから飛び降り、月明かりの下、河川敷を走って森へ隠れた。ヘリはすぐに上昇し、あっという間に夜空の彼方へ遠ざかっていく。

ヘリの轟音が消えてしまうと、辺りは川音だけになる。

「行くぞ」と鷹野は崖を上り始めた。

「どういう装置か分かりませんけど、六カ所のダイナマイトを手分けして解除して回るとして十五分から三十分。間に合いますかね?」

ザクザクと枯れ葉や枝を踏みつける音と共に田岡の声が追ってくる。

「福岡の相楽ダムと同じなら、精密な時限爆弾じゃない。見つけたらそのままダムに投げ捨てろ」

「鷹野さん、今、俺、般若心経を彫ってんですよ」

急斜面を上っているからか田岡の息が上がってくる。

「……彫ってくれてる女が言うんですよ。俺、この刺青が完成する前に死にそうだって。だから絶対に戻ってきて、私にこの刺青を完成させろって。この刺青は俺の一生のお守りになるやつだからって」

田岡が緊張を紛らわせようとしているのは分かっていた。鷹野自身、激しく呼吸を乱し、手足を動かしていないと、ダイナマイトで吹っ飛ばされ、自分の体がバラバラになるイメージから逃れられない。

「じゃあ、それが完成すれば、お前は不死身か？」と鷹野は笑った。

「さあ、今でも不死身なんだから、それ以上でしょ！」と田岡が返してくる。

鷹野は太い蔦《つた》を摑んで体を引いた。上り切った崖の上から、満々と水を湛《たた》えたダム湖が見下ろせた。ダム湖の真ん中で月が揺れている。

肩で大きく息をしている田岡に、「行くぞ」と声をかけ、鷹野は崖を駆け下りる。

「クソ！　行くぞ！」と自分に気合いを入れた田岡も、すぐにあとを追ってくる。

耳に突っ込んでいたイヤホンにAYAKOの声が聞こえたのはその時だった。

「もしもし！　繫がってる？　爆破時間が分かったの！　でももう時間がない。あと十二分！」

聞こえてきたAYAKOの声に、「了解！」と鷹野は怒鳴り返した。

「今、どこなの！」

AYAKOの問いに、「あと二分でダムに到着！」と叫び返す。

「じゃあ、もう無理よ！」

そこで通信が途切れる。鷹野は追いかけてくる田岡に、「聞いてたか?」と尋ねた。

「十二分後! いや、十一分と二十秒後でしょ!」

「俺は西側から入る。お前はこのまま下りて、東側に入れ!」

鷹野は急斜面で方向を変え、ダムの堤体の上を目指した。AYAKOから送られてきた図面によれば、ダイナマイトは絶壁のようなダムのコンクリート堤体に六つ並んで設置されている。

ゲート操作室、常用洪水吐、非常用洪水吐《こうずいばき》、堤体非常階段、予備ゲート、そして主ゲート。

鷹野は猪避けのフェンスをよじ登り、ダム管理所の屋根に飛び移った。そのまま配水管を伝い地面へ下りる。

堤体の上にまっすぐに延びる道を鷹野は全速力で駆けた。右手はダム湖、左手の壁の向こうは奈落だった。

鷹野はそのままの勢いで壁を駆け上がり、その上を走り出した。真下に吸い込まれるような闇がぽっかりと開いている。

ダムの端まで走り抜けた鷹野は、急な滑り台のような堤体への階段を駆け下りた。ちょうど反対側の同じ階段を駆け下りた田岡が、ゲート操作室に入ろうとしている。

鷹野は最後の十段ほどを飛び下りた。コンクリートの上に転がり、そのまま立ち上がって走り出す。AYAKOから送られてきた図面通り、まず非常階段を上っていく。剝き出しの鉄階段は巨大なダムの上で綱渡りしているようだった。

ダイナマイトの爆破装置はその非常階段に巻きつけられていた。いかにも素人の手によるもので、すでに巻きつけられたガムテープが剝がれかけている。

鷹野は力任せにガムテープを引き千切り、ダイナマイトの導火線を引き抜くと、そのまま足元の闇に投げ込んだ。

手を離した数秒後、副ダムの水面に落ちた音がダムの堤体を伝って上ってくる。

鷹野は時計を見た。AYAKOの情報が正しければ、爆破まであと三分だった。

顔を上げると、反対側のゲート操作室から田岡が爆破装置を副ダムに落とす様子が見えた。

鷹野は非常階段から、予備ゲートの屋根に飛び移った。足場は狭く、踏み外せば足元の闇に吞まれる。

幅三十センチほどの縁をゆっくりと歩き出す。渓谷から吹き上がってくる風で、前に出そうとする足が取られる。

鷹野は慎重に一歩ずつ前へ進む。

田岡は順調に非常用、常用洪水吐に進んでいる様子だった。爆破装置が副ダムに投げ捨てられた音が聞こえ、今、次の装置を取り外し始めている姿が見える。

幅三十センチほどの縁が途切れたのはその時で、爆破装置がある予備ゲートまで繋がっていない。

鷹野はまた時計を見た。爆破まであと一分半を切っている。絶壁の堤体を駆け下りて、予備ゲートに飛びつければなんとかなる。ただ、そのあと主ゲートまで下りる時間があるかないか。

と思った次の瞬間、鷹野の足は勝手に動いていた。助走をつけ、ほぼ直角にそそり立つ堤体へ飛び移る。走っているのか落ちているのか分からない。それでも五歩、六歩と爪先がコンクリート壁を蹴ったところで、鷹野は必死に手を伸ばし、予備ゲートの出っ張りを摑んだ。そのまま体を持ち上げ、ゲートのなかに入ると、爆破装置が置いてある。鷹野は同じ要領で導火線を千切り、そのまま副ダムに投げ入れた。

その真下が主ゲートだった。下りるというよりも、落ちるに近い。

足を下ろそうとした時、田岡の声が響いた。

「俺が行きます！　上っていく方が安全ですよ！」

確かにそうだが、もう時間がない。おそらくあと二十数秒。

「来るな！　戻れ！」

鷹野は叫んだ。声がダムの堤体に反響し、暗い森に広がっていく。

鷹野は予備ゲートから足を踏み出した。すっと体が落ちていく。それでも必死に足を動かした。爪先がかろうじてコンクリートの堤体を捉える。ただ、そこで力めば体が反転し、真っ逆さまに落ちていく。

鷹野は滑るように急斜面を落ちた。運良く主ゲートから突き出たポールを、激しい痛みと共に右腋の下で捉える。目の前に爆破装置がある。鷹野は手を伸ばした。しかし、なかなか届かない。

そのうち、やっと指先が触れ、導火線を引っ張る。

残り、五秒、四秒、三秒……。

無意識に秒読みしながら、鷹野はダイナマイトを引っ張り出すと、そのまま背後に放り投げた。

手を離れた装置が弧を描いて、真下の闇に落ちていく。

山を揺らすような爆音が響いたのは、爆破装置が手を離れた数秒後だった。

ダム全体を揺らすような爆音と同時に、高い水柱が立つ。

鷹野は必死にポールにしがみついた。夜空まで上った水柱が崩れ、鷹野の体を叩く。

ずぶ濡れになりながら、鷹野はなぜか可笑しくてたまらなかった。今になって、体が震え出していた。

眼下に田岡の姿があった。やはり極度の緊張から解放され、腰でも抜かしてしまったのか、地面にへたり込み、力なくこちらへ手を振っている。

鷹野は体に反動をつけポールから主ゲートの屋根へ跳び上がった。

よじ登ると、ずぶ濡れの体から足元に水が広がっていく。

鷹野はまた綱渡りのように急斜面を非常階段へ戻った。不思議なもので、来る時は平気だったくせに、任務を終えた今の方がその高さに膝が震えてくる。自分がどこにいるのか、今になって分かったような感じだ。

堤体の上をぐるりと回って、鷹野は田岡が待つ反対側へ移動した。すでに田岡も気力を取り戻しており、任務の成功を風間に伝えている。しかし次の瞬間、その田岡の顔が青ざめた。

「どうした？」と鷹野は訊いた。

「たった今、兵庫の知森ダムが決壊したそうです……」

＊

「おいおいおいおいおい、まったく日本どうなってんだよ」

さっきから自分のデスクとコピー機の間を行ったり来たりしている上司の小川の声を聞き

ながら、九条は書きかけの原稿を急いだ。

昨夜、兵庫県の知森ダムが決壊した。

警察からの詳細な発表はまだないが、ネットやテレビでは先日の相楽ダムに次ぐ第二の爆破テロだと大騒ぎになっている。

昨夜、知森ダム決壊の一報が流れた直後、九条は小川に呼び出され、一時間ほどの仮眠を取った以外は送られてくる現場写真のセレクトや原稿の執筆に追われている。

一応、朝刊に第一報は間に合ったが、夕刊では特集を組むことが決まっており、社内は相楽ダムが決壊した時と同様の混乱のなかにある。

九条は、知森ダムと下流に広がる知森町の地図をレイアウトすると、原稿をつけて校閲に回した。

昨夜からつけっぱなしになっているテレビでは、さっきまでずっと知森ダム決壊の特別報道が流れていたが、この時間になっていくつかの局が古いドラマの再放送などに切り替えている。

おそらく特別番組が打ち切られたのは、今回の決壊で奇跡的に死者が一人も出なかったからだ。

これにはいくつか幸運が重なっている。まず今年に入ってからの降水量が極端に少なく、ダム湖の貯水量が最低レベルだったこと。そして先日の相楽ダムと違い、今回の知森ダムからは下流の知森町までの距離がかなりあったこと。最後に先日の相楽ダムを教訓に、つい数日前に地域で防災訓練が行われており、決壊直後の緊急放送から住民の避難までがほぼ完璧な形で行われたこと。もちろん相楽市と比べて、町の規模が五分の一と小さかったこともある。

「おい、大國《おおくに》首相の緊急放送が始まるぞ！」

誰かの声に、みんながテレビの前へ集まっていく。九条も飲もうとしたコーヒーを持ったまま、そのあとに続いた。

大國首相の談話は三分ほどの短いものだった。内容としては、現在様々な臆測が流れ、国中が不穏な空気に包まれているが、とにかく冷静に行動しましょうというありきたりなものだった。唯一評価できるとすれば、今回の知森ダム及び先日の相楽ダムの決壊が事故ではなく、何者かによる爆破だという警察の見解を暗に代弁したことだった。

ただ、そうなれば当然、「では誰が犯人なのだ？」という話になる。

さすがに首相の談話では、現在警察が追っている相楽ダム爆破の容疑者、野中、安達らの名前は挙がらなかったが、その話し振りから警察が、今回の爆破も同一の犯罪組織が関与していると考えていることは明らかだった。

「小川さん、その後、福岡県警から何か連絡ないんですか？」

九条は横でテレビを見ている上司に尋ねた。

「連絡？」

「野中や安達の行方ですよ」

「ないな。まあ、もし居場所を摑んどるとしても、逮捕されるまでは情報は落ちてこんやろ」

「今回のダムも彼らが関わってると思いますか？」

「いや、俺はそう思わんね。彼らはここ福岡の相楽ダムの爆破要員。兵庫の知森にはまた別の野中や安達がおったんやと思うぞ」

「とすると、私たちが思っているよりもっと大きな組織が背後にあるということですよね？」

「そうやろうね」

先日、東京の福祉施設から戻った九条は、その足で若宮真司を追って南蘭島へ向かうつもりでいた。しかし、行けば必ず見つかるというほど小さな島でもない。

それよりもいったん福岡に戻り、ＡＮ通信という組織をきちんと洗ってみたいと思い直した。

おそらく今回の件で、九条はツイている。楽地で飲み屋をやっていた摂子ママの思わぬ証言から始まり、雅美が残したという若宮真司に関する古い資料、そしてその資料を頼りに訪ねた東京の福祉施設でのすみれという少女との出会い。

九条はこの運気の流れが変わらぬうちにと、とにかく新聞社にある資料はもちろん、ネット、国立国会図書館と、公開資料のあらゆるアーカイブ中の「AN通信」と出ているものは全て検索を試みた。

しかし、いくら探しても出てくるのはアジアの観光情報を配信する通信社としてのAN通信だけだったのだが、ほぼ徹夜で探し続けた三日目の朝、そうではないものが一つだけ見つかった。それは今から二十五年近くも前、当時のNHKがアジアのCNNを作ろうとした壮大な計画を論じる文書のなかにあったのだ。

「一九八二年に改正された放送法によりNHKは営利事業への出資が認められた。当時、教育テレビの開設など業務拡大を続けた結果、赤字体質に陥っていたNHKには、従来の受信料頼みの経営から脱却しようという気運が高まっていた。新会長はすぐに組織改革に動く。教育テレビや娯楽番組及びラジオ放送を大幅削減し、将来的にはNHKを二十四時間ニュース専門チャンネルの『第一NHK』と、娯楽・スポーツを中心とした『第二NHK』に分割する方針だった。

『私が今重要と考えているのは、日本を中心にアジアの情報を自分たちの手で集め、それをアメリカやヨーロッパに向けて発信する。そのためのアジアネットワークを作ることです。地球は自転しているから、アジアの情報はＮＨＫが、ヨーロッパのニュースはヨーロッパの放送局、アメリカのニュースはアメリカの放送局が集め、毎日それぞれ八時間ずつ分担する。そうすれば二十四時間のワールドニュースが完成する。これを私はＧＮＮ計画と名づけました』

結果的には、会長の女性スキャンダルによってこのＧＮＮ計画は頓挫《とんざ》する。

会長は職を追われ、新たな会長のもと、それまでの経営方針は全否定となってしまうのだ。

この一連の流れが収束を見せようとしていた頃、あるスクープ記事が世間を騒がす。それはこのＧＮＮ計画のために設立されていた企業が数社あり、そのうちＡＮ通信という名義で作られた海外隠し口座の存在を明らかにするスクープだった。

しかしこの十億とも、百億とも囁かれた隠し口座のスクープは単発で終わり、結局不透明なままになっている」

この資料を見つけた時、九条は少なくとも十回は読み返した。

誰がなんのために書いたものなのかさえ分からなかったが、まるでネット空間で迷子になったようにそこにあった。

十億、百億の隠し財産。だとすれば、ＡＮ通信がアジアの観光情報を扱う小さな通信社であるわけがない。

九条はすぐに情報処理に詳しい幼なじみの麻子《あきこ》に連絡を取り、この資料のデータから何か他にも繋がるような文書を見つけ出せないかと依頼した。一時間すると、麻子から連絡があった。

発信元が判明したらしく、もう一つ同時期に書かれたこの資料の続きのような文書が見つかったという。

送られてきた文書を読んだ九条は、あまりの衝撃ですぐに麻子に電話を入れた。

麻子は大手製薬会社の研究職で、現在広島の研究所でコラーゲンの研究をしている。

「もしもし、この文書、なんだろう……」

九条は単刀直入にそう尋ねた。

「さあ、小説か何かの構想じゃない」

興奮した九条とは逆に、麻子はさほど興味を持っていない。それよりも少し前に参加したらしい同窓会に、当時好きだったテニス部のキャプテンが来ていたと話し始める。

「ね、ねえ。ちょっと……」と九条は口を挟んだ。

「……これ、誰がどういう目的で書いたものかなんて分からないよね？」

「無理だよ。あんたが最初に送ってきたＮＨＫがなんたらって文書に引っかかるような形で残ってたデータで、たまたま同じ形式の暗号化だったから開けたけど……」

「ねえ、麻子も読んだんでしょ？」

「読んだよ」

「どう思う？」

「だから小説か何かじゃないの？」

その文書に書かれていたことを簡単にまとめると次のような内容だった。

ＧＮＮ計画が頓挫したあと、莫大な隠し財産を元手にＡＮ通信は独自に発展した。すでにＮＨＫとの関わりはなかったが、当初の予定通りにアジアの情報を豊富な資金力で独自に集めていく。ただ、ＧＮＮ計画とは違い、集めた情報が公共の利益になることはなかった。彼らはいわゆる産業スパイ組織となり、集めた情報を必要とする企業や国家に高値で販売し始めたのだ。

そしてここからが九条を最も驚かせた箇所になるのだが、それら有益な情報を手に入れるために活動する産業スパイたち、いわゆる諜報員たちが、孤児や親からの虐待を受けて保護されている子供たちから成っていると書かれていたのだ。

ＡＮ通信はまず、福祉施設に預けられている子供たちを病死または事故死したことにする。

その上で新しい名前と身分を与え、高校を卒業するまでに専門的な訓練を受けさせたあと、産業スパイとして働かせるのだという。

麻子が、小説の構想メモでしょ、と考えるのは当然だった。それほどに現実離れしている。

だが、九条にはそうは思えない。

なぜなら現に若宮真司という男が、これとまったく同じ生い立ちを持っているからだ。


テレビでは決壊した知森ダムの映像が続いていた。九条はずっと持っていたコーヒーをやっと飲み、歩いて行こうとする上司の小川をつかまえた。

「あの、ちょっと沖縄に行って調べたいことがあるんですが」

「沖縄？」

小川は足も止めない。九条は諦めずに、「若宮真司の居場所が分かりそうなんです」とあとを追う。

「だったら警察に知らせんね」

「ただ、もう少し話が大きくなりそうで」

「話が大きく？　どういう意味ね？」

廊下に出た小川はそのまま男子トイレへ入ってしまう。

「まだはっきりしたことは言えないんですけど、組織的な児童誘拐の疑いがあって、その組織と今回のダム爆破が繋がっているような気がするんです」

九条は思い切って男子トイレに入った。ずらっと並んだ小便器には、小川を含め、三人の男が立っている。

「おい、小便くらいゆっくりさせんね」と呆れる小川の横で、「おいおい、社会部にはすごいのがおるな」と他の男たちが笑い出す。

「どこからの情報？」

「どこからというか……。まだ、私の個人的な推測の域を出ていないというか……」

「今は無理やねえ。せめて一週間待てんか？　今は知森ダムのことで手いっぱい。ただでさえ人手が足りんとに」

手を洗い、小川がトイレを出ていく。廊下に出た九条はもうあとを追わなかった。

まあ、自分が小川の立場なら同じことを言うだろうと思う。そして、やはり自分が小川の立場なら、このまま数日欠勤したところで、もしＡＮ通信のことをスクープできれば、全て水に流すに違いなかった。

九条は自分のデスクに戻ると、小川の目を盗んでコートとバッグを手に取り、こっそりと廊下へ出た。

振り返り、忙《せわ》しなく歩き回っている同僚たちに、すいません、と頭を下げる。

その足で九条は福岡空港に向かった。地下鉄のなかで沖縄行きのチケットを予約し、南蘭島へのフェリーの経路を調べる。

決して便の良い島ではなさそうで、乗り継ぎが悪ければ、到着は翌朝になる可能性もありそうだった。

＊

真っ暗な部屋だった。ずいぶん遠くで鳴っていると思っていた目覚ましが枕元にあることに真司はゆっくりと気づいた。

目覚ましを止め、ベッドに腰かける。熟睡できたようで、目覚めはいい。

立ち上がった真司は、一気にカーテンを開けた。真っ青な海と真っ青な空が、寝ぼけた目に飛び込んでくる。

真司は思わず閉じた目を徐々に開けた。ぼんやりしていた様々な青が、徐々に像を成していく。

目の前に広がっているのは、ここ南蘭島で一番大きなサンセットビーチだった。

晩秋とはいえ、ビーチ沿いのメインストリートには屋台が並び、Tシャツ姿の避寒客で賑わっている。

窓を開けると、潮の香りのする風が吹き込んでくる。真司は背伸びをした。綿のように柔らかいホテルのベッドで寝たせいで、体が強ばっていた。

真司は改めてベッドに寝転んだ。枕元にあるバッグに手を突っ込み、最初に触れた札束を摑み出し、腹に載せる。ひんやりとした札束の感触がこそばゆい。

また一束を摑み出して腹に載せ、また一束と積み上げていく。こそばゆさに腹が動くとすぐに、積み上げた札束は崩れそうになる。

この数日でいろんなことがあった。ほんの数日のことなのに、こうやってリゾートのホテルのベッドで寝転がり、窓から真っ青な空を眺めていると、何もかもが遠い昔のように思われる。

福祉施設で別れる時、すみれは泣かなかった。ただ、いつまでも見送っていた。

ここ南蘭島にいると、全てが遠い。全ての記憶は凍えるような寒さと結びついている。その寒さがこの島にはない。

いつか必ず行ってみようと決めていた島だったが、実際に来てみると、自分がなんのためにここに来たかったのか分からなかった。

真司は腹の上の札束をバッグに戻すと、ベッドから下りた。

とにかく行ってみようと思う。南蘭島の轟《とどろき》集落という場所へ。

真司がまだ小学生の頃だった。暮らしていた福祉施設で嫌な記憶が蘇ると、真司は通風口から天井裏に隠れて一人で過ごした。

隠れると、五分で忘れる嫌な記憶もあれば、一時間いても、一晩いても、忘れられない記憶もあった。

隠れている時間が長くなれば、施設内は大騒ぎとなった。警察や消防隊が呼ばれたこともある。真司はそれでも嫌な記憶が消えてしまうまでは天井裏から出なかった。空腹で腹が鳴り、脱水でめまいがしても出なかった。

そんなものは、母親や同居する男から何日も食事を与えられなかった時に比べればなんでもなかった。そんなものは、母親や男から殴られる痛みに比べればなんでもなかった。

ある時、いつものように嫌な記憶と天井裏で戦っていると、施設の貴子先生が男と話している声が聞こえてきた。

話題に上っているのは自分のことだったが、いつものようにどこに隠れているのかというような話ではなかった。

真司は天井のパネルの隙間から応接室を覗いた。

ソファには貴子先生と見知らぬ男がいた。男はきちんとした背広姿で恰幅《かっぷく》が良かった。

「本来なら中学に上がると同時に、新谷洋介は我々AN通信が引き取るはずでした」

男の声は低く、よく響いた。

新谷洋介というのは、施設に入って数年後につけられた名前だった。自分に虐待を繰り返した母親やその男から守るためだと教えられていた。

若宮真司という本名に愛着があったわけではない。だが、新谷洋介という名前に希望を持ったわけでもなかった。

「ええ、私たちもそのつもりで、これまであの子を育ててきました……。今、引き取るはずだったとおっしゃいました？　ということは、引き取らないということですか？」

貴子先生の声には焦りと安堵が入り交じっているようだった。

「結論から言うと、そうです。我々AN通信は新谷洋介を引き取らない」

「それは……、どういう理由ででしょうか？」

「新谷洋介の心臓に異常が見つかりました。AN通信の諜報員の任務に耐えられない体であるという判断です」

よく響く男の声を真司はじっと天井裏で聞いていた。話されているのは自分のことなのに、まるで他人のことのようだった。

「では、完全に計画は中止ということでしょうか？　あの子はAN通信に入らず、他の普通の子と同じように、自由に生きてもいいということでしょうか？」

　貴子先生の声から焦りが消えた。心から安堵したように聞こえる。

「ええ。その通りです」

　貴子先生の体から一気に力が抜けたようだった。

「……こちらでの熱心な教育には心から感謝しております。これまでの新谷洋介の資料も見せてもらいましたが、学力、知力、武術、何をとっても優秀です。いや、これほど優秀な成績だった子はおりません」

「ええ。あの子は優秀です。そして誰よりも努力家です」

「だからこそ、我々は今回の結果に落胆しています。しかし我々の任務に耐えられる体ではない。……本来なら、彼が中学に上がる前に我々が引き取り、高校からは沖縄の南蘭島という島で、更に訓練を重ねることになっていました。他の諜報員たちの多くもそこで訓練を受けています」

「とにかく、あの子はその人生から外れたということですね」

　貴子先生が少し急いて口を挟む。まるでこのまま会話が続くと、男の話がなかったことになるとでも思っているようだった。

「その通りです。私が新谷洋介の件で、こちらを訪れることは二度とありません。ですから、彼にだけ特別なカリキュラムの教育をして頂く必要もありません。中学は他の子たちと同様に公立に進ませ、卒業後は彼の希望通りにします」

天井裏で真司は冷や汗を掻いていた。自分は何かのコースから外された。彼らは、自由で、希望通りになると言っているが、真司には再び打ち捨てられたような感覚しかなかった。

自分は落第した。何かに落第した。それはきっと弱い心臓のせいじゃない。自分が母親にも愛されなかった子供だからだ。

この時、真司は天井裏で気を失った。発見されたのは、二日後に失禁した小便が天井から洩れてきたからだった。

7　朝焼けのアンコールワット

赤坂の料亭へ向かう小路で、中尊寺が乗る車は渋滞にはまっていた。

小路に入ったトラックが左折できず、そこに客待ちのタクシーなどが連なって、どうにもならなくなっている。

「おい！　なんで動かないんだ！」

後部座席でふんぞり返った中尊寺が運転手を怒鳴りつける。

「この先でトラックが……」

慌てて運転手が説明を繰り返すが、中尊寺は耳にも入らないようで、「この俺を呼びつけるとはどういうつもりだ！」と、怒りは真の苛立ちの方へ戻っている。

大國首相の秘書から、急な話で申し訳ないが今夜会えないだろうかと連絡が入ったのは一時間ほど前のことだった。

てっきり大國の方がいつものように家に訪ねてくるのだろうと思った中尊寺が、「じゃあ、お待ちしてますよ」と応えると、「いえ、大変ご足労をおかけして申し訳ないのですが、今、大國は赤坂の料亭蓬萊《ほうらい》におりますので、お越し頂けないでしょうか」と慇懃無礼に言う。

「そりゃ、本人が言ったことなのか？」と中尊寺は驚いた。

「と、おっしゃいますと？」

「だから、俺を呼びつけろと、本人が言ったのかと訊いてるんだ」

「ええ。……あ、いえ、呼びつけろなどという……」

「もういい」

中尊寺は受話器を叩き置いた。

首相とはいえ、中尊寺は大國のことなど、彼が半ズボン姿で洟《はな》を垂らしている頃から知っている。

もちろんいつも彼の味方だったわけではないが、早世した父親に代わって、なにかと面倒を見てやった時期もある。だからこそ、こうやって首相の座にまで上り詰めることができたのだ。

それがどんな用件かは知らないが、自ら足を運ぶのならともかく、その恩人の自分にわざわざ会いに来いという。

中尊寺はまだ動かぬ車のなかで、「おい！」とまた怒鳴った。さっきからずっと竦《すく》めている運転手の首はこれ以上もう短くならない。

「歩いても五、六分だと思いますが……」

横にいる東洋エナジーの石崎が口を開く。

自分の前では誰もがこの運転手のようになるが、石崎という男だけはいつも腹が据わっている。

中尊寺は何も言わず、車を降りた。すぐに石崎も降りてきて、「こちらです」と更に細い裏道の方へ案内する。

「あいつの口からどんな話が出ると思う？」

歩き出してすぐ、中尊寺は口を開いた。

「あいつとおっしゃいますと？」

「大國だよ」

「……さあ、私には分かりません」

「さすがにもう、知らぬふりはできませんという話だろうよ。あいつもこの国の水道事業民営化の話には喜んで乗るつもりだったから、今回のダム爆破の件も耳に入っていながら目をつぶっていたが、それがこの中尊寺主導ならいざ知らず、得体の知れぬ者の手で行われている上に、すでに手がつけられないとなれば、一国の首相としては、自分は最初から一切の関係がないと私から言質を取らざるを得ないのだろう」

「では、中尊寺先生は、そう言ってやるおつもりですか」

「だから、それは向こうの出方次第だが、こうやってこの老いぼれを自分のもとまで歩かせているところを見ると、私への恩や誠意などもうないんだろうよ」

急な坂道の途中に、料亭「蓬萊」はある。

中尊寺が坂道に差し掛かると、到着を待っていた女将たちが慌てて駆け下りてくる。

「まあ！　先生。お車は？」

「ああ、そう急くな。着物の裾がはだけてみっともない」

今にも草履《ぞうり》が脱げそうに坂を下りてくる女将を、中尊寺はたしなめた。

女将たちに囲まれて坂を上り、中尊寺は苛々したまま座敷に通された。

やけにのんびりと襖《ふすま》を開ける女将の動作が待てず、「邪魔するよ」と自分で開ける。

一応、大國は下座にいた。万が一、上座にいれば、中尊寺はまず用件を聞き、話次第では席に着かずにいようと考えていた。

「中尊寺先生、今日はお呼び立てして申し訳ありません」

立ち上がろうとする大國を制し、中尊寺は座布団に腰を下ろしながら、「あまり良い話ではないんでしょう。老い先短い身です。回りくどい話はやめて、単刀直入にお願いしますよ」と告げた。

石崎が背後に正座し、女将に席を外すよう目配せする。

「では、お言葉に甘えさせてもらいまして、無沙汰のご挨拶も抜きで……」

と話し始めた大國の姿に、中尊寺はまだ半ズボン姿で庭を走り回っていた少年の頃を重ねた。

おそらくこの男も多くを手に入れた代わりに、更に多くを失ってきたのだろう。手に入れたものが大きければ大きいほど、失うものも大きくなるのが世の摂理であり、失うのが嫌ならば得ることを諦めればいい。だが、生き残るということは、その失うことに鈍感になるということでもあるのだ。

「中尊寺先生、そう悪い話でもないんです。今日は先生にご紹介したい人間がおりまして、こうしてわざわざお越し頂きました」

「ほう。そう悪い話でもない？　国内のダムが二基も爆破された首相の口からそんな言葉が出てくるとは思ってもみませんでしたよ。まあ、ダム爆破が総理の想定内だったとしても、あれをやっているのは私たちじゃない。私たちの手には負えない何者かだ」

中尊寺は笑おうとしたが、声は掠れた。

「……中尊寺先生が今、なんの話をされているのか、私にはさっぱり分かりませんが」

腹が立つほど冷静な大國の対応に、中尊寺も上げかけた両肩から力を抜き、「……で、私に会わせたい人間というのは？」と話を戻した。

「すぐに連れて参ります」

なぜか大國が立ち上がり、部屋を出ていこうとする。

「ほう。あなたはもうお帰りですか？」と中尊寺は声をかけた。

大國はにこりともせず、「私なんかがいるとお邪魔でしょうから」と引き下がる。

中尊寺は敢えて引き留めなかった。もし自分が彼の立場でも同じことをするはずだった。

「失礼します」

代わりに現れた男は、いかにも下っ端という感じで、緊張のせいかすでに額には玉の汗を掻いている。

一応、襖の敷居は跨いだが、先に進んでくることはなく、その場に正座するときょろきょろと落ち着かない。

「まあ、どんな話なのか話しなさいよ。あんたみたいな下っ端の使いを寄越したんだから、どんな提案なのか知らないが、私たちに選択の余地はないんだろうが」

腹は立つし、情けないしで、中尊寺は無理にふんぞり返った。

「で、では……、さ、早速、話をさせて頂きたいと思います……」

正座した男が持参した資料を出そうとするが、その手があまりにも震えているので、なかなか出ない。

「……私はＪＯＸパワーの重松《しげまつ》と申す者です。これから中尊寺先生にあるご提案をさせて頂きたいと思います」

「ああもう、鬱陶しい。さっさと結論だけ言いなさい！」と中尊寺は怒鳴った。

「は、はい。で、では……。このたび、私どもは中尊寺先生及び東洋エナジーに、国内の水道事業民営化から一切の手を引いて頂きたいと考えております」

「な、なんの話だ！」

すぐに食ってかかろうとする中尊寺を、「先生、とりあえず聞きませんか」と石崎がなだめる。

「……で、では、つ、続けます。まず、私どもには中尊寺先生を救う用意があります。と言いますのは、このままの状況が続けば、このたびの福岡、兵庫、二カ所のダム爆破計画が、元々は中尊寺先生と東洋エナジー及びフランスのＶ・Ｏ・エキュ社が画策したものであることが露見します。実際に、その証拠を示す内部資料が、リー・ヨンソンという男から我々のもとに届いております」

「それで？」と中尊寺は冷静に先を促した。

「……今回の二基目のダム爆破を受けて、政府は水道事業民営化のスピードを上げます。打撃を受けた市町村の復興を後押しすることが目的ですので、世論の反対もなく法案はスムーズに通るはずです。そして民営化は市町村レベルからそのまま国家レベルへと引き上げられます」

「そうだ。私たちが計画していた通りだよ」と中尊寺は口を挟んだ。

「ですが、我々の提案はその一切から中尊寺先生方に手を引いてもらうことであります。なぜそのような乱暴な申し出を私どもがするかと申しますと、それが今回の主導権を握るリー・ヨンソン側から出された二つの条件のうちの一つだからであります。今後の日本の水道事業民営化は、中尊寺先生の代わりに竹田《たけだ》道夫《みちお》先生が引き継ぎ、東洋エナジーの代わりを私どもＪＯＸパワーが務めます」

竹田道夫代議士は、学生の頃から大國の家に面倒を見てもらっている男だった。

「もし私が断れば？」と中尊寺は尋ねた。しかし、もちろんその答えも分かっている。

「先生方の計画書が暴露され、先生は身柄を拘束されることになります」

中尊寺は染みだらけの自分の手を見た。もう長期間の勾留に耐えられる年ではない。

「さっき、たしか君は、私を救う用意があるとも言ったな？」と中尊寺は話を変えた。

「それが、リー・ヨンソン側から出された二つの条件のもう一つであります。彼らはＡＮ通信という産業スパイ組織の潰滅を望んでいます」

「ＡＮ通信の潰滅？」

思わず中尊寺は声を上げた。

「はい、そうです」

男が事も無げに頷く。

「君はＡＮ通信を知ってるのか？」と中尊寺は尋ねた。

男は、「いえ、私は……」と首を振る。

「どうりで、簡単にそんなこと……」

出端を挫かれた様子で、男がまたおどおどしている。中尊寺は、「続けなさい」と顎をしゃくった。

「はい。では……。今回の件で、中尊寺先生はこのＡＮ通信に仕事を頼んでおられます。そしてこれまでにも彼らと組んだ仕事があります」

「私に、ＡＮ通信の真の姿を世間に暴露させようというのか？」

「ええ、簡単に言えばそうなります」

「私が何者か知ってるか？」と中尊寺は真顔で尋ねた。

「はい。もちろんであります」

「じゃあ、教えよう。その私がＡＮ通信を売るのは恐いと言ったらどうする？」

「え？」

「私を必ず守るという確約が、君たちにできるのかと訊いてるんだ」

「そ、それはもちろんであります。……私どもとしましては、その際には、今後、水道事業民営化をお任せする竹田先生の後見役として、中尊寺先生のお力をお借りしたいと考えております」

「一度追い出した私をまた戻して、リー・ヨンソン側は何も言わないのか？」

「そこは問題ありません」

「なるほど。私を追い出すのが目的じゃなく、爆破計画書の暴露で、この老いぼれを脅迫しておいて、最後までこき使おうということか。……では一つ訊こう。これは大國の考えか？」

「中尊寺先生にはこのまま水道事業の民営化にご尽力頂きたいというのが大國首相の考えであります」

男の言葉を中尊寺は鼻で笑った。

「そう簡単にAN通信は潰せないぞ」

男は本当に無知らしく、「はい。それはもう分かっております」と軽々しく頷く。

日が落ちて、少し肌寒くなった。

鷹野は蒸し鶏の骨を足元に捨てると、ベタベタしたままの手で薄いレザージャケットのファスナーを上げた。

*

広東料理店「白龍王」は、香港一の歓楽街蘭桂坊《ランカイフォン》へ向かう坂の途中にあり、近辺にはシャレたイタリアンレストランやカフェが並んでいるが、この「白龍王」だけはその流れに取り残されて、ぽつんと返還前の雰囲気を漂わせている。

屋外のテーブル席を立ち、鷹野は店内に入った。まだ夕食の時間には早く、がらんとしている。勝手に冷蔵庫からサンミゲルを出す。

厨房から顔を出した店のおばさんから、「海老の胡椒炒め出そうか？」と訊かれ、「うん、もうすぐ田岡も来るよ」と教えて、外のテーブルへ戻ろうとすると、その田岡が立っている。

「相変わらず、鷹野さんの広東語、下手っすね」と田岡が広東語で言って笑う。

厨房のおばさんにも聞こえたようで、「上達したわよ。最初なんて、私ずっと鷹野くんの広東語を『ああ、これが日本語なんだ』って思ってたんだから」と笑い出す。

「鷹野さんも、この店、長そうっすよね」

田岡もまた勝手に冷蔵庫からサンミゲルを出して飲む。

「まだ十代の時よ。鷹野くんがうちに初めて来たの」

懐かしそうに応えるおばさんの顔を鷹野は見つめた。初めて会った時から、店も、おばさんも、何も変わっていないように思えるが、おそらくその歳月の分、この店には埃が積もり、おばさんのふくよかな手にも染みや皺が増えたに違いない。

埃は時の肉であり、血である、と言ったのはたしかロシアの亡命詩人だったか。

屋外の席に戻ると、厨房から海老を炒める胡椒と山椒の香りが漂い出す。

「鷹野さんって、ちょっとヒマになると、香港にいますよね」

蒸し鶏に手を伸ばした田岡に言われ、「そうか？」と鷹野はビールを一口飲んだ。

「なんか、そんなイメージありますけど……、この仕事やめたら香港で暮らすんですか？」

田岡の言葉に、鷹野は蒸し鶏に伸ばそうとした手をふと止めた。

この仕事やめたら香港で暮らすんですか？

おそらく田岡も真剣に訊いているわけではない。だが、真剣でないからこそ、「そうか、俺もいつかはこの仕事をやめるのか。やめればどこで何をやってもいいのか」と思い出す。

「これ、いいっすか？」

ぼんやりとしていた鷹野の前で、田岡が残っていた最後の骨付きの蒸し鶏に手を伸ばす。

「十七の頃、初めて香港に来たんだよ」

鷹野はふと思い出話をしたくなる。

「任務っすか？」

「ああ、まだ南蘭島の高校に通ってて、最終試験みたいな任務だった」

田岡はまったく興味がないらしく、胡椒と山椒の匂いがする厨房の方へ首を伸ばしている。だが思い出話など相手が興味を持ってくれないくらいの方が話しやすい。

「……九龍サイドのホテルに一人で泊まって、ずっと連絡待ちだった。何日も部屋から出られずに、腹も減ってないのにルームサービスでチーズバーガーや炒飯なんか注文しまくって……」

その辺りでおばさんが大皿に海老の胡椒炒めを運んでくる。すでに蒸し鶏を半分ほども食っていたが、強いスパイスの香りにまた食欲が刺激される。

鷹野は熱い海老に手を伸ばした。

殻を剥いて身を齧り、胡椒と山椒のついた指を舐める。

どれくらい二人でそうやっていたか、田岡がふと思い出したように、「あ、そうだ。今朝の新聞、持ってきたんでした」とリュックから新聞を出す。

鷹野は指も拭かずにその場で広げた。

一面に大きくダム爆破テロ犯逮捕の続報が載っている。

「なんか呆気ないっていうか、拍子抜けっていうか、こういう幕引きになるんだったら、別に俺らが出ていくことなかったと思いませんか？」

奥歯に殻でも挟まったのか、田岡が大口を開けて指を突っ込んでいる。

実際、何がどう動いたのか、鷹野たちまでその情報は下りてこないが、二つ目のダムが爆破された直後、中尊寺信孝から今回の依頼を中止する旨の連絡がAN通信に入ったという。

鷹野たちAN通信側は、てっきり中尊寺たちが戦意を喪失し、自らの計画を世間に晒す覚悟をしたのだと判断した。

というのも、このままではいくら鷹野たちが動いたとしても、三つ目、四つ目の被害が出る可能性があり、さすがの中尊寺も良心が痛んだのだろうという見方だった。

しかし実際にフタを開けてみると、どうも様子が違う。

流れとしては、まず実行犯たちが挙げられ、その上で、中尊寺信孝や東洋エナジーの幹部たちが逮捕されるのが筋なのだが、この新聞の見出しにもあるように、二カ所のダム爆破を企てた実行犯たちは逮捕されたのに、その後一切、中尊寺はおろか、東洋エナジーの名前も捜査線上に浮かんでこなかったのだ。

おそらく中尊寺たちが誰かと裏取引し、水道事業民営化に関する莫大な利権を放棄する代わりに、今回の爆破計画の存在を抹消してもらったことは間違いないのだが、その取引相手がどこの誰で、どのような条件なのかがまったく見えてこない。

「……というか、二カ所もダムを爆破した犯人がですよ、イスラム過激派に傾倒した日本人グループって、……それもできたばかりの組織って、かなり無理あるでしょ？」

奥歯に挟まっていた殻をやっと取り出した田岡が首を傾げる。

「……それに捕まった面子《メンツ》だって、どう見ても自分たちがなんで捕まったのかも分かってないようなチンピラや、もう首吊るしかないような債務者たちじゃないですか。おまけにこいつらは単なる使いっ走りの実行犯だから、重くても無期懲役、軽けりゃ十年ちょっとで出てきますよ。でもって、実際に爆破を計画した首謀者は海外逃亡で行方不明っていうんでしょ。こんな話、今どき子供だって信じませんよ」

田岡が呆れ果てたとばかりに夜空を仰ぐ。

「だが、そんな子供騙しを信じてるんだよ。不思議なことに日本の警察も、マスコミも」と鷹野は付け加えた。

要するに、中尊寺が取り引きした相手は、そういう人間なのだ。田岡が言うようなこんな子供騙しの解決策を、警察やマスコミに信じさせる力がある者、いや、彼らの口を封じることができる何者かなのだ。

「そういえば、あのあと、AYAKOって女から連絡ないんすか？」

席を立った田岡がまた店内の冷蔵庫からビールを取る。鷹野が自分にも一本投げて寄越すように合図を送ると、子供みたいに一度フェイントをかけて投げるふりをして田岡が喜ぶ。

「……AYAKOって女、実は知ってたんじゃないっすか？　俺たちを動谷ダムに向かわせておいて、実は知森ダムも同時に爆破する計画だったこと」

席に戻った田岡に、「それはないだろ」と鷹野は否定した。

「なんでですか？」

「……あの女は、騙すならもっとうまく騙すよ。今回はそれもできず、逆に役にも立たず、珍しく落ち込んでんじゃないか」

鷹野の携帯が鳴ったのはその時だった。

鷹野はAYAKOの番号が出ているディスプレイを田岡に見せた。

「まさか、こっちの会話が聞こえてんじゃねえだろうな」

田岡が慌てて発信器でもついているんじゃないかと自分の体を探る。

「あの女が、初めて謝るかもしれないぞ」と鷹野は嬉しそうに電話に出た。

「もしもし。先に言っておくけど、謝る気なんてないわよ」

電話の向こうから開口一番そんなAYAKOの声が聞こえ、さすがの鷹野も辺りに盗聴器を探した。

「もしもし、聞こえてる?」

AYAKOの声に鷹野は、「見えてるんだろ?」と笑いかけた。

「見えてる?」

「ちょうどあんたの話をしてたんだよ」

「私の噂話なんて世界中でされてるわよ」

「相変わらずの自信だな」

「まあ、その自信が今回のことで、ちょっとだけ、本当にちょっとだけ揺らいだことは認めるわ」

「へえ、珍しい」

鷹野はまだ発信器を探している田岡に、必要ない、と首を振って合図を送った。

「言い訳はしない。知森ダムが爆破されたのはきっと私の読みが甘かったのよ」

「もういいよ。ダムの子守りをする必要はもうなくなった」

「そうみたいね。中尊寺が手を引いたらしいじゃない」

「さすがに地獄耳だな」

「それが仕事だもん」

「で、なんの用だよ？」

店のおばさんがふかしたばかりの包子《パオズ》を持ってきてくれる。鷹野は目で礼を言い、すぐに手を伸ばした。包子には甘くて柔らかい角煮が挟まれている。

「知森ダムの件で謝るつもりはないけど、私なりに反省というか、後悔はしてるのよ」

耳にAYAKOの声が戻る。

「へえ」と鷹野は笑った。

「茶化さないでくれる？　その代わりに一ついい情報を教えてあげようと思ってるのに、気が変わるわよ」

「興味あるね」

鷹野は包子にかぶりついた。角煮の肉汁が口の端から溢れそうになる。

「最近、デイビッド・キムがJOXパワーと組んで動いてるみたいよ」

「デイビッド・キムとJOXパワー？」

鷹野はわざと声に出して繰り返した。目の前で田岡がすぐにカバンから端末を引っ張り出して調べ始める。

JOXパワーといえば、今回のダム爆破で中尊寺と組んでいた東洋エナジーよりも規模の小さな電力会社で、どちらかといえばドメスティックな展開をしている企業でもあり、海外に手を広げている東洋エナジーとは一線を画する。

「デイビッド・キムとJOXパワーの組み合わせってのは、なんかしっくりこねえな」と鷹野は素直に言った。

AYAKOも同じ考えのようで、「そうなのよ。デイビッドが興味を持つような企業じゃないわ」と続ける。

「……ただ、デイビッド・キムが金にならないことに首を突っ込むとも思えない。とすると、JOXパワーが化けようとしてるってことよね。それも日本国内じゃなくて、世界に打って出ようとしてる。じゃないと、あのデイビッド・キムがJOXみたいなドメスティックな企業に興味を持つわけがない」

短い沈黙のあと、AYAKOが電話を切ろうとする。

「そのデイビッド・キムが今どこにいるかまでは教えてくれないんだな？」と鷹野は笑いかけた。

「男って一度好きだって言われたら、ずっと好きだと思ってるって本当なのね。……甘えないでよ」

容赦なく電話が切れる。

鷹野はふっと息をつき、「何か分かったか？」と田岡に尋ねた。

「JOXパワーとデイビッド・キムが繋がっているという情報はまだ入っていないようですけど……」

「けど？」

「えっと、今……、JOXパワーの本社総務が使ってる旅行会社のデータに侵入してるんですが、なぜかこの三、四カ月の間に、かなりの回数、幹部たちがカンボジアに出張してますね」

鷹野も横からデータを見た。確かに幹部たちが何度もプノンペンへ出張している。

「JOXとカンボジアの関係は？」と鷹野は尋ねた。

「これまでは特にないですね。カンボジアには日本政府の要請で多くの日本企業がインフラ整備支援に入っているんですが、そこにもJOXの名前はありません」

「日本貿易振興機構《ジェトロ》の資料にも載ってないか？」

「えっと……、ジェトロの資料には……、今、確認できる範囲ではなさそうですね。検索しても出てきません」

「ってことは、正規のルートでのカンボジア進出ってわけでもなさそうだな」

鷹野は時計を見た。今、香港を出れば、今夜中にはプノンペンに着ける。

＊

深い緑の水を湛える濠に沿ってトゥクトゥクはのんびりと走っていく。

濠の水よりも濃い緑の木々の向こうに、アンコールワットの荘厳な仏塔が見え隠れする。朝もやのなか、苔むした石塔は何かを語りたがっているように見える。

アンコールワットへ渡る橋の前でトゥクトゥクが停まると、デイビッド・キムはさっと飛び降り、同乗者のミス・マッグローに恭《うやうや》しく手を差し出した。早朝の気持ちの良い風が赤土を巻き上げて吹き抜けていく。

トゥクトゥクを降りたミス・マッグローが橋の向こうのアンコールワットを見つめ、「私、今、すごく感動してる……」と芝居染みた表情で目を潤ませる。

「だとしたら、無理を言ってお連れした甲斐《かい》がありましたよ」

サンローランのドレス姿のマッグローと、ネクタイを外したタキシード姿のデイビッドがトゥクトゥクから降り立った途端、その場違いな二人を観光客たちが物珍しそうに囲み始めていた。

なかには写真を撮ろうとする者もいて、中国人グループの間では有名なモデルたちが雑誌の撮影をしているという話にまでなっている。

「行きましょう」と、デイビッド・キムはミス・マッグローの手を引いた。

石造りの橋を渡り、ゆっくりと神々の場所へと近づいていく。

「これが時の姿だと言ったら信じますか？」とデイビッド・キムは尋ねた。

朝日を浴び、薄桃色に染まった仏塔を見つめたマッグローは視線を逸らさず、「Yes」と頷く。

昨夜、プノンペンのラッフルズ ホテルで開かれたパーティーで二人は出会った。

カンボジア政府と財界人が主催するパーティーには、世界各国からカンボジアへの進出を目論む投資家たちが集まっていた。

パーティーが終わる頃、デイビッド・キムは終始退屈そうだったマッグローに近づいた。

父親はイギリスの投資会社「ロイヤル・ロンドン・グロース」のオーナーであり、一人娘の彼女もすでに重役を務めている。

韓国の投資会社で働いていると自己紹介したデイビッドに、「私、アジアのことにはあまり興味がないのよ」と彼女は素っ気なかった。

「でも、一つくらいアジアについての良いイメージだってあるでしょ？」とデイビッドは食い下がった。

しばらく考え込んだマッグローがふと思い出したように応えたのが、マルグリット・デュラス原作の映画「愛人／ラマン」だった。

「ティーネイジャーの頃、古い映画館でリバイバル上映されている映画を見たの。ああいうのを心が奪われるっていうのかしら。何をしていても映画のいろんなシーンのことが浮かんで、枕元にはずっとデュラスの原作を置いてたわ」

懐かしそうに話す彼女に、デイビッドは冷えたシャンパンを渡した。

「でも、あの映画はベトナムに暮らす貧しいフランス人の少女が、裕福な華僑の青年に体を売る話じゃないですか。あなたの人生とはほど遠い」

「そうね。いつもメイドたちに囲まれて、リムジンで学校に通ってる女の子には未知の世界だったし、未知の感覚だった」

「でも、惹かれた？」

「ええ、そう」

デイビッドは彼女の背中を抱き、テラスへ出ませんかと誘った。

テラスからはライトアップされたプールが見下ろせ、パーティー会場の喧噪が遠退く。

ねっとりとした南国の夜気と虫の声は、シャンパンに火照った体に心地いい。

デイビッドはまっすぐにマッグローの目を見つめた。青い瞳に満天の星が映っているようだった。

「出会ってすぐに、こんな話をするのは不躾《ぶしつけ》だと分かってるんですが……」とデイビッドは言った。

マッグローが少し疲れたように笑い、「『我が社と組みませんか？　いい話があるんです』って言うんでしょ？」と視線を落とす。

「いえ、違います」とデイビッドは彼女の手を取った。細くしなやかで、濡れているようだった。

「……いくら払えば、今夜あなたを買えますか？」

耳元で囁いた時、マッグローの何かが動いた。

「新手の売り込み？　それともアジアではこれが普通なの？」

逃れようとする彼女の手を強く握る。その顔に逡巡がある。この遊びに付き合うか、それとも退屈なパーティーに戻るか。

「……じゃあ、二ドル。さっきポーターに渡したチップと同じよ」

彼女は遊びに付き合うことを選んだ。

その後、場所を変えてホテルのバーで飲み直した。

マッグローはバーでずっと自分のことを「世界一安い売春婦」と呼び、上機嫌だった。

そろそろクローズするというバーテンに大枚のチップを払い、照明を落としてもらった店内に二人で残った。

柔らかいソファで顔を寄せ合い、初恋の話、初めてキスをした時のことを互いに話す。話をしているのか、抱き合っているのか、判断がつかないような状況だった。

いよいよ店を閉めるとバーテンが戻り、彼女が泊まっているロイヤルスイートへ上がろうとした時、デイビッドは提案した。

これからヘリを飛ばしてシェムリアップへ向かい、アンコールワットの朝焼けを見ようと。

彼女はこの提案を喜んだ。

「これから部屋に上がって、魔法がとけるのが恐かったのよ」と。

デイビッドはすぐにヘリを手配した。

「本当にただの投資会社の社員なの？」

空港へ向かうリムジンのなかで、マッグローに訊かれたデイビッドは、「正体はスパイ、と言えば、もっと楽しくなりますか？」と笑った。

目の前に、朝日を浴び、薄桃色に染まるアンコールワットの仏塔が聳《そび》えている。

その美しさを前に、完全に感情のコントロールができなくなったらしいマッグローはもう溢れる涙を拭おうともしない。

デイビッドはその涙を親指の腹で拭ってやった。熱い涙だった。

「ロンドンのオフィスに閉じこもって、ずっと金儲けのことを考えてるのよ。それが、みんなが羨ましがってる私の人生の正体」

ふいにマッグローが口を開く。

デイビッドがその手を強く握ると、彼女も指を絡ませてくる。

「もし私が本物の売春婦だったら、私をここに連れてきた？」

彼女はじっと仏塔を見上げている。

デイビッドはその横顔を見つめ、「いや、連れてこない」と首を振った。

「じゃあ、私のことを好きになってくれた？」

デイビッドはそれにも首を横に振った。

「……正直なのね」

マッグローが視線を落とす。

「紹介したい人がいるんです」

まるで別れ話でも聞かされたように、「分かってたわ」とマッグローが頷く。

デイビッドは渡ってきた橋を振り返った。さっきトゥクトゥクで通ってきた濠沿いの道を時間通りにリムジンが走ってくる。

「お迎えが来ました」とデイビッドは言った。

「それで、私は誰に会えばいいの？」

迎えのリムジンを見つめるマッグローの横顔は、ショートメール一通で数百万ドルを取り引きする投資会社の重役のそれに戻りかけている。

「リー・ヨンソンというシンガポール国籍の男です」とデイビッドは伝えた。

「リー・ヨンソン？　聞いたことないわ」

「表舞台に出てくるようになったのは、この一、二年のことです。現在はフランスの水メジャー企業、V・O・エキュ社の筆頭株主でもあります」

「あの名門のV・O・エキュを乗っ取ったアジア人がいるって噂は聞いてたけど、その彼が今度は私になんの用なのかしら？」

「東南アジアの多くの国はその水資源をメコンに頼っています。ただ、このメコン河の上流は中国のチベット自治区で、そこには多くのダムが建設され、実質的にこの地域の水は中国の手中にあります。お陰で下流の国々では水不足、塩害などの問題が起こり始めている」

「だから、香港を私たちイギリス人に任せておけばよかったのよ。そうすれば、もう少しアジアはマシになったかもよ」

どこまで本気なのか、マッグローが笑い出す。

「リー・ヨンソンは、その失敗を踏まえ、更に水不足が深刻な中央アジアで先手を打とうとしています。具体的には新疆《しんきょう》ウイグル自治区を含む、キルギス、タジキスタン、ウズベキスタンなどの地域を、V.O.エキュが主導する形で開発しようと考えています」

すでにマッグローには今回の主旨が伝わっているようだった。

「V.O.エキュ社と組んでの展開なら悪い話じゃないわね」

マッグローが早速誰かに携帯で連絡を入れようとする。

「……ねえ、そのリー・ヨンソンさんとはどこで会えるの？」

「彼はこの近くに暮らしてますよ」

「なるほど、それで私をここに？」

マッグローが改めて落胆する。

「いえ、それは違います。朝焼けのアンコールワットをあなたと見たいと思ったのは、計画にはありませんでした」

デイビッドの言葉をマッグローは信じたようだった。

8　リー・ヨンソン

サンセット通りという南蘭島のメインストリートを走ってきた一台のスクーターが、そのまま通り沿いのガソリンスタンドに入る。

ただ、それだけのことだが、なぜか道行く観光客たちがその様子を目で追う。

特に珍しくもないこの光景に違和感があるとすれば、おそらくスクーターに乗った石崎がスーツ姿だということだ。

真っ青な海と白い砂浜、強い日差しのなか、椰子が濃い影を落とす通りでは、スーツ姿はどこかチグハグな印象になる。

石崎もそれが分かっており、給油機の前でスクーターを降りると、まずネクタイを乱暴に外し、背中に汗染みのある上着も脱ぐ。

給油を終えると、石崎は一番近い屋台に向かった。島の名前が入ったトロピカルなTシャツを売る店で、石崎は一番手前にある青いTシャツを手に取る。

「それ、ちょっとサイズ小さいですよ。お客さんぐらいの体格だと、こっちの方がいいんじゃないですか」

長いドレッドヘアの若者が、石崎に真っ赤なTシャツを広げてみせる。

石崎は頷き、なんでもいい、とでも言うように、袋に入れようとした店員の手からその派手なTシャツをひったくった。

スタンドへ戻る途中に白いワイシャツも脱ぎ、Tシャツの値札を引き千切って袖を通す。

革靴とスラックスにTシャツだが、それでもさっきよりはこの島の風景に馴染んでいるし、何よりも風が抜けて気持ちが良かった。

石崎は半日、島のあちこちであることを訊き回っていた。スーツ姿の男を島民たちは刑事だと誤解するのか、「何か事件でもあったのか?」と誰からも訊かれた。

石崎はスクーターに跨がると、携帯で電話をかけた。

レンタルバイク屋で借りたスクーターには大きく「南蘭島」とステッカーが貼ってある。

かなり長く呼び出し音が続く。

「もしもし」

受話器の向こうから聞こえてきた中尊寺信孝の不機嫌な声に、「連絡遅くなりました。石崎です」と応える。

「どうだ?　南蘭島とAN通信の関係、何か分かりそうか?」

性急な中尊寺の質問に、「ええ、まだ詳しくは何も分かりませんが、一つ気になることが」と石崎が応える。

「私が、お前を東洋エナジーから引き抜いた理由はもう言ったか？」

「いえ、お聞きしておりませんが……」

元々、石崎は東洋エナジーの社員として、中尊寺の下で働き始めた。だが、V.O.エキュのデュボアたちと目論んだダム爆破計画が失敗に終わった今、中尊寺と東洋エナジーの関係は必然的に途絶えたのだが、なぜか中尊寺はこの石崎という男が気に入って、自分のところで引き取るから来ないかと誘ったのだ。

「窮屈そうだったからだよ」と、中尊寺の声が戻ってくる。

「窮屈そう？」

「ああ、お前がいつも、その巨体にピチピチのスーツを着てるように、東洋エナジーなんて会社にいると、お前はいつか窒息してたよ。いや、日本なんてちっぽけな国にいたって、お前は窒息するだろうよ」

石崎は何も応えなかった。

白いオープンカーがガソリンスタンドに入ってくる。乗っているのは大学生のグループで、南の島ではめを外しているのは分かるが、七人も乗っているせいで、車からこぼれ落ちそうになっている。

「ところで、気になることがあるんですが……」と石崎は口を開いた。

「なんだ？」

「島の住人たちに『AN通信』という会社の名前を聞いたことがないかと尋ねて回っているんですが、誰もが聞いたこともない、と口を揃えるのが現状です。ただ、そのうち何人かが、『それと同じ質問をされたばっかりだ』と」

「同じ質問？」

「ええ、新聞記者の若い女性で、こちらと同じで手当たり次第、島民に同じ質問をして回っているようです」

「いつの話だ」

「それが、ここ数日。もしかすると、まだ今日も島にいるかもしれません」

「新聞記者の女……、新聞か……、AN通信の内実を世間に暴くなら、新聞でのスクープほど衝撃的で、信頼性のあるものはないな」

中尊寺の話を聞きながら、石崎はさっき島民に聞いたその新聞記者の若い女の風貌を思い描いた。

あちらも自分と一緒で、この南の島をスーツ姿で歩き回っていたという。

「おい、石崎。まずはその女を探し出せ。協力的に接触して、向こうがなんのためにAN通信のことを調べているのかまずは探り出すんだ」

「分かりました。……あと、その女についてですが」

石崎は女に声をかけられたという島民たちから聞いた話を中尊寺に伝えた。

なんでも女はまず、「AN通信という会社名を聞いたことがないか？」という質問のあと、こんな質問をしていたという。

「この島で孤児たちが保護されているような施設はありますか？　もしくはそんな話を耳にしたことがあるでしょうか？」と。

島民たちにとってはどちらも聞いたことのない話で、「いやー、悪いけど知らないねえ」と応える。

すると、次に女は、ある若い男の写真を携帯で見せ、「この男性を見かけなかったか？」と訊いたらしい。

島民たちによれば、写っていたのはサンセットビーチに行けば、いくらでもいるような今どきの若者で、敢えて言えば、その目つきがどこか暗かったという。

石崎の話を、中尊寺は黙って聞いていた。そして、「なるほど、AN通信と孤児か……」と呟く。

「その二つに何か関係があるんですか？」と石崎は尋ねた。

「前に私も耳にしたことがある。その時は、ある情報を取る取られるの瀬戸際だったから、それどころの話じゃなかったが……」

そこで言い淀んだ中尊寺の口から次に出てきた言葉に、さすがの石崎も声を失う。

「AN通信は、どうも孤児たちを諜報員に育てているようだった……」

国を動かす立場にある者の言葉にしてはあまりにも軽く、他人事《ひとごと》のようだった。

そんな子供たちのことよりも、自分の利益となる情報の方が大切だったと中尊寺は正直に言ったのだ。

石崎は自動販売機でペットボトルのとうもろこしのお茶を買い、一気に飲み干した。

マップで現在地を確かめ、拓けている島の西側ではなく、東側へ回ってみようと決める。

中尊寺から伝えられた情報によれば、AN通信で働くことになる若者たちがこの島で訓練を受けているという噂もあるらしい。

この話を聞かされた時、石崎はそこにリアルな情景を思い浮かべることはできなかったのだが、実際にこの南蘭島に自分の足で立っていると、直感とでも言えばいいのか、この森のどこかに「彼ら」がいてもおかしくないと思えた。

スクーターで走り出してすぐ、石崎は急ブレーキをかけた。

ジュースを売る屋台の前に若い女が立っているのだが、ちょうど間違い探しの絵のように、何かが周囲から浮いている。

すぐに理由は分かった。自分と同じだったのだ。

女は椰子が描かれたTシャツを着ているが、下はグレーのスーツのスカートで、やはり革靴を履いている。

女は屋台でジュースを注文し、隣の白いベンチに腰かけると、歩き疲れたようにふくらはぎを揉み始めた。

石崎は気づかれないように女を写真に収め、素知らぬ顔でスクーターを走らせると、屋台街の外れで女が動き出すのを待った。

カップ入りのジュースを受け取った女は、そのまま屋台街を出て、ビーチ沿いのホテルに入ろうとする。

ホテルといっても、民宿にカラフルなペンキを塗ったという態《てい》で、部屋数もそう多くない。

女が入口への階段を上がろうとした時、その入口から出てきた女主人が、「あら、九条さん、今、お帰り？　お昼、もう出しちゃったけど」と声をかける。

「ああ、大丈夫です。今朝、朝ごはん遅くしてもらったから……。ありがとうございます」

女はにこやかに応えて、ホテルのなかへと姿を消した。

石崎は女主人が階段を下りてくるのを待ち、偶然を装って、「あれ……、すみません、今の方、九条さんですよね？」と、たった今、耳にした名前を繰り返した。

石崎と一緒に入口の方を見た女主人が、「ええ。そうですよ」と素直に頷く。

「前に、取材でお世話になったんだよなあ。えっと……新聞、何新聞だったか……」

「九州新聞でしょ？」

「あ、そうだ。九州新聞だ。九条さん、この島へはご旅行ですか？」

「どうかしら……、でも、一人でいらしてるから仕事なんじゃないかしらね。一日中、島を歩き回ってるみたいだし」

「お仕事ですか。どれくらいいらっしゃるんですか？」

「もう四、五日になるかなぁ。なんだったか、ANなんとかって会社のことを調べてるみたいだけど」

「なんですか、それ」

「私たちも知らないんだけど、なんだかこの島と関係のある会社で、旅行情報なんかを配信してるんだって」

女主人が走ってきたスクーターを停める。乗っているのは日に灼けた少年で、行き先と値段の交渉を始める。

この島ではこういったスクータータクシーをバイトでやっている少年たちが多く、石崎もフェリーで到着した時にはホテルまで一台雇った。

急いでいるらしい女主人を見送り、石崎はすぐに九州新聞をネットで調べた。早速、代表電話にかけ、部署名は分からないのだが、九条という方に取り次いでほしいと願い出たところ、なんの問題もなく、電話は社会部に繋がった。

石崎は適当な社名と偽名を名乗った。

「あいにく九条が休みを取っておりまして」

石崎は改めてかけ直すと電話を切り、そのまま中尊寺の秘書に連絡を入れた。

「九州新聞社会部の九条という女性記者について調べてください」

次の瞬間、足元にすっと影が伸びてくる。

目の前にその九条という女が立っていた。さすがに石崎も驚き、繕う方法も思いつかない。

女は険しい目でじっとこちらを見ている。

「あの……」

幸い、その声にだけは敵愾心《てきがいしん》はなく、どちらかといえば、好奇心に満ちている。

石崎は落ち着きを取り戻した。

「申し訳ありません。きちんと自己紹介させてください。怪しい者ではありません。いや、怪しい者が自分で怪しいとは言わないでしょうが」

石崎の咄嗟の冗談を、九条は気に入ったようだった。

「私は中尊寺信孝という代議士の私設秘書をやっております。石崎と申します」

正直に素性を告げ、石崎は名刺を出した。

当然、九条も中尊寺の名前は知っており、ひどく驚いている。

「あの、私は九州新聞社会部におります、九条と申します」

白砂のビーチを駆け回る子供たちの賑やかな声が聞こえるなか、二人は律儀にお辞儀を繰り返しながら名刺を交換した。

「あの……、さっき私のことを、どなたかに電話でお聞きになっていたようですけど……」

ここにきて、ふと思い出したように九条が怪訝《けげん》な顔をする。

「え、ええ。申し訳ありませんでした。実は……」

石崎はどこか落ち着ける場所がないかと辺りを見回した。

近くにカフェがあったが、BGMがうるさい上に、グループ客で賑わっている。

「あの、もしよろしければ、ホテルに小さなラウンジがありますけど……」

九条が気を利かせて、自分が泊まっているホテルへ目を向けると、「どうぞ」とすぐに歩き出す。

ラウンジといっても、フロントデスクの前にソファと数脚の椅子が置いてあるだけだった。ただ、海側への大きな窓が全て開け放たれており、居眠りしたくなるような風が通る。

旅行雑誌が乱雑に積まれたローテーブルを挟んで、石崎たちは腰を下ろした。

「早速ですが、先ほどは失礼しました」

石崎が口火を切った。ここへ歩いてくるほんのちょっとの間に、ある程度の筋書きは頭のなかで組み立てていた。一か八かだが、試してみる価値はある。

「……どうも、九条さんがこの島でお調べになっていることと、私どもが調べていることが同じようなのです」

「同じ？」

九条が表情を変える。警戒しているようでもあり、仲間を見つけて喜んでいるようにも見える。

「ＡＮ通信」

石崎は、それだけ言った。

九条の表情が更に変わる。自分でもどういう感情になればよいのか分からないらしい。

「私どもは、人道的見地からこのＡＮ通信を調査しています。重大な法律違反があるのではないかと疑っているからです」

　そこでまた明らかに九条の顔色が変わった。警戒心が徐々にとけていく。

「……そこで、私どもと九条さんとで何か協力し合えることがあるのではないかと思っております。もちろん、こちらが持っている情報もあれば、九条さんがお持ちの情報もある。そしておそらくですが、私どもと九条さんの目的は同じかと」

　石崎はゆっくりとそう告げた。

　じっと話を聞いていた九条が、ふと呼吸するのを思い出したように息をつく。

「あの……、石崎さんは、中尊寺先生の私設秘書の方なんですよね？」

「ええ、そうです」

「ということは、今おっしゃったことは中尊寺先生が調査されていると考えてよろしいんでしょうか？」

「はい、その通りです」

「では、中尊寺先生もご存じなんですね？　AN通信が虐待を受けて施設に預けられている子供たちを無理やり働かせていることを」

　石崎は必死に無表情を貫いた。中尊寺が言っていたことは本当だったのだ。

「悲しいことです」と石崎は目を伏せた。

「それで、中尊寺先生はどうされようとしているんですか？」

完全に信じたらしい九条が、体をローテーブルに乗り出してくる。

「もし事実ならば、大変な人権侵害であり、社会を揺るがす大事件です。だからこそ、噂や推測だけでは動けない。確固たる証拠を探し、それを裏付ける証言者を見つけ出し、白日の下に晒す必要があります。そしてもちろん、中尊寺先生はまず第一に彼ら……、自らの意思に反した人生を送らされている彼らを、救い出すことを目的としています」

その時、とつぜん海風が吹き込んだ。窓枠に飾られた貝がらのオブジェが揺れて音を立て、フロントデスクにあったメモ用紙が舞い上がる。

「私がこの件を知ったのは偶然でした。今でもまだ、どこかで信じ切れないところもあります。でも、こうやって中尊寺先生のような方がすでに動いているのであれば、やはり間違いないのだと思います。私に協力できることはなんでもします」

風がやみ、九条が乱れた髪を戻しもせず、真剣な目を向けてくる。

「救いましょう、彼らを」

石崎も深く頷いてみせた。

*

赤土の一本道をランドローバーは土煙を上げて疾走している。

さきほどタイヤが浸かってしまうほど深い河を渡ったせいで、フロントもサイドもガラスというガラスに泥がこびりついている。

一本道は原生の椰子やバナナの樹に囲まれており、ちょうど濃い森が真っ二つに切断されたその赤い傷口のなかを車は走っているように見える。

「もう少し、ちゃんとした道はないの？」

さっきからドア上のグリップを握りっぱなしのミス・マッグローが、さすがに疲れ果てた様子で弱音を吐く。

「申し訳ないですが、これが一番ちゃんとした道です。そして一番安全な道でもある。この道を少しでも逸れれば、まだあちこちに地雷が残ってますから」

デイビッド・キムは片手ハンドルのまま、もう片方の手で安心させるようにマッグローの太腿に優しく触れた。

「それにしても、どうしてミスター・リー・ヨンソンはこんな不便な場所で暮らしてるの？」

「おそらく、今のと同じ理由ですよ」

マッグローの質問に、デイビッドは応える。

「……まだあちこちに地雷が残っているこの辺りが、彼のような人間にとっては一番安全だからでしょう」

そう応えた途端、脇道から数羽の鶏が飛び出してくる。

デイビッドが咄嗟にハンドルを切った。大きく揺れた車内でマッグローが悲鳴を上げる。

「すみません、……大丈夫ですか？」

「ねえ、鶏って地雷踏まないわけ？」

乱暴な運転に腹を立てたらしいマッグローに、「そういう冗談はあまり好きじゃないな」とデイビッドは冷たく言った。

「ごめんなさい。今のはなかったことにして。でも、もう少し説明してくれてもよかったんじゃない？　リー・ヨンソンに会わせるっていうから、私はてっきりシェムリアップにあるどこかのホテルに連れてってくれるんだと思ってた」

「まあ、もう少しの辛抱です。そこにあるリー・ヨンソンの邸宅は、シェムリアップにあるどんなホテルよりも快適なはずですから」

一本道沿いには、高床式の民家がぽつりぽつりと建っている。農作業へ向かう水牛がゆっくりと歩いていく。まるで自分たちの車が走っている景色とは、別の景色を歩いているように見える。

生い茂る樹々が高く太くなるにつれ、一本道は更に狭まってくる。

大きな葉が車のフロントガラスにぶつかり音を立てる。高い樹々が空を覆い、照りつけていた日差しを遮断する。まるで洞窟にでも入り込んだようで、膝に当たるエアコンの風が急に冷たく感じられる。

茂みを掻き分けるようにしばらく進んだところで、とつぜん視界が開けた。ふたたび強い日差しが戻り、デイビッドたちは思わず目を細めた。

視界が開けた先は小高い丘になっており、寺院の遺跡が、まるで千年も雨に打たれたような姿で建っている。

アンコールワットの遺跡群からも取り残されたようで、もちろん観光客もおらず、ただ千年の時間だけがこの遺跡を見つめていたことが、その苔むした石塔や、蔦に覆われた仏塔から伝わってくる。

「恐いくらい美しいわ……」

さっきまで不平ばかり言っていたマッグローの口からそんな言葉が洩れる。

「リー・ヨンソンの家はこの奥です」

デイビッドはゆっくりと車を走らせた。遺跡を半周するように、ここからは舗装された道が延びている。

遺跡を越えて、更に森のなかを進むと、石積みの壁と白いコンクリートが対照的な建物が見えてくる。日差しが強い分、陰翳が濃い。

建物までは帯のような池が延びており、高い椰子が並んでいる。

門はなく、デイビッドはそのまま車を走らせた。池の水面に真っ白な雲が映り、風が作る波紋に揺れている。

「たしかに、趣味の良い家ね」

ジャングルのなかにあるとは思えないような豪華な造りの邸宅に、さすがのマッグローも感嘆のため息を洩らす。

「……フランク・ロイド・ライトが落水荘を南国風に作ったらこうなるのかもね」

「きっと、そうでしょうね。ということは、この家もいずれは世界遺産でしょうか」と、デイビッドも同意する。

「ミスター・リー・ヨンソンがそれを望めばの話よ。そして、おそらく彼はそれを望まないタイプの人間なんでしょうね」

車寄せには一九四〇年代の黒いキャデラックが停まっている。

そのキャデラックの前に、デイビッドは車を停めた。

運転席を降り、助手席に回ってドアを開ける。泥だらけの車の助手席から、クリスチャンルブタンのレッドソールが差し出される。

デイビッドはマッグローの手を取った。

「お待ちしておりました」

その瞬間、背後から声がかかる。入口に、リー・ヨンソンが立っていた。

デイビッドはリー・ヨンソンの傷だらけの顔を見て、マッグローが驚かないように、そっとその腰に手を回した。そして、「彼が、リー・ヨンソンです」と安心させるように、その腰を優しく抱いた。

「女性に喜んでもらえる顔ではないのは、もう十分に分かっているつもりですが、やはり目の前で驚かれるとつらい」

リー・ヨンソンがわざと軽い調子で言う。

「ごめんなさい。今、驚いたことは認めます。でも、私は外見で人を判断するような人間ではないわ」

「ええ、だからこそ、ご一緒にお仕事がしたいと思っております」

慇懃なリー・ヨンソンの態度は、マッグローの警戒を徐々にといていく。

「中庭でお茶を召し上がりませんか？」

リー・ヨンソンが短い階段を下りてきて、マッグローに手を差し出す。

マッグローは躊躇なく、その手を取った。

外の日差しが強過ぎるせいで、屋内は真っ暗だった。ただ、その先の中庭では、紺碧《こんぺき》のプールがギラギラと日差しに照らされている。

どこかから甘い紅茶の香りがした。

「ところで、あなた方はどこで知り合ったの？」

リーに手を引かれ、前を歩いていくマッグローが振り返る。

デイビッドが応えようとすると、「男同士というのは知り合ったりしませんよ」と、リーが笑う。

「……男同士というのは、一緒にいるかいないか、それだけです」

中庭には心地よい風が吹き抜けていた。リーはマッグローを大きなパラソルの下のソファに誘った。どこからともなく現れたボーイがよく冷えたおしぼりを彼女に渡す。

デイビッドは二階のテラスへ上がった。テラスにはパラソルが立てられ、心地のよい寝椅子がある。

真下の中庭からマッグローとリーの笑い声が、南国の鳥たちの鳴き声に混じって聞こえてくる。

デイビッドは手すりに寄った。遠く地平線まで原生の椰子林が続いている。寝椅子に寝転び、シャツのボタンを外すと、汗ばんだ胸に風が通る。

「何かお飲みものでもお持ちいたしましょうか？」

いつの間にか背後に立っていたメイドに、「トロトロに冷えたジンとライムをもらえるかな」と頼んだ。

頼んだ途端に、渇いた喉を流れ落ちていく熱いジンの感触が蘇る。

デイビッドは目を閉じた。

ここカンボジアに来て以来、あまり眠っていない。さっきリー・ヨンソンが言った「男同士は知り合ったりしない。一緒にいるかいないか、それだけです」という言葉がふと思い出されて苦笑が洩れる。

実際、その通りだとデイビッドも思う。

半ば引退していたデイビッドを、またこの世界に引っ張り出したのがリー・ヨンソンだった。

ある女と知り合って、静かに暮らしていたデイビッドのもとに、「退屈じゃないか？」とリーから連絡があった。

「退屈ってことは、幸せってことなんだよ」とデイビッドは笑って応えた。

「聞くところによると、あのデイビッド・キムが、バンコクでバーテンやってんだってな」

呆れたようなリー・ヨンソンの声に、「酒はいいよ。ジンも、ウォッカも、バーボンも、どいつもこいつも欲がない」とデイビッドは応えた。

「デイビッド・キムから、その『欲』を取ったら、いったい何が残るんだよ？」

「だから、退屈な時間だよ」

「言い換えると、幸せな時間ってことか？」

今度はリー・ヨンソンが笑う。

自分でも、今回なぜ彼の話に乗ったのかデイビッドは分からない。もちろん誘いは多かった。アルゼンチンの次期大統領選を巻き込むエネルギー事業、国連が主導する東アフリカでの医療事業……、利権が絡む案件は世界中どこにでも転がっている。ただ、どれもこれも、デイビッドにとっては、一度遊んだオモチャだった。

そんな時、リー・ヨンソンから誘われた。

中央アジアの水戦争で勝利を収める。

アルゼンチンや東アフリカなど、他の案件と大きな違いがあるわけじゃなかった。ただ、何か惹かれるものがあった。

「話だけなら聞くよ」

気がつけば、デイビッドはそんな言葉を吐いていた。

そして次にリー・ヨンソンの口から出てきたのが、AN通信の鷹野一彦の名前だった。

「あんた、鷹野って奴と仲がいいんだってな」

リー・ヨンソンの言葉に、デイビッドは笑った。

「ヘビとマングースが仲良しだって意味と同じならな」

「俺は、AN通信って組織をぶっ潰そうと思っている」

リー・ヨンソンの言葉にデイビッドは思わず笑った。

「あんた今、CIAやMI6みたいなものをぶっ潰すって言ってんだぞ」

「興味ないか？」

「ないよ」

「じゃあ、鷹野って奴をぶっ潰してみる気はないか？」

ないよ、と即答しようとして、デイビッドはなぜか言い淀んだ。

鷹野とは長い付き合いになる。同じ産業スパイ。敵であり、味方であり、裏切り、裏切られながらこの世界で互いに生きてきた。

「なんで、俺が鷹野をぶっ潰すって話になら乗ると思った？」とデイビッドは訊いた。

「勘だよ」とリー・ヨンソンが笑う。

「鷹野とは長い付き合いなんだよ」

「らしいな」

「初めて会ったのは、お互いに十代の頃、鷹野はまだ訓練生だったはずだ。思春期のガキが好きな女を取り合うみたいに、最初から企業の情報を奪い合ってた」

「最初に奪い合ったのはなんだ？」

「たしか、日本の水利権。ああ、今度のが中央アジアの水戦争なら偶然だな」

「その時、何があった？」

「何って、いつもと同じだよ。情報の奪い合いと騙し合い。そういえば、鷹野と一緒に訓練受けてた柳って奴もいたよ。結局、あいつは逃げ出してAN通信には入らなかったが、今ごろはもうどっかで野垂れ死にだろうな」

デイビッドの思い出話を、リー・ヨンソンは黙って聞いていた。


両脚が凍った河に浸かる夢から、デイビッドは目を覚ました。

いつの間にか日が傾き、パラソルの下に伸びた足にだけ、強い日が差し込んでいた。汗を掻いたグラスのなかで、ジンもすっかりぬるくなっている。

デイビッドはライムを齧った。ねばついていた口内がすっきりして目が覚める。

中庭から聞こえていたリー・ヨンソンとマッグローの声がいつの間にか聞こえなくなって

いる。起き上がろうとすると、そのリー・ヨンソンがテラスへ上がってくる。

「だいたいの話はついた。思った以上に、ミス・マッグローが興味を持ってくれた」

リー・ヨンソンが籐椅子に腰を下ろす。

「彼女は？」とデイビッドは訊いた。

「夕食に招待した。今、ゲストハウスに案内させて、少し休んでもらってる」

「夢見てたよ」

デイビッドは唐突に話を変えた。

「他人の夢には興味ないね」とリーが笑う。

「まあ、そう言わずに聞けよ。AN通信の鷹野と出会った頃のことを思い出してたんだ。俺たちは情報や金を奪い奪われしながら、最終的に真冬の韓国にいた。もうちょっと北上すれば三十八度線という氷の世界。凍った河だ。……その時、俺と鷹野、そして柳って男は味方同士だった。ただ、俺たちをまとめていた男が、俺たちを裏切り、冷たい河のなかに俺たちを沈めようとした。車が爆破されたんだ。氷が割れて、俺たちは河で死にかけた」

「でも、三人とも死ななかった」

「ああ。少なくとも、俺と鷹野は今でもしぶとく生き残ってる」

「それが、あんたたちの青春時代の楽しい思い出か？」

「ハハ、そうだな。写真でもあれば、部屋に飾りたいよ」

デイビッドは改めてリー・ヨンソンの顔を見た。明るい日差しのなか、×印を描いたような傷は生々しく、皮膚の引き攣れがはっきりと分かる。

「なあ、あんたも俺たちと一緒で、楽しい青春時代だったんだろ」とデイビッドは笑った。

「この傷の原因を知りたいんだったら、いつでも話すぞ」

「どうせ、嘘なんだろ」

「真実が知りたいか？」

「いや、興味ないね」

デイビッドは高い空に向かって背伸びをした。

「それより、日本での動きはどうなってるんだ？」

デイビッドは手すりに腰かけた。

椰子林のなかから、黄色い鳥たちが一斉に飛び立ってゆく。

「ＪＯＸパワーと中尊寺信孝を結びつけるのは簡単だった。ＪＯＸも今回の件には本腰を入れてると見えて、それこそ社運をかけて、大國首相まで担ぎ出したよ。あとは、中尊寺御大のお手並み拝見ってところだな」

「中尊寺、信じていい奴なのか？」

「まさか。一番信じちゃいけない奴だろ。だからこそ、付き合いやすい」

「似た者同士ってことか」

ボーイがリー・ヨンソンに冷えた紅茶を運んでくる。

デイビッドも、冷たい水を一杯くれ、と頼んだ。

「中尊寺ほど裏も表も知ってる男であれば、AN通信についてかなりの情報を持っているはずだ」

紅茶を一口飲んだリーがゆっくりと話し出す。

「……これまでは何を知り得たとしても、まずは自分の利益優先で、AN通信に不利になるようなことはしなかったはずだ。ただ、ダム爆破の首謀者として首を吊られる瀬戸際にいる今、奴は親や子でも売るはずだ」

「それで、どうやってAN通信を潰す？」

「世論だよ。巨象を潰すには、蟻がたかるに限る。筋書きはこうだ。中尊寺が知っている、もしくはこれから調べ上げるAN通信の実像をどこかのマスコミにスクープさせる。そうすれば、これまではAN通信とうまく付き合ってきた日本政府としても、その対応を迫られる。警察が動くか、もしくは自衛隊でも動かすか」

「AN通信という組織は、きっと霧散するぞ。おそらくそういう組織だ。どこかに軍事基地があるわけじゃない。それこそ、統制の取れた蟻たちが世界中にいるだけだ」

「だったら尚更いい。俺はぶっ潰したAN通信を乗っ取る。そしてそのまま、世界中の蟻たちを俺が使う」

「あんたがAN通信にそこまで固執する理由はなんだ？」

「正直に応えてほしいか？」

「応える気があるのか？」

「俺もスパイごっこをやりたかった、ってことかもな」

そう言ってリー・ヨンソンが笑い出す。

ボーイが運んできた水を、デイビッドは一気に飲み干した。

空になったグラスを透かして、真っ青な空を見上げる。

「よく、最後の晩餐には何がいいか？　って質問があるだろ」とデイビッドはひとり言のように言った。

「死ぬ前に何を食いたいかってやつか？」とリーも乗ってくる。

「俺はいつも『水』だって応えるよ。どんな豪華な食事より、とにかく美味くて、よく冷えた水を飲みたいってね。もしかすると、今回、あんたの話に乗ったのはそれが理由じゃないかと思うんだ。あの乾いた中央アジアに、美しい水が満ち溢れる。想像しただけで、気分がいいよ。……あんたの最後の晩餐も教えろよ」

「俺は死ぬ時のことなんか考えないようにしてる」

「なんで？　恐いのか？」

「死ぬ前の一瞬になんの意味がある？」

　呆れたとばかりにリーが笑う。

「人生ってのは、その一瞬に詰まってるんじゃないのか？」とデイビッドは言い返した。

「人生観の違いだな」とリーも譲らない。

　眼下の椰子林が風に大きく揺れていた。椰子林というよりも、地表がざわざわと波打っているようだった。

「俺も少し部屋で休ませてもらうよ。頭痛がするんだ」

　デイビッドは空のグラスを置くと、「……カンボジアに来て以来、眠れていないんだ」と、まだ笑っているリーに言った。

「睡眠薬は？」

「効かないんだ」

「強い薬もあるぞ」

「それでもダメなんだ」

デイビッドはゆっくりとテラスの階段を下りた。

「あんた、いったいどんな人生送ってきたんだよ」

「強い睡眠薬も効かないような人生だよ」と、デイビッドは独りごちた。

9　プノンペンの夜

「そういえば、俺、プノンペン初めてですよ」

タクシーの後部座席から外を眺めていた田岡がふと気づいたように呟く。

プノンペン国際空港から順調に走ってきたタクシーは市街地の渋滞にはまり、そのまま屋台が並ぶ市場のような小さな路地で立ち往生している。

「……いや、やっぱり来たことあったかな？　なんだか、いつもあっち行ったり、こっち行ったりで、自分がどこへ行ったのかも分からないっすね」

田岡の独り言を聞きながら、鷹野もまた窓の外へ目を向けていた。

土埃が立つ未舗装の路地では、型の古いトラック、泥だらけの乗用車、親子三人乗りのスクーター、行商の女たちを詰め込んで走るトゥクトゥク、新車のレクサス、鶏を積んだリヤカー……と、あらゆるものが渋滞に巻き込まれている。

路地に並ぶ屋台も同じように様々で、コーラの瓶にガソリンを詰めて売っている店もあれば、最新型のiPhoneの販売店、軒先に赤い肉の塊をぶらさげた店、ゴミ置き場のような雑貨店、湯気の立つヌードル店には長い列ができている。

「バンコクの二十年前って感じですか？」

二十年前のバンコクを知りもしないくせに、田岡が知ったような口を利き、また車内の蚊を見つけては、手で叩き潰す。

「こういうのに刺されて、デング熱とかマラリアとか、マジ勘弁ですよ」

空港で拾ったこのタクシーのなかには、なぜか多くの蚊がいた。田岡と二人で手当たり次第に叩き殺してきたが、それでもまだ残っている。若い運転手はまったく気にならないようで、必死に蚊を追う鷹野たちを面白そうに眺めている。

「ホテルには寄らずに、直接ＪＯＸパワーが市内に借りてる事務所に向かうぞ」

鷹野の指示に、また一匹蚊を潰した田岡が、「シャワーくらい浴びさせてくださいよ」と舌打ちをする。

「やることやったら、あとは溺れるまでシャワー浴びろよ」

田岡の不平になど取り合わず、鷹野は端末で現在地を確かめた。

香港からこちらへ向かう間に、田岡が調べ上げたところによれば、ＪＯＸパワーはプノンペン市内のボンケンコンという地区に、出張所の名目でオフィスを借りている。ただ、駐在員がいる様子はなく、こちらへ出張で来た幹部たちがその都度、本社との連絡をするためだけに使っているらしい。

このボンケンコンという地区は、外国人用のアパートが多く、富裕層が集まっている地域で、最近ではシャレたカフェやレストランが次々とオープンし、プノンペンでも最先端の場所になる。

実際、渋滞を抜けたタクシーがこのエリアに入った途端、まるで別の国に来たように雰囲気が変わった。

美しい街路樹が並んだ通りには、コロニアル風の建物が並び、カフェや高級レストランの前には高級車ばかりがずらりと並んでいる。

運転手に告げた住所でタクシーを降りると、目の前に真新しい十階建てのビルが建っている。

オフィスビルというよりは、高級マンションに近く、入口にはドアマンも立っていた。

同じようにビルを見上げた田岡が、「さて、どうやって入り込むか……」と早速首を傾げる。

「簡単だ。地下の駐車場から行ける」と鷹野はすぐに歩き出した。

ビルの裏側へ回ると、案の定、地下駐車場へ向かうスロープの手前に非常ドアがある。

デジタルロック式だったが、田岡の手にかかれば、暗証番号など三秒で解読できる。

ドアを抜け、なんの苦労もなく地下へ下りると、あとは住民たち同様、エレベーターを使って八階まで昇っていけばいい。

途中、防犯カメラに映ってもいいように、二人ともマスクをつける。メーカーの型式からあまり性能の良いカメラでないことは分かる。

八階に着くと、廊下を進んだ。ＪＯＸパワーが借りている部屋は突き当たりで、表札が出ているわけでもない。

田岡がサーモグラフィーで室内の様子を探り、「誰もいませんね」と首を振る。

「鍵、どうだ？　開けられそうか？」と鷹野は尋ねた。

やはりデジタルロック式だが、非常ドア用と比べると、明らかに精巧なものだった。

解錠に取りかかった田岡を置いて、鷹野は廊下の窓から眼下を眺めた。

夕日がプノンペンの街を染めている。さっきの田岡ではないが、こうやってアジアの街を眺めていると、自分が今、どこにいるのか、ふと分からなくなる時がある。そして分かったとしても、そこが初めての土地なのか、それとも何度も来たことがある土地なのかが分からない。

おそらく、いつも違う名前や経歴でいろんな街を訪れるからだ。

同じ街でも、違う名前で行けば、そこは違う街になる。

いる。

「開きましたよ」

声に振り返ると、まるで自分の部屋へでも招くように、田岡がすでにドアを開けて待っている。

室内はがらんとしていた。おそらく同じフロアでは一番広い間取りなので、更にそう見えるのかもしれないが、カーテンやブラインドもない大きな窓から強い西日が差し込み、埃がキラキラと舞っている。

室内で目立つものといえば、大きな事務机が三つと、あとは床のあちこちを這っている電気機器のコードで、まるで暗号でも書かれているように見える。

早速デスクのパソコンに飛びついた田岡が、電源を入れて、パスワードを盗み出そうとする。

「このJOXパワーって会社、ゆるいっていうか、とにかく情報だだ漏れなんですよね。東京でちょっと調べた時も、簡単にいろんな資料覗けたし」

実際、そうらしく、あっさりとパスワードも分かったようで、「どうします？　中身、とりあえず全部コピーしときますか？」と尋ねる。

「この前、お前が盗み出した東京本社のと同じものばかりなんだろ？」

「えっと……、おそらくそうですね……。こっちで作られてるファイルは……、ああ、一応いくつかありますけど……、えっと、これは……ああ、こっちの女の子の店の情報ですね」

「とりあえず、そのパソコンをどこからでも見られるようにしといてくれ」

鷹野はそう指示すると、自らは監視カメラを取りつけるための場所を探し始めた。


その夜、美しくライトアップされたホテルのプールサイドで、鷹野は冷えたビールを飲み干した。

さっきから美しい横顔をした少女が、その白い肢体をプールに浮かべている。

ホテルの中庭では、月一で開催されているらしい「ワインと映画の夕べ」というイベントの真っ最中で、屋外のスクリーンに映し出されている映画の音声がプールサイドにも微かに聞こえてくる。

科白《せりふ》のなかにはなんとなく覚えているものもある。

鷹野はそばにいたボーイに、「今夜は何を上映しているのか？」と尋ねた。

「『カサブランカ』です」

「ハンフリー・ボガートの声か」

「ええ、それで今のがイングリッド・バーグマン」

「こっちで人気があるの？」

「この辺りに滞在している欧米人は、こういう映画が好きですよ」

鷹野はボーイにチップを渡し、冷えた白ワインを持ってきてくれと頼んだ。

目を閉じて、「カサブランカ」を聞こうとした時、すっと顔の上に影が伸び、「鷹野さん、俺、朝まで戻りませんけど、何かありますか？」と、田岡が覗き込んでくる。

「いや、何も」と鷹野は首を振った。

「じゃ」と、行きかけた田岡がふと足を止め、「あの、今さら、こんなこと訊くのもあれですけど、鷹野さんって、いったいどこで弾けてんですか？」と真顔で訊いてくる。

「弾ける？」

「だって、ほら、自慢じゃないけど、俺なんてこうやって夜になれば、その土地その土地のクラブで踊ってナンパして……、あと、いろいろと面倒かけたんで言い難いですけど、ほら、俺の場合、薬やったりで、ぶっ飛ぶ時はぶっ飛んでストレス解消してますけど、鷹野さんがはめ外してるところなんて見たことないし……」

本気で訊いているらしい田岡に、「俺はいいんだよ、そういうのは」と鷹野も真顔で応えた。

「いいんだよって……、それ、答えになってませんから」

呆れたとばかりに笑い出した田岡がプールサイドを歩いていく。

しかし次の瞬間、舌打ちしたその田岡が立ち止まり、着信のあったらしい端末を確認すると、

「……ツイてねえな。今、ＪＯＸの事務所で動きありです」

と肩を落とす。

「動き？」

鷹野は身を起こした。

「バンコク発の飛行機で、ＪＯＸの幹部が二名、もうすぐプノンペンに到着します。岩見研《いわみけん》吾《ご》と古屋《ふるや》紀和《のりかず》という二人で、何度もプノンペンを訪れている幹部ですし、おそらくデイビッド・キムと直接会っているのは彼らだと思います」

「急だな」

「ですね。極秘扱いらしくて、いつもの旅行代理店も通してません」

「デイビッド・キムも、今夜、この街にいるのか？」

「さあ、そこまでは分かりませんが、今夜、事務所で張ってみる価値はあるかと」

鷹野は腕時計を見た。まだ十時を回ったばかりだった。

「飛行機は何時に着く？」

鷹野の質問に、「えっと……、そろそろ着きます。事務所に到着するまで、あと一時間ほ

どです」と田岡が応える。

　ホテルの車寄せにジャガーのSUVが停まっていた。

「プノンペンって不思議な街で、まだまだ発展途上な雰囲気なのに、高級外車だけは豊富に揃ってるんですよ」

　と田岡が首を傾げる。

　鷹野は運転席に乗り、車を急発進させた。

　車寄せから一般道に飛び出した途端、列を成すトゥクトゥクを次々と追い抜いていく。プノンペンに着いてまだ半日も経っていないが、市内の地図はすでに頭に入っていた。渋滞した大通りを避けて、鷹野は路地から路地へ車を走らせた。汗と雨とスパイスの香りが混じったような、南国の夜の匂いが車内にも入り込んでくる。

　鷹野はJOXパワーの事務所が入っているビルの裏通りに車を停めた。先に助手席を降りた田岡が、野良犬に吠えられている。腹を空かせているのか、それとも恐怖を感じているのか、野良犬の口からは涎がぼとぼとと垂れ、その咆哮《ほうこう》はオレンジ色のライトに照らされた裏通りに響き渡る。

　野良犬を足で蹴飛ばした田岡がビルの裏口から侵入するのを待って、鷹野も車を降りた。

蹴られて戦意を喪失したらしく、野良犬は寝そべったまま動かない。

「腹減ってんのか？」と鷹野はなんとなく声をかけた。

言葉が通じるはずもなく、野良犬はただ、「ハァハァ……」と熱い舌を垂らしている。

その時、イヤホンに田岡の声が届く。

「八階に到着しました。どうしますか？　部屋のなかに入った方がいいですか？」

「他にどこか隠れられそうな場所あるか？」

「隣の部屋が空室なんで、そこから天井伝いに入るって手もありますけど……」

「じゃあ、お前はそこから天井裏に入ってくれ。俺はここにいる」

「了解です。そっちで何か動きあったら、連絡してください」

田岡との通信が切れ、ブツッと嫌な音が耳のなかに残った。と同時に、ビルを見上げようとした鷹野の背中に、何か硬いものが突きつけられる。

自分の背中に拳銃を押しつけている男の影がオレンジ色の道にあった。

鷹野は無抵抗を示そうと両手を上げた。

ただ、振り返ろうとすると、乱暴に腕を捻り上げられる。

「動くな」

聞こえてきたのは、アジア系の訛りのある英語だった。もう何日も風呂に入っていないような臭いがする。

「……動くな」

　また繰り返した男が、慣れぬ手つきで手錠を嵌めようとする。鷹野は重心を下げ、そのまま男の顔面に回し蹴りを入れようとした。

　呆気に取られた男が、その髭面のなかで目を丸くする。あと数センチで男の顔面に足が入ろうとした瞬間、今度は逆から、「動くな」とまた別の男の拳銃が脇腹に押しつけられた。

　二人目の男は明らかにこういう場面に慣れている。

　鷹野は素直に足を下ろした。

　背後に立っていた男は、不思議な風貌をしていた。

　アジア人にも見えれば、ヨーロッパ系にも見える。髪や瞳の色は薄く、褐色の肌。ちょうどアジアとヨーロッパが、この男の顔のなかで衝突したようだった。

「大人しくしていれば、怪我はしない」

　男が更に拳銃を脇腹に押しつけてくる。

「誰だよ?」

　鷹野は男に顔を寄せた。

　男は怯むことなく、「そう慌てるな」と微笑む。

「それ、どこ訛りの英語だ？」と鷹野は訊いた。

「あんたの英語と一緒だろ。世界中、金のために駆けずり回ってる奴の下手くそな英語だよ」と男も笑う。

男が顎をしゃくった先の通りの反対側に、いつの間にか一台のバンが停まっていた。

鷹野は自ら歩き出していた。

男も鷹野の脇腹から拳銃を離す。

鷹野を後部座席に押し込むと、男は助手席に乗った。もう一人の男が慌てて運転席に飛び乗る。

男がクメール語で指示を出しているところを見ると、運転手の方は仲間というよりも、急遽現地で見つけた使いっ走りらしい。

乱暴な運転で、車が激しく揺れる。

「あんたに会ってほしい人がいる」

「俺に選択の余地がある話か？」と鷹野は続けた。

「どういう意味だ？」

「何か頼みがあるから、そいつは俺に会いたいんだろ？」

「そうだ」

「だから、その頼みを俺は断れるのかって訊いてるんだよ」

鷹野の言葉に、「断れないって言ったら、どうするつもりだ？」と、男が声を上げて笑う。

「この車から逃げ出す方法を必死に考えるさ」と鷹野も笑った。

車はメコン河へ向かっているようだった。赤い満月があとについてくる。

鷹野はこっそりと田岡と繋がっている通信機の送話口を指で弾いた。簡単なモールス信号で「追ってくるな」と送る。おそらくこちらの会話は田岡に筒抜けのはずだった。

＊

天井裏の狭いダクトのなかで、田岡は匍匐《ほふく》しながら前へ進んだり、後ろへ戻ったりと忙しく動いていた。

鷹野が何者かに拘束され、車で連れ去られる様子は刻一刻と伝わってきており、最初は救いに向かおうとしたのだが、すぐに鷹野から、追ってくるな、と信号が送られてきた。

実際、車内での会話を聞いている分には、鷹野にも余裕があり、どちらかといえば、敢えて相手の動きに乗っているのが分かる。

それでも、田岡はとりあえず現状だけは軽井沢の風間に知らせておこうと連絡を入れた。

だが、なぜか繋がったのは風間ではなく、本部の女性交換手で、抑揚のない声でＩＤの確認をしてくる。

戸惑いながらも確認を終えると、「現在、風間さんへの情報は全てこちらで受けます」と言う。

田岡は、鷹野が現在置かれている状況を説明した。

しばらく間があってから、「鷹野一彦が持っている通信機で、彼の現在地をこちらで把握しています」と返答があり、「他に何かございますか？」と事務的な質問が来る。

「いや……」と、田岡は通信を切ろうとして、ふと、「あの……、風間さん、また体調が悪くなったんですか？」と尋ねた。

もちろん交換手の女性が知っているはずもないのだが、とりあえずは上に取り次ぐらしく、「しばらくお待ちください」と、声が遠のく。

田岡はダクトを進みながら返事を待った。

「おっしゃる通り、体調を崩されているそうです」

ふいに交換手の声が戻る。

「これまでも悪かったんですが、いよいよって感じの悪さなんすか？」

田岡は気安い調子で尋ねた。すると相手も機械ではないので、少し砕けた口調で、「今は落ち着いているみたいです。ただ、昨夜、劇症肝炎の疑いで緊急搬送されたみたいです」と教えてくれる。

「ありがとう」

田岡は通信を切った。

もちろん、これまでに交換手の誰とも田岡は顔を合わせたことがない。もっと言えば、AN通信の本部がどんな場所で、どこにあるのかさえも知らない。ただ、それは天国や地獄とは違って、確実にこの世界のどこかにある。

たまに、AN通信の本部というものがどういうものか、田岡は空想することがある。浮かんでくるのは、なぜか万国旗が並んだニューヨークの国連ビルで、きっとAN通信もああいうビルなのだろうと想像する。もちろんあんなには大きくないかもしれない。それでもなかには幹部たちが集う大会議場があり、そこには世界各国からの情報が集められている。たとえば田岡がどこかで手柄を立てれば、自分の顔が巨大なモニターに映し出され、出席者たちの拍手を浴びるのだ。

ただ、考えれば考えるほど、そこに浮かんだものが、映画やテレビドラマで見た何かの光景だと気づく。結局、本来のAN通信の姿など田岡にはまったく想像もつかない。

福祉施設で物心がついた頃には、自分は将来AN通信の人間になるのだと認識していた。

他の子供たちとは別のカリキュラムで訓練を受け、身分を隠して南蘭島で高校生活を送ったあとは、当然のようにAN通信で働き始めた。不思議なくらいなんの疑問も持たなかった。ただ、すぐに気持ちが立ち止まった。命令を受け、体は動いているのに、気持ちだけが動かなくなったのだ。

自分だってなんの疑問も持たずにAN通信で働けたくせに、なんの疑問も持たずに働く他の諜報員たちの姿に、とつぜん漠然とした不安を感じてしまった。

気がつけば、ドラッグに手を出していた。任務で赴く国では、そんなものは容易に手に入った。

あの頃、もしも鷹野ではなく、別の誰かの下に配属されていれば、おそらく自分はもう生きていなかっただろうと田岡は思う。

鷹野は、ドラッグでどうしようもなくなった田岡を一度も見捨てなかった。立てなければ、這ってでも歩かされた。食えなければ、無理やりにでも口に食い物を押し込まれた。

その無口な姿からは、ただ「生きろ!」という鷹野からのメッセージが伝わってきた。

天井裏に忍び込んで、しばらくした頃、JOXの幹部たちが部屋へ入ってきた。機内でもそうとう酒を飲んできたらしく、その声からご機嫌なのが伝わってくる。そして驚いたことに、てっきり彼らだけだと思っていたところ、なんとそれぞれに連れの女がおり、まるで銀座のクラブからアフターへ向かうような雰囲気だった。

「岩見さん、もう仕事なんてどうでもいいですよ！」

泥酔に近い声色で、そう機嫌良く言ったのは常務の古屋紀和で、その腕は若い女の肩に回されている。

「いや、ちょっと待って。とりあえず、ここでこれだけやっちゃえば、今回の出張は完了なんだから」

同じく酔っている専務の岩見研吾が、何やら金庫から書類を抜き出そうとする。バンコクから連れてこられたらしい女たちはまだ若く、おそらく初めてのファーストクラスでのフライトの興奮が冷めないのか、男たちを無視して、タイ語で機内食や機内で見た映画の話なんかを楽しげにしている。

「岩見さん、早く。下に車待たせてあるんですから、もうホテルに行っちゃいましょう」

「待て待て、あと五分だけ」

岩見と呼ばれる男が金庫から出した書類に何やら記入する様子が天井裏の田岡にもはっきりと見える。

「しかし、何もかも順調過ぎて、笑いが止まらないですね」

「ほんとだよ。うちみたいな後発の電力会社が、将来的に日本の水道事業を一手に引き受けることが決定したんだぞ。そして、そのバックには、大國首相に、中尊寺信孝。そしてそして、水メジャーのV・O・エキュと対等の立場ときた」

「やっぱり岩見さんの先見の明ですよ」

「いやいや、お前が陰でいろいろと動いてくれたからだよ。とにかく、もう何も心配しなくていいんだ。何もかもがレールに乗った。あとは、大國首相たちがとっとと法律を作ってくれれば、この列車はもう、どこまでもどこまでも走っていきますよってな」

「ほんとに、シュッシュッポッポ、シュッシュッポッポ、ですよ」

古屋が発した汽車の音が可笑しかったらしく、女たちが真似をして笑い出す。興に乗った古屋もまた、女たちと一緒になって「シュッシュッポッポ、シュッシュッポッポ」と繰り返し、なんとも奇妙な光景になってくる。

ただ、実際そうなのだろうと田岡にも分かる。

日本の水道事業の将来について何かが決まったのだ。そしてこの国では、それこそ「シュッシュッポッポ」と走り出してしまえば、もう誰にもそれを止めることはできなくなる。

＊

独立記念塔、国立博物館、王宮を横目に渋滞に巻き込まれた車は、やっと川沿いの道を北上し始めた。

この通りはプノンペンでも一番の観光地らしく、派手なネオンをつけたカフェやレストランがこの時間になっても多くの観光客で賑わっている。

南国の夜に浮かれて相当に酔ったらしいドイツ人らしい青年たちが通りに飛び出し、上半身裸になって踊っていた。

鷹野は通りから、視線を車内へ戻した。

もう長く車内では言葉が交わされていない。

クメール語を話す運転手は、渋滞に苛々してハンドルを指で叩き、助手席に座るアジア人にもヨーロッパ人にも見える男は、さっきから目を閉じている。

「あんた、不思議な面構えだな」と、鷹野はその男に声をかけた。

だが、男は目を開けようともしない。

「……生まれがどこか、それくらいなら教えてくれてもいいだろ」

諦めずに鷹野が続けると、ルームミラーのなかの男がゆっくりと目を開け、「スパイってのは、もっと無口なもんだと思ってたよ」と笑う。

男の笑い声に、息が詰まるようだった車内が少しなごみ、「無口なスパイは時代遅れらしいよ」と鷹野も応じる。

閉め切った車内にも、通りの喧噪ははっきりと聞こえた。どこかの店から流れてくる激しいダンス音楽が渋滞で動かない車を揺らす。

「俺の生まれは、中央アジアのキルギスだ」

ふいに男が応える。

「キルギス？」

「行ったことあるか？」

「いや、ない。……でも、イシク・クル湖、ブラナの塔、首都にあるバザールはなんて言った？」

「オシュバザール」

「美しい国だって聞いてる」

「ああ、アジアのスイスとも言われてる」

また車が動き出し、窓の外を明るいネオンが流れていく。

「そのアジアのスイスで生まれたキルギス人が、なんでまたこんな暑い国にいるんだ？」と鷹野は続けた。

わざわざ振り返った男が、「あんたを探しに来たんだよ」と微笑む。

男の顔は本当に不思議な雰囲気だった。見る角度によって、複数のエスニックな顔立ちに見える。

「キルギス人は日本人にそっくりだって話を聞いたことあるよ」と鷹野は言った。

「ああ、キルギスに有名な話がある。キルギス人と日本人は昔、兄弟だった。魚が好きなやつが日本へ行って、肉が好きな奴がキルギスに残った」

「でも、あんたの顔は日本人には見えない」

「日本人にだっていろんな顔があるだろ。キルギス人だっていろいろさ」

「名前ぐらい教えろよ」と鷹野は訊いた。

「アジスだ」

躊躇いもなく、男が教えてくれる。

なんの根拠もなかったが、鷹野はなぜかこのアジスという男に好意を持った。

車が停まったのは、賑やかな通りの一本裏の路地だった。ただ、裏路地とはいえ、表通りの賑わいは紫色の夜空にはっきりと響いている。

車を降りたアジスが、「ここだ」と目の前の建物を見上げる。いわゆるコロニアル様式の古い建物は、アパートとして使われているらしく、日が落ちた今でもテラスに布団や洗濯物が干しっぱなしの部屋もある。

建物の一階はすでに閉店しているが、数軒の食堂が入っているらしい。

「こっちだ」

狭くて暗い階段をアジスが上っていく。ここまで運転してきた男は降りないようで、運転席に残ったまま携帯をいじっている。

鷹野はアジスのあとに続いた。どこかの家から食欲を刺激するスパイスの香りがする。鷹野は思わず生唾を飲み込んだ。

アジスが立ち止まったのは、二階の一番奥のドアの前だった。背後に立つ鷹野を確認しながら、大きなドアを数回ノックする。

鷹野は反射的に身構えた。ここまで来て荒っぽい出迎えになるとは思っていないが、体が勝手に動く。

その時、ゆっくりとドアが開く。なんと開けたのは小さな女の子だった。少し驚いたように目を丸め、すぐにアジスの脚に飛びつこうとする。

「娘だ」と、アジスがその少女を抱き上げた。

アジスの娘の青い瞳はとても美しかった。キルギスが誇るイシク・クル湖の色もこんな色かと思わせた。

アジスに抱き上げられた少女は、父親の帰りを予期していなかったらしく、とにかく嬉しそうに抱きついて離れない。

「本当は、別の場所にあんたを連れていくつもりだったが途中で気が変わった」とアジスが言う。

「別の場所？」

「ああ。スパイ相手に話すのにちょうどいい、薄暗い倉庫だよ」とアジスが笑う。

そのうち、奥からアジスの美しい妻が現れた。幼い娘はこの母親似らしかった。

アジスがキルギスの言葉で何やら妻に伝える。妻は慌てながらも、「どうぞ、なかに入ってください。夕食の残りしかないけど、何かすぐに準備しますから」と、英語で鷹野を招き入れる。

「ああ、入ってくれ」

アジスが娘を抱いたまま鷹野の背中を押す。

おそらく長期賃貸のアパートホテルなのだろう、室内は殺風景だが、生活に必要なものは一通り揃っている。

入ってすぐにダイニングがあり、丸いテーブルには娘が遊んでいたらしい卓上ゲームが広げられている。

「まあ、座ってくれよ」

娘を奥の部屋へ連れていったあと、アジスがダイニングに戻ってくる。その手にはウォッカのボトルと二つのショットグラスがある。

鷹野はダイニングの椅子に座り、アジスが注いでくれたウォッカをまず一気に飲んだ。ひりつくような痛みが喉を走り、強い香りが鼻を抜けていく。

「で、俺に会わせたい奴ってのは、どこにいるんだ？」と鷹野は訊いた。

同じようにウォッカを一気飲みして、熱い息を吐いたアジスが、「俺だよ。あんたに会いたかったのは、俺だ」と苦笑する。

「だったら最初からそう言えばいいだろ？」

「あんたがどの程度の男か見極めたかった。もし大した奴じゃなければ、車から放り出していた」

「じゃあ、ここでウォッカを飲ませてもらってるってことは、俺はあんたのお眼鏡にかなったってことか？」

「嘘をついたことは謝る」

その時、台所からアジスの妻がラム肉の料理を運んできた。

「もし、よろしかったら、どうぞ」

アジスの妻が運んできてくれた料理はラム肉を強いスパイスで煮込んだもので、煮汁とスープが赤い。

「ありがとうございます」

鷹野が礼を言うと、アジスが棚から出したバゲットを千切ってくれる。

鷹野は素直に受け取った。

「昼から何も食ってないんだ」

そう呟いたアジスがラム肉を頬張り、その口にバゲットまで突っ込む。

妻が奥の部屋へ入ろうとすると、娘の笑い声がした。どうやら鍵穴からこっちを覗いていたらしい。

「仕事の依頼をしたい。だから、あんたを探しにここまで来た」

アジスがなんの前置きもなく言い、その口でまたバゲットを齧る。

鷹野は奥の部屋へ目を向けた。

「妻と娘をこの国に連れてきたのは、単なる家族旅行だと思わせるためだ。ここにあんたを連れてきたのは計画外だ」

アジスの声に、奥の部屋から娘の笑い声が重なる。

「まず、一つ先に訊いておきたいことがある」と鷹野は言った。

「……俺のことを、誰に聞いた？」

アジスが咀嚼をやめる。

「それは言えない約束なんだ。ただ、信じてくれ。あんたたちＡＮ通信にとっても、決して悪い話じゃない」

鷹野は、用件を言えという意味で顎をしゃくった。しかし勘違いしたアジスがラム肉の皿を鷹野の方に押す。

「……中央アジアの水資源開発についての情報が欲しい」

アジスがウォッカを二つのグラスに注ぎ、一つを一気に飲み干す。

「俺たちの水を、誰にも奪われたくないんだ」

ウォッカのせいか、アジスの目が少し血走っていた。

その後、アジスの話は熱を帯びた。

現在、アジスの故郷であるキルギスをはじめ、タジキスタン、ウズベキスタンなどの中央アジア諸国では、水確保をめぐる国境を越えた小競り合いが続いている。これは経済的な対立を深刻化させ、政治的な緊張を孕《はら》むような「水戦争」の様相を呈しつつあるという。

幸い、キルギスは、中央アジアのなかでも水の豊富な上流地域に位置し、下流地域に比べれば恵まれている。

ただ、キルギス国内にも上流、下流の差はあって、水の乏しい下流地域では深刻な事態が起こっている。

原因には旧ソ連時代の遺物である水道設備の老朽化が挙げられるのだが、キルギス国内にこれを一気に改善できる財政的な余力はない。

それに加え、十三億の民を抱えた中国が新疆ウイグル自治区でのダム建設を加速させている。

「……そんななか、中央アジアの水資源を狙って、リー・ヨンソンという男がフランスのV.O.エキュ社を使って動いているという噂を耳にしたんだ。もし、そいつらが本気で奪おうとすれば、おそらくひとたまりもなく、俺たちの水は彼らの手に落ちる。俺たちの美しい水の主導権は拝金主義の外国企業に奪われる」

アジスはそこまで一気に語ると、またウォッカを一杯呷《あお》った。

「状況は分かった。それで、あんたは俺たちAN通信に何を頼みたいんだ？」と鷹野は訊いた。

「情報が欲しい。リー・ヨンソンという男が今現在どう動いているのか。誰と手を組み、誰と敵対し、そして何より我々の美しい水をどうしようとしているのか」

「あんたのことは、キルギス政府の代理人と考えていいのか？」と鷹野は訊いた。

「いや、逆の立場だと思ってほしい。現在のキルギス政府の役人たちは、我々の水を奴らに売ろうとしている。私腹を肥やそうとして」

アジスの答えに、鷹野は飲もうとしたウォッカのグラスを置いた。

アジスの依頼を感情的には理解できても、AN通信という組織は感情論では動かない。

「話は分かった。ただ、報酬は安くないぞ」

鷹野は一切の妥協を許さぬように強い口調で伝えた。

「それは分かってる……」

そこでアジスが口ごもる。

鷹野は次の言葉をじっと待った。

「……ただ、それを支払う余裕が我々にはないんだ」

「だとしたら、俺たちは動けない」

取りつく島もないほど、鷹野は即答した。

どこかで温情を期待していたらしいアジスの表情から余裕が消える。

「後払いという方法はないか？」

アジスの言葉に、鷹野は、「残念だが前例がない」と首を横に振った。

「なんだって初めてのことには前例がない」とアジスが食い下がる。

「後払いの方法は？」と鷹野は水を向けた。

途端にアジスが元気を取り戻し、唾を飛ばしてその方法を説明し始めた。

要するに、今後の水資源開発については外国資本に頼るしかないが、主導権はキルギス人が握るべきであり、その際、この水道事業から得る利益のうち数パーセントをAN通信に払い続けるという契約を交わしたいとのことだった。

「俺の一存ではなんとも言えない」と鷹野は正直に伝えた。

「ああ、分かってる。ただ、あんたに期待もしている」とアジスが言う。

「もう一度だけ、質問するぞ。俺のことは誰に聞いたんだ？」

鷹野の質問に、「だから、それは言えない約束なんだ」とアジスが申し訳なさそうな顔をする。

「教えてくれれば、今回の話も進めやすくなるぞ」と鷹野は嘘をついた。

しかし、アジスは一切迷うこともなく、「それでも約束は約束だ。言えない」と応えた。

ホテルへ戻るタクシーのなかで、鷹野は早速、風間に連絡を入れた。しかし電話はなぜか本部に繋がり、風間の容態が悪化して入院したと知らされた。幸い、現在は落ち着き、今日明日でどうこうということはないらしかった。

鷹野は事務的にアジスの件を報告した。返ってきたのは「伝えます」という機械的な言葉だけだった。

10　女たち

「大國首相の記者会見、そろそろ始まるみたいだぞ」

社会部のフロアにそんな声が響き、今朝市内で起きた火災の記事原稿を読み直していた九条は顔を上げた。

近くでやはり原稿を読んでいた上司の小川も、「お、始まるな」と顔を上げる。

「どういう発表になるんでしょうね？」

九条は凝った首を回しながら小川に尋ねた。

「さあ、首相本人が突っ込んだ話をすることはなかろうけど、復興支援策については、ある程度のところまでは本人の口から話すんやないかねえ」

「例の水道事業の民営化についても話すと思いますか？」

「さあ、具体的な話はまだやろうけど、福岡の相楽ダム、兵庫の知森ダムって、立て続けにこれだけの被害が出とるけん。国が先導する形で始めて、そのまま民営化という流れになれば、小回りが利くダンプカーみたいなもんで、地元としても、そっちの方が助かるやろうねえ」

「だって、小川さんも、例の噂、聞いてるんでしょ？」と九条は口を挟んだ。

「例の噂？」

「今回の相楽ダムや知森ダムの復旧作業に、その民営化の第一陣としてJOXパワーっていう中堅の電力会社が入ることが決まっているって噂」

「そうみたいやなあ。本来なら水道事業といえば、まず東洋エナジーの名前が挙がるんやろうけど、その頭越しにJOXパワーってことは、裏で何かが動いたんやろう」

「そこ、呑気にかまえてていいんですか？　だってもし裏で何かが動いたんだとしたら、それって……」

「まあ、普通はそうよ。こういう緊急時じゃなければ。でも、ほら、見てごらんよ。ダムの決壊であそこまで破壊された町の人たちにしたら、裏取引でもなんでもよかけん、とにかく作業を進めてほしいっていうのが本心じゃなかろうか。じゃないと、生活ができんのやけん」

　テレビの前に集まっていく他のスタッフたちに交じり、小川も席を立つ。

　九条は喉の渇きを抑えようと、引き出しからハーブの入った飴《あめ》を出し、一つ口のなかに放り込んだ。

誰かが嘘をついているのだ。まず、二つのダムを爆破した犯人が、イスラム過激派に中途半端に傾倒したお遊びのようなグループだったということがおかしい。

その上、相楽ダムを爆破したという犯人たちのなかに、ダム工事を請け負っていた会社の二代目社長、安達が入っていなかったことが決定的でもある。

楽地で飲み屋をやっていた摂子ママの話によれば、その安達社長が土地の者ではない野中という男と、ダム爆破のためのダイナマイトの量や報酬の話をしていた。その話を九条たちはきちんと警察に伝えている。しかし、それがなかったことにされている。

一時は重要人物として警察に追われていたはずの安達が消えてしまっているのだ。

もちろん、ダム爆破の犯人が電撃逮捕されたあと、上司の小川たちはあまりにもこれまでと違う捜査方針について説明を聞こうと連日地元警察署に通いつめた。

しかし、小川たちの質問に正確に応えてくれる者はおらず、そんな彼らの様子から、この件に関して、もっと上で何かが秘密裏に決まり、たとえ警察といえども、すでに手出しができなくなっていることが分かっただけだったと小川は言う。

もちろん、誰も納得していないが、「とにかく様子を見よう」ということで今のところ社内の意見は一致している。

摂子ママの証言は正しい。安達社長と野中という男は、間違いなく相楽ダムの爆破に関わったのだ。そして、だからこそ、安達は若宮真司を連れて、あの夜、ここ福岡から逃げ出したのだ。

テレビで大國首相の会見が始まったらしかった。

テレビ前に陣取るスタッフたちの間で、ちょっとしたどよめきが起こる。

さきほどの小川の予想を超え、まずは全国に先駆け、福岡及び兵庫県内での水道事業の自由化に関する法案を早急に整えると明言したらしい。

テレビに映る大國首相の脂ぎった顔を眺めながら、九条は南蘭島で出会った石崎のことを考えていた。

石崎は、代議士の中尊寺信孝の下で働いている。その中尊寺信孝と、生前、財務大臣にまでなった大國首相の父親は、一時期、朋友として共に日本を動かしていたはずだ。

若宮真司。孤児。AN通信。諜報員。児童誘拐。ダム爆破。南蘭島。石崎。中尊寺信孝。大國首相。そして水道事業の自由化。

まだ何一つ繋がっていないが、それらが何か大きな渦になろうとしていることだけは、九条にも分かってきている。

テレビの前に集まったスタッフたちから離れるように、九条は携帯を持って廊下へ出た。廊下の突き当たりにドアがあり、そこを出ると非常階段になる。

剝き出しの階段は、決して居心地の良い場所ではないが、ここからは賑やかな天神の大通りが見下ろせる。

九条はある番号にかけた。

かなり長く呼び出し音が鳴ったあと、ぼそぼそとした声で、「もしもし」と聞こえる。

「若宮さん？　九条です」

返事はない。ただ、こちらの次の言葉を待っている気配だけはする。

「どうですか？　そこのホテル。必要なものとかあれば言ってくださいね」

「……別に」

「今夜、七時に迎えに行きます。石崎さん、今ごろ、羽田で飛行機に乗ったと思います」

また返事が途切れる。

「じゃあ、あとで」

九条は電話を切ろうとした。その時、微かに「ああ」と応える声が聞こえた。

風が吹き上がってくる。白い風船が一つ、風に煽《あお》られて高い空に昇っていく。

南蘭島での九条はツイていた。若宮真司を捜しに向かった滞在五日目、まず中尊寺信孝の私設秘書の石崎と出会い、二人で協力し合って真司を捜した。

いよいよ福岡に戻らなければならなくなった夜、老街と呼ばれる屋台街で島の名物らしい牛肉そばを啜っている若い男を九条は見かけた。

直感としか言えない。見た瞬間、捜している真司だと思った。楽しそうな観光客たちで賑わう広場のなか、彼のそばだけに音がなかった。

九条は単刀直入に声をかけた。「あなたは若宮真司さんですか？」と。

真司はすぐに席を立とうとした。その顔にはなんの感情もなかった。

「AN通信について聞きたいことがあるの」と九条は慌てて尋ねた。

もしこの時、相楽ダムのことで、と言っていたら、おそらく真司はその足を止めなかったと思う。

立ち止まった真司に九条は続けた。

「AN通信という組織とあなたとの関係が知りたいんです。協力してもらえませんか」と。

*

ほんの少しサイズが大きいハイヒールの踵《かかと》を気にしながら、ミス・マッグローはロンドンの自邸を出た。

このクラシカルなホワイトスタッコ（白漆喰）の邸宅は、ベルグレイヴィア地区のチェス

 タースクエアにある。

この辺りは元々ウェストミンスター公爵家の所有だった場所で、近隣にはサッチャー元首相が暮らしていた家や、女優のヴィヴィアン・リーが住んでいた邸宅などもあり、一見、普通のアパートメントに思える物件が四十億円以上もする。

玄関を出たマッグローは、近寄ってきた運転手に「マンダリン オリエンタルまでお願い」と告げて車に乗った。

やはりサイズが大きく、右足の踵が擦れる。

「どうかされました？」

ドアを開けてくれた運転手に訊かれ、「珍しいデザインだったから、無理して買ったんだけど、やっぱり少し大きかったみたい」と微笑む。

「お履き替えなさいますか？」

「いいの。このあとランチの約束があるだけだから」

マッグローは後部座席に乗り込むと、新しいレザーシートの香りを嗅いだ。

ゆっくりと走り出した車の窓の外を街路樹が流れていく。

この辺りの樹々は、街路樹一本とっても洗練されているとマッグローは思う。

バッキンガム・パレス・ガーデンズと、ハイドパークに隣接する地区でもあり、街中にも公園や緑豊かな広場が多い。

　もちろん定期的に手入れはしているのだろうが、その手入れの仕方は乱暴で、どちらかといえば、どの樹も伸び放題に育っているように見える。

　だが、それでもこの辺りの樹々には品があり、同じように伸び放題だったカンボジアの樹々の粗野さがない。

　もちろんあれはあれで美しいのだろうとマッグローも思う。ただ、あれは旅先で眺めるものであって、共に暮らすとなると、到底我慢できないとも思う。

　静かな住宅街をゆっくりと抜けた車がハイドパーク沿いに建つ赤煉瓦のホテルに到着した。マッグローは、「二時間後に迎えをお願い」と運転手に告げて車を降りた。

　顔見知りのボーイの案内でホテルのメインダイニングへ向かうと、すでに窓際の席にいたデイビッド・キムが落ち着いた笑みを浮かべて迎える。

　窓の向こうの通りを正装した騎馬隊が進んでいく。何か行事でもあるのだろうか。マッグローは一瞬その様子に見とれた。日を浴び、きらきらと輝く黒馬たちの毛並みと筋肉が、息を呑むほど美しかった。

「きれいな馬」とマッグローは外を指差した。

「ああ」と応えたきり、デイビッド・キムは振り返ろうともせず、「馬は苦手でね」と笑う。

「どうして？　あんなに美しい生き物が他にいる？」

「馬の目が苦手なんですよ」

「どうして？」

「いつも哀しそうでしょ」

「そうかしら？　私にはそうは見えないわ」

「ニーチェが発狂した理由を知ってますよね？」

「御者に虐待されている馬を見たせいって、あの話？」

「ええ。ニーチェはたぶん虐待されている馬の目を見たんだと思う」

「でも、あの話って神話みたいになっているけど、信憑性《しんぴょうせい》もないのよ」

「たとえ作り話だとしても、ニーチェが発狂したことと、馬の目が哀しいのは事実ですよ」

デイビッドはそう言って、そばに立っていたボーイを呼ぶ。

マッグローは鳩のエトフェとピノノワールをグラスで注文し、「父から、今度の計画を進めてもいいって許可が出たわ」と、早速ビジネスの話を始めた。

「それは良かった。じゃあ、お祝いしましょう」

デイビッドも魚料理と白ワインを注文する。

「中央アジアの水戦争への参戦。私が全てを任された。『計画を知れば、この界隈だけでも何人もの投資家たちが甘い汁を吸いたがるだろう』っていうのが父の見方よ。でも、どんなビジネスも良いことばかりじゃない。だから正直に教えてほしいの。私たちが何に注意すればいいのか」

マッグローの質問に、デイビッドは少しだけ眉を動かした。

「リー・ヨンソンが出してきた計画書は驚くほど正確ですし、将来的な予測も含め、とても信頼できると思います。おそらく相当に考え抜かれた計画ですよ」とデイビッドが受ける。

「ええ、実際にリー・ヨンソンと話をして、私も彼がかなりクレバーな男だと分かったわ」

「ですから、計画自体に注意点はないと言っていいと思いますが」

「でも、そんな満点の計画なんてあるとは思えないの」

「では、唯一、用心深くその動向を見なければならないのは、キルギスの国民感情かもしれません」

「キルギス？」

「中央アジアではもっとも豊かな水資源国です。リー・ヨンソンによれば、現在のキルギス政府は、今回の計画に賛成の立場を取っている。いや、賛成どころか、両者はほぼチームと言ってもいい。ただ、どこの国のどんな計画もそうですが、それを良しとしない反対派の集団が出てくる」

「具体的にあるの？　たしかイスラム教国だったと思うけど、政治的な色合いが濃い問題もあるということ？」

「いえ、具体的にあるわけじゃないですし、宗教的なことも、それほど心配する必要はないはずです。キルギスはイスラム教国ですが、いわゆる原理主義的な国じゃない」

「だったら、何に注意すればいいの？　どこの国のどんな計画にも反対派グループがいるのはその通り。でも、そんなもの、これまでだってコントロールしてきたわ」

「ですから、さっきから言ってますよ。これは完璧な計画だって」

デイビッドが呆れたように笑い出す。その言葉を待っていたとばかりに、マッグローもやっとその表情を弛める。

ちょうど互いのワインが届き、マッグローはグラスを合わせようとした。

「安くない投資なのよ」とマッグローは言った。

「ええ、悪くない投資です」とデイビッドも頷く。

二人はグラスを合わせた。そして互いに一口だけ飲むと、すぐにマッグローは持参した投資回収計画書を広げた。

その後、デイビッドとの打ち合わせを終えたマッグローはホテルのスイミングプールへ向かった。

大きな仕事を抱えている時など、こういうプールでゆったりと泳いでいると、絡み合った様々な事案がクリアになってくる。

更衣室で水着に着替え、マッグローはプールへ向かった。屋内のプールの水は青くライトアップされ、薄暗い空間のなか、まるで鯨が浮かんでいるような、そんな幻想的な雰囲気に満ちている。

マッグローはデッキチェアにバスタオルを置くと、誰もいないプールに飛び込んだ。

飛び込んだ途端、ひんやりとした水に体が包まれる。マッグローは何かを掴み取るようにゆっくりと腕を前へ伸ばす。

水を掻き、体をグンと前へ進める。まるで自分自身が水になったように感じる。

そのまま、どれくらいの距離を泳いだのか、少し疲れたマッグローは、プールの真ん中でふと仰向けになった。

天井のライトがゴーグル越しにも眩しい。

しばらく体を浮かべたあと、マッグローはプールを出た。いつ来たのか、デッキチェアにアジア系の女が腰かけている。

マッグローは社交辞令的な会釈だけして、自分のデッキチェアからバスタオルを取った。

髪を拭いていると、「きれいな泳ぎ方」と、その女が話しかけてくる。

少し面倒臭くもあったが、無視するのも悪いと思い、「学生の頃、水泳部だったのよ」とマッグローは微笑んだ。

「どうりで、きれいなフォーム」

「ありがとう」

マッグローが立ち去ろうとすると、「あの」と女の声が追ってくる。

マッグローは煩《わずら》わしく思いながらも振り返った。

「はい？」

「私、あなたの役に立てると思うんですけど」

女がとつぜんそんなことを言う。

「どういう意味？」とマッグローは首を傾げた。

「言葉の通りです」

マッグローは関わるまいと、そのまま歩き出そうとした。

「今日、あなたが履いてるクリスチャン ルブタン、少しだけサイズが大きくありませんか？」

女の言葉に、マッグローは立ち止まった。

「さっきロビーで見かけた時に、そう思ったものですから」

デッキチェアから立ち上がった女が、ゆっくりと近づいてくる。

そのビキニ姿は、女のマッグローが見ても魅力的で、その肌にふと指で触れたくなるほど
だった。

「AYAKOと申します」

女が少し畏《かしこ》まる。

「私のことを知ってるの？」とマッグローは尋ねた。濡れた髪から足元に滴が垂れる。

「キャサリン・マッグロー。投資会社『ロイヤル・ロンドン・グロース』の役員」

AYAKOと名乗った女が、名刺を取り出そうとする。

マッグローは、「ビジネスの話なら、会社に電話してもらえる？」と、それを拒否した。

だが、AYAKOも引かず、「あなたも、もうご存じだと思いますけど、デイビッド・キムという男は、魅力的で信用もできる。でも、百パーセントの信用はできない。なぜなら、それは彼が男だから。……これも、もう、あなたなら知ってることですよね？」と続ける。

AYAKOと名乗った女がそう言って、また名刺を渡そうとする。

不思議な感覚だったが、マッグローはその名刺を今度は素直に受け取った。目の前にいるアジア人の女が、自分と同じような恋愛をしてきたように思えたのだ。良い恋愛も、愚かな

恋愛も。

「あなた、デイビッドの知り合いなの？」

「はい。でも、今、あなたが想像されたような関係ではありません」

「私だって、彼とは単なるビジネスパートナーだと思ってるけど」

「賢明です」

マッグローは改めて名刺を見た。そこにはAYAKOという名前と携帯番号だけがある。

この手のビジネスコーディネーターと知り合うことは多いが、AYAKOと名乗る女の豊満な体からは、どこか金の匂いがした。それも大金の匂いだった。

「それで？　あなたは私のために何ができるの？」とマッグローは単刀直入に訊いた。

「残念ながらデイビッド・キムは、クリスチャン ルブタンの靴が美しいとは褒めてくれても、そのサイズが少しだけ大きいことには気づけない」

「些細《ささい》なことだけど、致命的だわ」とマッグローは笑みを浮かべた。

＊

さっきからなんとか枝についていた葉が、いよいよ堪え切れずに落ちた。風に舞った葉は一度、窓ガラスに当たり、ぼんやりと眺めていた風間に、まるで別れを惜しむようにゆっくりと落ちていく。

葉が見えなくなると、妙に感傷的になっている自分を風間は笑った。

その時、開けっ放しのドアからちょうど入ってきた富美子が、「どうしました？」と、少し嬉しそうに訊いてくる。

「いや、なんでもないんです」と風間はまた笑った。

「あら、なんだかご気分良さそうですね？」

富美子がそう言いながら、カーネーションを活けてきた花器をテーブルに置く。

「明日の検査結果を診て、退院の日取りを決めましょうって、さっき先生が」

富美子の言葉に、「ええ。さっきここにも先生が来ました」と風間は頷く。

「そういえば、朝方までお仕事なさってたって。さっき看護師さんが」

富美子がサイドテーブルのパソコンに目をやる。

「ここ数日、確認できなかった案件を眺めていたら遅くなってしまって。看護師さんにも怒られましたよ」

「そうですよ。お仕事が気になるのは分かりますけど、まずは体力を戻さないと」

「さあ、戻るんでしょうか？」

風間の口調が少しとぼけていたせいもあり、「私も一緒ですけど、年には勝てませんからねえ」と、珍しく富美子もふざける。

ふと視線を感じて、風間は入口を見た。いつからいたのか、そこに鷹野が立っている。

富美子と笑い合っていた風間は、「カンボジアじゃなかったのか?」と威厳を保つように声色を変えた。

「今朝、戻りました」

部屋に入ってきた鷹野を、「お帰りなさい」と迎えた富美子が、「……あ、病院で『お帰りなさい』はないわよね」と笑い出す。

「すぐにお茶淹れてきますね」と富美子が姿を消すと、「座れよ」と、風間は壁に立てかけてあるパイプ椅子の方を顎でしゃくった。

「体調、どうですか?」

相変わらずぶっきらぼうだが、その目は本気で心配している。

「見ての通り、俺ならまだ死んでない」と風間は笑い、続けて、「キルギスの件だろう?」と話を向けた。

「もうお耳に入ってますか?」

鷹野は座らず、突っ立ったままでいる。

「今朝、資料を読んだ。上は、今回の依頼を承認するつもりらしい」

「報酬の後払いの件についてもでしょうか？」

「ああ、そうだ」

「そうですか、良かった……。依頼人のアジスという男に会いましたが、なんというか、ヘンに馬が合う男だったので……」

珍しく鷹野が早口になる。

＊

「おい！　お茶は？　早く持ってこい！」

池の上に建てられた応接室で、中尊寺が機嫌悪そうに怒鳴る。

テレビでは、討論番組に出演中の大國首相が水道事業民営化がいかに喫緊の課題であるかを、真面目くさったお笑いタレントたちを前に丁寧に説いている。

「おい！」と中尊寺がまた怒鳴る。

ソファの背後に立っている石崎は、よほど「お茶はもうそこのテーブルに届いています」と教えようかと思ったが、こういう時の中尊寺というのは、実際にお茶が飲みたいのではなく、誰かを怒鳴りつけたいだけだということが分かっているので、敢えて口を挟まなかった。

中尊寺の声に、秘書たちが廊下を走ってくる足音がする。

「はい、先生、すみません。何か？」

「何かじゃない。さっきから、お茶を持ってこいと言ってるだろ！」

怒気に震えた中尊寺の声に、二人の秘書はただ恐縮する。

テーブルにはさっき持ってきたお茶がある。二人はそれを言い出せない。

石崎はそんな様子を黙って見ていた。

「……あの、すぐに熱いものと替えて参ります」

年長の秘書がどうにか突破口を見つけると、にじり寄って茶碗を下げようとする。

「ああ？　あるじゃないか。いいよ、替えなくて。あるなら、あるって言いなさいよ！　ったく、どいつもこいつも、俺が何か言えば、『すいません。すいません』。お前らに謝られたら、こっちは許すしかないだろ。卑怯だぞ！」

中尊寺がお茶を口にふくみ、「熱ッ！」と、噴き出す。

「すぐにふきんを」と、大の男が二人、廊下を駆け戻っていく。

テレビではまだ大國首相の説明が続いている。たまに笑みを交えて話す語り口は穏やかで、そこにはダム決壊による被災者に対する思いやりは見えても、決して金の匂いは感じられない。

「さすがですね」と思わず石崎は口を挟んだ。

中尊寺も同じことを思っていたらしく、「まったく腹が立つ男だ」と舌打ちをする。

「……こうやって、水道事業の民営化が着々と進んでいることを国民に説きながら、同時に、この流れに乗って金儲けしたい奴らは、俺の足元に這いつくばれと言っているんだよ」

テレビで笑みを浮かべる大國首相を、中尊寺は憎々しげに睨んでいる。

「しかし、先生」と石崎は口を挟んだ。

「……我々はその流れに乗ってるんじゃないでしょうか？　実際、民営化された場合、先生がJOXパワーのスーパーバイザーという立場になるわけですから」

石崎の質問を中尊寺が鼻で笑う。

「スーパーバイザー？　そういう横文字の肩書ほど脆《もろ》いものはない」

中尊寺が吐き捨てる。

「……それより、AN通信を潰す方はどうなってるんだ？　とにかくそっちが進まないことには、スーパーバイザーどころか、政界追放、いや、それで済めばいいが、余生を刑務所暮らしだぞ」

ふきんを持った新人秘書が戻り、中尊寺が噴きこぼしたお茶を拭いていく。

石崎は彼が出ていくのを待ってから、「順調に進めています」と報告した。

「お前も分かってると思うが、今の俺は、首の皮一枚だ。そのリー・ヨンソンとかいう男の希望通りに、いや、リー・ヨンソンというより、JOXパワーや大國の言いつけ通りに、AN通信を潰せなかったら、俺はまっすぐに地獄行きだ。だが、もしAN通信を潰して今回の水道事業に食い込んでいければ、まだまだ巻き返すチャンスはいくらでもある」

「はい、分かっております」

石崎は静かに応えた。

「それで、その南蘭島という島で見つけてきた若い男は使えそうなのか？」

「はい。名前は若宮真司。二十四歳の男です」

「その男が、AN通信のスパイとして育てられていたんだな？」

「ええ、そう話しています」

「信じられそうな奴なのか？」

「まだ五分五分ですが、有用性があると思われるのは、奴が結局AN通信には入れず、自分を拒否した組織を恨んでいるという点です」

「恨んでる？」

「ええ。孤児だった若宮真司は、当時預けられていた施設内で、八歳の時に病死したことになっています。要するに、現在は無戸籍です」

「ほう……」

さすがの中尊寺も唸り、「孤児を諜報員にしているとは聞いていたが、AN通信という組織はそこまでしていたのか」と首を振る。

「……ところで、なんでその若宮真司という男は、AN通信に撥《は》ねられたんだ？」

中尊寺がふと気づいたように口を開く。

「ええ、それなんですが、若宮真司には心臓に異常があったそうなんです」

「心臓に異常？」

「ええ、それでAN通信の任務には耐えられないという判断が下されたようです」

「本人はそれを直接知らされたのか？」

「いえ、彼は天井裏でそれを盗み聞きしたと言っています」

「盗み聞き？」

「たまたま応接室の天井裏に隠れていたそうで、そこでAN通信の人間と施設の人間が話しているところを」

石崎がそこまで話した時、中尊寺がふと何か思い出したような顔をした。しかし、それはまだぼんやりとした記憶のようで、すぐには言葉にならないらしい。

「そういえば……」

かなり時間を置いてから、中尊寺が続ける。

「……そういえば、以前こんな話を聞いたことがある。聞いた時には、誰かが面白可笑しく話を大きくしたのだろうと思っていたが、今の話を聞くと、まんざら嘘ではなかったのかもしれないな」

「なんですか？」

「AN通信の諜報員は、ある条件の下で仕事をさせられているらしいんだ」

「ある条件の下？」

「ああ、二十四時間に一度、どんな状況であろうと、本部へ連絡を入れなければならない。もし入れられなければ、組織を裏切ったとして心臓に仕掛けてある爆弾が作動する」

「え？」

石崎は思わず声を洩らした。

「AN通信に入る時、諜報員たちは胸に爆弾を埋め込まれる……」

「ちょ、ちょっと待ってください。じゃあ、AN通信の諜報員たちの胸には、みんな爆弾が仕込まれていることですか……」

「ああ、そうだ」

「そんな……」

さすがの石崎も言葉を失った。

「しかし、考えてみろ」

中尊寺が静かに話を続ける。

「……AN通信がどんな仕事を扱っているか。今回の水道事業民営化にしても、国家事業だ。その機密情報を誰よりも早く扱うのが、AN通信の仕事ということになる。そしてもちろん、その機密情報を扱うのは人間だ。AN通信の諜報員たちだ」

「そいつらが組織を裏切ろうと思えば、簡単ですね？」

「ああ、そうだ。それほどの規模であれば、そのなかのたった一つでも機密を持ち逃げして、買い手を探せば、億の金が手に入る」

「しかしAN通信の諜報員たちは、そんな危ない賭けには出ない」

「ああ、そうだ。そんなことをすれば、自分がどうなるか、ちゃんと知っているからだ」

中尊寺が自分の胸に手を当て、ゆっくりと立ち上がる。

池の上に建てられた応接室からは見事な日本庭園が見渡せる。

石崎もなんとなく庭へ目を向けた。手伝いの女の子が、池の錦鯉に餌を撒いている。女の子の足元で水面が乱れ、無数の錦鯉が餌に向けて口を開けている。
その姿が浅ましい。美しい意匠の錦鯉であればあるほど浅ましい。

11 最高のカード

ホテルの窓から見下ろす街並みに特徴はなかった。

片側二車線の道路は渋滞中で、通りにはコンビニがあり、小さな不動産屋があり、派手な看板をつけた焼き肉店があり、歯科医院が入ったテナントビルがある。

ここが東京にも、浜松にも、名古屋にも、大阪にも、岡山にも、福岡にも、若宮真司には見える。

これまで暮らしたことのある街や行ったことがある街、そのどこにも似ている。

渋滞していた車列が少し動いたところで、真司は窓を離れた。ちょうど約束の時間になっており、ルームキーを尻ポケットに突っ込んで部屋を出る。

一階のフロントには、すでに九条麻衣子の姿があり、併設されたレストランのメニューの看板を真剣に読んでいる。

真司はその背後に立った。気配を感じて振り返った九条が驚き、看板を倒しそうになる。

「ちょ、ちょっと声くらいかけてくださいよ！」

慌てる九条の代わりに、真司が看板を支えた。

とりあえず落ち着きを取り戻した九条が、「おなか減ってるでしょ？　今日、水炊きのお店、予約してますから」と微笑む。

真司のため、というよりも、とにかく自分が楽しみでならないような顔だった。

今日も、九条は白いシャツを着ている。ボタンを二つ外している胸元で、いつものペンダントが揺れている。

中洲にあるという水炊き屋に向かうタクシーのなか、「いつまであのホテルにいればいいんだよ？」と、真司は唐突に尋ねた。

携帯で何か調べていた九条が、「そうですよね。予定も知らされずに閉じ込められてるみたいですもんね」と少し慌てる。

「……でも、もうちょっとだけ待ってください、としか今は言えなくて」

「俺はただ、会えればいいんだ。AN通信とやらで働いてる奴らに。あんたや、あの石崎って男のように、AN通信を潰すことに興味はない」

運転手に聞かれると思ったのか、「その話は店で」と九条が遮る。

九条が予約してくれていた店は老舗の繁盛店らしく、ほぼ満席で、どのテーブルからも賑やかな笑い声が聞こえていた。

壁際の小さめのテーブルに案内され、真司と九条は生ビールを注文した。すぐに鍋も運ばれてきて、白濁したスープが沸騰する。

「ここのスープ、濃厚で、とにかく美味しいんですよ」

九条が湯のみ茶碗にスープをよそい、薬味まで入れてくれる。

真司は黙って一口飲んだ。たしかに濃厚でとろりと喉を落ちていく。

「美味い」と思わず呟いた真司に、九条が、「でしょ！」とまるで我がことのように喜ぶ。

真司は熱いスープを慎重に飲もうとする九条の口元を見つめていた。真司は女が何かを食べる姿があまり好きではない。だが、この九条の食べ方には性欲を掻き立てられる。

「さっきの話なんですけど……」

一口スープを飲んだ九条が口を開く。

「……石崎さんともいろいろと相談をしているんですが、AN通信に鷹野一彦という人がいるそうです」

「じゃあ、俺は、その鷹野なんとかって奴に会えるんだな？」

「え、ええ。もちろん、なるべく早く会えるようにします」

九条の言葉に、真司は少しほっとしてまた白濁のスープを口にした。

どれほど立派な奴らなんだ、と真司は腹立たしくなる。どれほど有能な奴らなんだ、と。

それをこの目で確かめてやる。

考えてみれば、子供の頃、自分が何かのレールから外されたと分かって以来、これがずっと心のなかにある思いだった。そしてこの思いのせいで、これまで何もやれずに生きてきた。ずっと自分が二流の人間に思えていた。だからこそ、いつかその一流の奴らに会ってみたかった。自分が生きられなかった世界を見てみたかった。

九条は腹が減っているらしかった。鍋のなかで煮えたつみれやレバーや白菜を旺盛に、その小さな口に入れていく。

真司の視線に気づいた九条が、「何?」と戸惑う。

「いや、美味そうに食うなと思って」

「私、この仕事に就いてから、すっかり早食いの習慣がついちゃって。家で母からも注意されるの。みっともないって」

九条が箸を置こうとするので、真司は彼女の器に鍋からムネ肉をよそってやり、「みっともなくないけど」と微笑んだ。

「あの、プライベートなこと訊いてもいい?」

九条が少し砕けた口調になる。以前、話した時に、彼女が自分よりも少し年上だということは聞かされている。

「……若宮さんって」

話し出した九条に、「真司でいいよ」と口を挟んだ。

「名字で呼ばれると、なんかムズムズするんで」

「じゃ、じゃあ、真司さん。……施設を出る時に、何かもらったものとかあったんですか？　だって、真司さんには戸籍がないわけだから、仕事を見つけようにも……」

「ああ」

九条の唐突な質問をやっと理解して、真司は声を返した。

「もらったものなんて何もないよ。支度金の三十万円。それだけ。でも、施設が身元保証人であることを証明する書類はもらった。それだけは今でも大事にリュックに入れてある」

「その証明書だけで、これまで……」

施設に紹介してもらった千葉の旋盤工場で半年働き、ふいに仕事が嫌になって寮を逃げ出した。あとは日雇いや飯場など、身元確認のうるさくない仕事をやってきた。事情は違っても、自分と同じように身元不明の者などごまんといた。そのお陰で、自分が生きていく場所が分かった。自分の人生というものが見えた。そして、その場所や自分の人生を、見つけた瞬間、それらを踏み潰してやりたくなった。

「九条さんにも、プライベートな質問してもいいすか？」

生ビールを飲み干して真司は言った。

九条が少し身構える。

「……男いますか？」

単刀直入な真司の質問に、「男？」と目を丸くした九条が、「彼氏ってことなら、いないです」と笑い出す。

「どんな男が好きですか？」

「え？……ええ？」

九条が今度は仰け反って驚く。

「どんなって……」

目を白黒させる九条に、「俺はどうですか？」と真司は訊いた。

更に動揺した九条が、もうこれ以上はじっとしていられないとばかりに、レンゲで鍋の中を掻き回す。

真司は返事を待った。

「そんな……、どうですかって、急に言われても……」

「俺みたいなの、ダメですか？」

「いや、別にダメとかそういうんじゃなくて……」

「だったら、俺でもいいですか？」

「だから、そういうことじゃなくて……」

「じゃあ、考えといてください」

　真司はそれだけ言うと、鍋に残った具を掻き集めて器に移し、ガツガツと骨付きのモモ肉に齧りついた。

＊

　いつも利用している大学の図書館に、田岡は何食わぬ顔で入った。この私立大学は田岡が東京滞在中によく使うホテルの近くにある。

　数年前に有名な建築家によって設計されたこの図書館は、宇宙船を模したような外観が評判となり、様々な媒体で紹介され、ヨーロッパの小さな建築賞も受賞している。

　もちろん外観も一流なら、所蔵された書物も一流なのだが、なぜかいつも館内はがらんとしており、たまに学生たちの声が聞こえるかと思えば、外の暑さや寒さを避けてきただけで、本など読む者はいない。この図書館に来るたびに、田岡は子供の頃に見た「セブン」という映画を思い出す。映画のなかで、あるベテラン刑事が夜中に大学の図書館へ調べものに向かう。たしかBGMで、バッハの「G線上のアリア」がかかっている。ベテラン刑事は夜勤の警備員たちに声をかける。

「諸君、なぜだね？　この書籍と知識の山に囲まれて、君たちは一晩中ポーカーとは……」

この図書館に来るたびに、田岡は映画のなかでそう嘆いたベテラン刑事の言葉を思い出す。

いつものように偽造学生証で入館し、窓際のいつもの席に陣取った田岡は、早速、目当ての書物を探しに向かった。

調べたかったのは、日本だけでなく、世界の水道事業民営化の流れだった。

もちろん鷹野から知識を頭のなかに叩き込んでおくようにと言われたわけではない。もっと言えば、鷹野にそんなことを言われた時点で、産業スパイとしては三流だ。必要なことを調べるのではもう遅い。必要な時にはそれを知っていなければならないのだ、と、田岡はもちろんAN通信の諜報員たちは、子供の頃からずっと叩き込まれる。

運んできた書籍を速読し、図書館の端末で、世界各国の最新記事を探す。

昼すぎに入館し、買ってきたロブスターサンドを二人分食べ、斜め後ろの席に座った女の子にウインクをして露骨に席を移動された辺りで面白い記事を見つけた。南米の最貧国ボリビアで行われた水道事業民営化の記事だった。

記事のタイトルは、そのものずばり「貧乏人は水を飲むな」というものだ。

田岡はボリビアには行ったことがないが、アルゼンチン、ブラジル、コロンビアなら渡航経験がある。それら南米の国々の風景を思い描きながら、記事を読む。

記事によれば、グローバルに民営化を推し進めるIMFは財政困難にあるボリビアに、公共事業の民営化を進めれば、公共料金は安く、更にサービスも充実するという甘言で、世界銀行から借金をさせる。

その際、民営化を進めるために入り込んでくるのがいわゆる多国籍企業だ。ボリビアやその他の発展途上国にはない技術を持っているからだが、このシステムが悲劇を生む。

世界銀行の融資を受けたボリビアは、ある意味、順調にほとんどの公共事業を民営化してしまう。その中には人間の生きる糧である水道事業までもが入っている。

この民営化の結果、現在のボリビアでは次のようなことが起こっている。

公共料金が安くなるどころか、逆に四倍に跳ね上がり、サービスの向上などなく、提供される水は以前より不衛生にさえなっている。

ちなみにボリビアの水道事業を丸抱えで請け負ったのは、アメリカのベクテル社。この企業の株主は、ブッシュ元大統領一族をはじめとするネオコン政府の者たちであることは有名な話である。

ボリビア第三の都市コチャバンバ市では、このために暴動まで起こっている。跳ね上がった水道料金を払えず、水を飲めなくなった家庭が続出したのだ。

この街では、支払い不能者には容赦なく水の供給を停止し、さらに安い井戸水の料金まで引き上げたと言われている。

また、アジアのフィリピンでも同じような事態が発生しており、こちらではなんと公共の公園にある水道までもが有料化されているという。

田岡はそこまで読むと無性に喉が渇いた。いつも持ち歩いている水のペットボトルをリュックから出し、渇いた喉に流し込む。

元々、田岡は手元にいつでも飲める水がないと軽いパニックに陥る。たとえば、映画館や劇場に入った時でさえ、ペットボトルの水を必ず持ち込む。見終えるまで、一口も飲まないことの方が多い。しかし、それでも手元に水がないと思うと、途端に喉が渇き出し、ひどい時には脂汗まで出てくることがある。

田岡は渇いたイメージから逃れるように、またペットボトルの水を飲んだ。一口では足らず、半分ほどを一気に飲む。

今回のキルギスの任務があまり気乗りしないのは、きっとこの渇いたイメージのせいだと気づく。まだ一度も行ったことのない中央アジアの国々に吹く砂混じりの乾いた風で、もうすでに喉がからからに渇いているのだ。

　次の瞬間、鷹野から連絡が入った。

「これからスイスに飛ぶぞ」

　聞こえてきた鷹野の声に、「ジュネーブでいいんですか？」と田岡は応えた。

「いや、チューリッヒで手配してくれ。ヴァルスのスパリゾートに滞在しているムッシュー・デュボアと連絡がついた」

「デュボア？　V・O・エキュ社の？」

「ああ、そうだ。現在、会社からは追放の身だが、条件次第ではこちら側についてV・O・エキュ社の内部を探ってくれるそうだ」

「てっきり今ごろ廃人かと思ってましたよ」

「ああ、廃人だよ。ただ、廃人だってチャンスさえあれば立ち上がれる」

「考えてみれば、リー・ヨンソンに乗っ取られたとはいえ、現在もV・O・エキュ社には彼の親族が残ってますしね」

　ストレスを受けると蕁麻疹が出るというデュボアの毛深い体を、田岡は思い出していた。

いた。

＊

チューリッヒ空港で手配したアウディA8は、オーバー湖、ヴァレン湖沿いの高速を順調に南下し、真っ青な空と、豊かな放牧地と、雪をかぶるアルプス山脈の絶景のなかを走っていた。

イーランツという駅を過ぎた辺りから、急な山道になった。渓谷に延びる道は狭く、カーブを曲がるたびに、切り立った山々が目の前に迫る。

イーランツ駅発のバスが一台、のんびりと鷹野たちの前を走っており、無理をして抜こうと思えば抜けるのだが、なんとなく鷹野は同じスピードでバスの後ろを走っている。

「ムッシュー・デュボアの感触はどうだったんですか？」

田岡に声をかけられ、「感触？」と鷹野は訊き返した。

「協力してくれそうなんですか？」

「そりゃするさ。それ以外にあいつが復活できる道はない」

バスが停まった。サッカーボールを持った兄弟が降りてくる。バスを降りた兄弟はそのまま森のなかへ入っていった。その足どりに迷いがないところを見ると、この奥に家があるらしい。

またゆっくりと走り出したバスについて、鷹野もアクセルを踏んだ。

「たぶん、デュボアはもう、何か摑んでるよ。その情報を俺たちに売りつけるつもりで、こんな場所まで呼んだんだろ」

鷹野の言葉に、「なるほど」と田岡が納得する。

「あの赤ら顔のオッサンも友達いないんだろうなぁ」

田岡がしみじみと呟く。

「……だって、兄弟や一族の会社を裏切って、一人だけ金儲けしようとしてたのに、今度はその兄弟たちに取り入って情報を得て、それをまた俺らに売ろうとしてるわけでしょ？　いないな。間違いなく友達いない」

呆れたように首を振る田岡を、「じゃあ、お前は友達いるのかよ」と鷹野は笑った。

ヤギたちが急な斜面を駆け下りてくる。家族なのか、友達なのか、楽しげな足どりは見ているだけで心がなごむ。

屋外温水プールには、空を流れてゆく白い雲が映っている。日差しは強いが、時折プールサイドを吹き抜けていく風は、アルプスの雪のように冷たい。

「寒くないですか？」

鷹野は隣のデッキチェアに寝転ぶデュボアに声をかけた。厚手のガウンは着ているが、はだけた胸元が寒々しい。

「君は泳がないのか？」

スーツ姿のままの鷹野にデュボアが尋ねる。ただ、その顔には、鷹野が泳ごうが泳ぐまいがどうでもいいという表情が浮かんでいる。

「まだ十代の頃に、ここに来たことがあるんですよ」と鷹野は告げた。

デュボアが少し驚いたように目を開き、「ほう、大金持ちのお坊ちゃんだったんだな」と微笑む。

「子供の頃にヨーロッパの高級リゾートに来られるアジア人は大金持ちのお坊ちゃんですか？」と鷹野は苦笑した。

「いや、悪かった。……世代だよ。私たちの世代にはどうしてもそういう感覚が残っている。悪かった」

そう謝罪するデュボアの表情は真剣だった。

「ヨーロッパを出ないからそうなるんですよ」と鷹野は言った。

「……あなただけじゃない。自分の国を出て、他の国を見ようとしない人たちはみんなそうなる。時間が止まるんです」

鷹野の話に興味があるのかないのか、デュボアはじっと耳を傾けている。

「……東京にいる外国人に、『東京は物価が高くて生活が大変でしょう？』と、未だに尋ねている日本人がいる。おそらく訊かれた外国人はきょとんとしてますよ。今、世界の大都市で東京ほど物価の安い都市はない。その人だけ、時間が止まっているんです」

つい饒舌《じょうぜつ》になっている自分に気づき、「すみません」と鷹野は謝った。

「君の商売相手としては、私がもう時代遅れの人間だと言いたいのか？」

言葉のわりにデュボアの表情は穏やかで、毛深い手で白ワインのグラスを掴む。

「私たちは、その相手が時代遅れだろうとセンスが悪かろうと、こちらに有益であれば取引をします」

鷹野はデッキチェアで体を起こした。

「……ここ最近のV・O・エキュ社の動きで、何か分かったことがありましたか？」

鷹野は単刀直入に訊いた。

白ワインを一口飲んだデュボアが、「ああ、あったよ」と頷く。

「では、情報料の話を先に詰めさせてもらっていいですか？」と鷹野は急いた。

「ああ、いいよ。君たちの言い値は？」

「もちろん内容にもよりますが……」

「なあ、鷹野くん」

そこでデュボアが口を挟む。

「……おそらく、私が手に入れた情報は君たちが欲しがっているものだ。きっと君たちは高い値段をつけてくれる」

「ええ、そのつもりで来ました」

急く鷹野に、「ちょっと、待ってくれよ」とデュボアが苦笑する。

「今さら私が白状しなくても、とっくに誰もが知っていることだろうけれども、私は若い頃から強欲だった。金のためなら、友人はもちろん兄弟や家族も裏切ってきた。金があれば、なんでも手に入る。そう思っていたし、それが真実だと今でも思っている」

鷹野はまだ口をつけていなかったワイングラスに手を伸ばした。デュボアが何を語ろうとしているのかまったく読めなかったが、なぜかこの話の先に興味があった。

「……ただ、今回、君たちに渡せる情報を手に入れて、ふと思ったんだよ」

デュボアの表情には、なぜかもう喜びが溢れている。

「……私はこの情報を君たちに渡せば、そうとうな金を受け取れる。でも、それを放棄することだってできる。そう、金なんていらないと言うことだってできる」

鷹野は真意を探るようにデュボアを見つめた。

「……今まで、そんな選択肢がこの世に存在しているなんて思いもしなかった。ただ、そう思うと、この選択がとても贅沢なものに思えてきたんだ。金なんかいらない。いや、考えてみてくれよ、こんなに贅沢で、強い言葉があるだろうか？　もしカードゲームなら、間違いなく一番強い手だよ」

「その手を使うということですか？」

鷹野は冷静に問い質した。

「ああ、そのつもりだ。私は全てを失った。私の人生はそう長くもない。人生最後の勝負に、私はこの手で勝つんだよ」

デュボアの目に色はなかった。最後の勝負に勝つ人間の目には見えなかった。

ハンドルを握る田岡の運転は荒く、さっきから何度もカーブを曲がり損ねて谷底へ落ちそうになる。ただ、本人には本人の距離感があるらしく、至って平気な顔でギリギリのところをタイヤで踏んでいく。

「人生のほとんどを金のためだけに生きてきた男が、その人生の最後で気づいた最高の贅沢ってのが、『金なんていらない』と宣言することだっていうのは、なんとなく響いたよ」

思わずしんみりと語った鷹野に、田岡が呆れる。

「そりゃ、『俺は、金なんて興味ない』って言うのはカッコいいですけどね。というか、なんだって『興味がない』って言葉が、最高のカードですよ。たとえば、恋愛だってそうでしょ？　『あなたに興味がない』ってカードを出した奴が一番強いですもん」

田岡の持論を聞き流しながら、鷹野は窓を開けた。冷たい風が頬を叩く。

「……というか、デュボアのそんな話を聞きながら、俺にあんな指示を出してたのかと思うと、今さらですけど、鷹野さんの冷たさにゾッとしますよ」

田岡が大げさに身震いしてみせる。

「デュボアの部屋で抜き出してきたデータは、ここに入ってんのか？」

鷹野はバッグから出した端末を開いた。

プールサイドでデュボアと話している最中、田岡から連絡が入った。

入ろうと思えば、部屋に侵入できるという。今後も協力してもらうことを考えれば、データの全てを盗み出させるつもりはなかったが、取引での金額交渉が拗れた場合の切り札として、自分たちがすでに持っている情報を増やしておくというのは悪い選択ではなかった。

鷹野は気づかれぬように田岡にメッセージを送った。全てのデータを抜き出してかまわないと。

端末を開くと、鷹野は、「ほう」と声を洩らした。

データにはV・O・エキュ社とイギリスの大手投資会社「ロイヤル・ロンドン・グロース」が手を組んだことが詳細に載っていた。

この二社が並んだだけで、中央アジアの水道事業はすでに強固なビジネスモデルとして確立されていると言わざるを得なかった。

「これじゃ、完全にボリビアの二の舞ですね」

乱暴にハンドルを切りながら田岡が呟く。タイヤがまた、崖すれすれの雑草を踏み潰していく。

「ボリビア？」と鷹野は訊き返した。

「ちょっと調べてみたんですよ。こういうビジネスモデルで途上国の公共事業が行われた場合、どんな結末になるのか。たぶん、今回のキルギスの水道事業は九〇年代のボリビアと同じ結末ですよ」

鷹野もボリビアの水道事業のことなら記憶にあった。だからこそ、アジスたちは必死に阻止しようとしているのだ。

鷹野はアジスの不思議な風貌を思い出した。顔の上でヨーロッパとアジアがぶつかり合ったような面立ち。

「で、今後はどういう流れになるんですか？」

田岡に訊かれ、鷹野はいつものようにその流れを説明しようとして、ふとやめた。

「どういう流れにすればいい？」と、逆に田岡に尋ねる。

ハンドルを握った田岡の手が乱れ、「え？」と動揺を隠せない。

「だから、お前だったらどういう風に持っていくかって訊いたんだよ」

更に混乱したらしく、「俺？　俺ならですか？」と早口になる。

鷹野はだんだんと可笑しくなり、「俺がいないと思って考えてみろよ」と笑った。

とつぜん髪を掻きむしった田岡が、「……俺なら」と呟いて、そこで言葉が詰まる。

「お前なら？」

「俺なら……、でも、やっぱりもう無理ですよ。ここまで固まってんだから」

急に田岡が投げやりになる。

「考えろ」

鷹野はとつぜん厳しく言った。

「……田岡、考えるんだ。どんなことにも突破口はある。それを考えるんだ。これからお前がこの世界で生き残るために必要なことはたった一つ。考える、それだけだ」

鷹野の言葉に、また田岡が頭を掻きむしる。

「ボリビアでは……、結局……、民衆が暴動を起こしたんです。水を飲めなくなった貧困層が立ち上がったんです……」

苦しそうにアイデアを出そうとする田岡に、「そうだ。必死に考えてみるんだ」と鷹野は声をかけた。

＊

「なんで、わざわざこんな場所まで来なきゃならないんだ」

レインボーブリッジを渡る車の後部座席で、中尊寺は苛立ちを隠さなかった。

「来日したリー・ヨンソンが夕食にご招待したいと……」

石崎が改めて説明するので、「分かってるよ。そんなことは分かってるんだよ。中華料理を食わせてくれるっていうんだろ。だったら赤坂か銀座にいくらでも旨い店はあるだろ」と怒鳴りつけた。

普通なら、みんなこの辺りで畏縮するのだが、この石崎という男はいくらこちらの当たりが強くても態度を変えない。それが心地よいところもあって、中尊寺は石崎の前で普段以上に声を荒らげる。

「リー・ヨンソンのクルーザーがマリーナにあるそうで、シェフをわざわざ今夜のためだけに香港から呼び寄せているということです」

中尊寺はもう何も言わずに窓の外へ目を向けた。東京の湾岸エリアもすっかり変わってしまった。その上、二〇二〇年のオリンピックを迎えれば、更にこの辺りの景色は一変する。そして都市の景色が一変するということは、そこで巨万の金が動くということだ。舌なめずりするように眺めている自分の顔が、窓ガラスに映っている。中尊寺はそれに恥じることもない。

車が夢の島のマリーナに到着すると、すぐにリー・ヨンソン側の案内役の男が近寄ってきた。

中尊寺は車を降りると、クルーザーが並ぶマリーナを見渡した。一隻だけ、煌々《こうこう》と窓明かりのついた一際大きなクルーザーがある。

「あれか？」

思わず声を洩らした中尊寺に、「さようです。ご案内いたします」と男が歩き出す。

桟橋をいくつか渡り、中尊寺はそのクルーザーに近づいた。静まり返ったマリーナのなか、エンジン音が静かに響いている。

丁寧に設置された階段を上がって、中尊寺はデッキに出た。広々としたデッキに、体格の良い男が立っている。一瞬、照明の具合で顔が見えなかったが、近づいてきた男の顔に、思わず中尊寺はギョッとした。写真では見ていたが、実際に目の前に来ると、リー・ヨンソンの傷だらけの顔はやはり不気味だった。

「お忙しいなか、今夜はありがとうございます」

思いがけないリー・ヨンソンの日本語に、「日本語、お上手ですね」と中尊寺は驚いた。

「若い頃はもっとうまく話せていたんですが、もうすっかり忘れてしまいました」

差し出されたリー・ヨンソンの手を、中尊寺は握った。体格の割に小さな手で、今はこのような体軀だが、きっと若い頃は華奢《きゃしゃ》な少年だったのではないかと思わせた。

「さあ、早速お食事にしましょう。香港のシェフに最高級の鮑《あわび》を持ってこさせました」

リー・ヨンソンに背中を押され、中尊寺はクルーザーの船室に入った。こちらも全面ガラス張りの広々とした場所で、中央に燭台を灯したディナーテーブルがセットされている。

中尊寺と石崎がテーブルに着くと、どこに隠れていたのか、数人の若い女性たちが現れ、それぞれのグラスにシャンパンをつぐ。

「まずは、中尊寺先生のような方とお近づきになれたことに乾杯させてください」

大仰な科白回しでリー・ヨンソンがグラスを上げる。

中尊寺も付き合い程度にグラスを傾け、よく冷えたシャンパンを口にした。

テーブルに前菜が運ばれる。ローストダック、クラゲ、フカヒレ、どれをとっても最高級の食材であることが分かる。

「中尊寺先生、早速ですが、AN通信の方はどうなっていますか？」

てっきり天気の話でもしながらの食事が続くかと思っていた中尊寺は少し慌てた。

幸い、中尊寺の動揺を悟られぬように、横にいる石崎がすぐに口を挟んでくれる。

「その件につきましては、私、石崎が一任されておりますので、私の方からご説明差し上げたいのですが」

リー・ヨンソンがここへ来て初めて石崎にその鋭い目を向け、「良い報告だといいんですが」と表情を変えずに言う。

「まだ、喜んで頂けるほどのご報告になるかは自信がありませんが……」

「前置きは結構」

リー・ヨンソンが石崎を遮る。

「では……、私どもが立てている計画についてご報告します。現在、私どもは若宮真司という心臓が悪かったためにAN通信に入り損ねた男と接触しております。計画としましては、まず近日中に九州新聞という地方紙が、若宮真司とAN通信についての真実を大スクープとして報道します。地方紙ですが、北海道、東京、名古屋、大阪の各紙とも提携しておりますので、一気に情報は広がります。……となれば、間違いなく日本政府が動くはずです。政財界のなかにはAN通信と繋がりのある者が少なくありませんが、さすがに見て見ぬふりをできる状況ではなくなります」

石崎の話に、リー・ヨンソンはまったく反応を示さない。ただ、燭台の炎を凝視している。

「ミスター・リー」と、そこで中尊寺が初めて口を挟んだ。

「……正直に言いますとね、私はこの計画をもってしてもAN通信が消えてなくなるとは思っていません。世のなかには必要悪というものがある。AN通信がまさにそれですよ」

中尊寺の言葉に、ふと我に返ったらしいリー・ヨンソンが、「では、AN通信は消えずにどうなりますか？」と訊いてくる。

「水と同じでしょうね。手のひらからこぼれ落ちても、また地面に水たまりを作る。蒸発して、雲になり、雨になり、また手のひらに落ちてくる。決して、誰も捕まえることはできませんよ」

しばらく中尊寺の言葉を吟味していたリー・ヨンソンが、何かを納得したように頷いた。

「分かりました。今、石崎さんがおっしゃった計画を進めてください。それでAN通信という組織の何が見えて、何が見えないのか、それが分かるだけでも面白い」

リー・ヨンソンはそれだけ言うと、給仕たちに次の料理を運ぶように指示を出した。

次に届けられたのは、佛跳牆《ファッテユーチヨン》と呼ばれるスープで、小さな陶器の壺に鮑、貝柱、フカヒレ、魚唇、朝鮮人参、竜眼などの最高級乾物が詰め込まれている。

「ほう、このために香港からシェフを呼んだんですか？」と、さすがに中尊寺も感心して尋ねた。

「先生のお口に合いますかどうか」

リー・ヨンソンが自信たっぷりに謙遜してみせる。

「ところで、ミスター・リー、あなたの日本語は本当に癖がないですな」

「ありがとうございます。耳が良いのか、語学は得意なんですよ」

「この世界で耳が良いのは何よりです」

そこでふと箸を休めたリー・ヨンソンが、「ところで、先生、日本の水道利権についてはご心配なく」と唐突に話を変える。

中尊寺はわざとゆっくりと目を向けた。

「……今回のＡＮ通信のことがうまく運べば、あなたがＪＯＸパワーを自由に使えばいい。私からのお礼だと思って受け取ってください」

「しかし、ＪＯＸパワーには他の代議士がついているはず……」

「そんなもの、私がどうとでもしますよ」

「なるほど。あなた方が戦っている世界の趨勢《すうせい》では、もう日本なんて国の公共事業など大した価値もないんでしょうな」

中尊寺の言葉にリー・ヨンソンがニヤリと笑う。

「そうかもしれません。水道事業ということで言えば、私たちは今、中央アジアに夢中ですよ。さあ、冷めないうちに佛跳牆を頂きましょう。名前の通り、仏も跳んでくるスープですから」

12 スクープ

プノンペンのトンレサップ川をゆっくりとジャンク船が進んでいく。乗っているのは少年たちで、手にした網には小魚がかかっている。

トンレサップ川沿いにあるオープンテラスのレストランのなかを、気持ちの良い風が吹き抜けてゆく。ランチには遅く、夕食には早いこの時間、だだっ広い客席はがらんとしており、ときどきテーブルにかけられたクロスが風に飛ばされそうになり、まだ少女のようなスタッフが慌てて押さえて回っている。

鷹野は冷えたバイヨンビールを飲み干した。目の前で、「まずい、まずい」と言いながら、それでも田岡が粉末を溶かしたようなアイスコーヒーを飲んでいる。

「なんか、プノンペンにもすっかり馴染んじゃって、自分の生まれ故郷みたいですよ」

田岡が退屈しのぎのそんな言葉を吐き、またアイスコーヒーを口にして、「あー、まずい」と繰り返す。

「……そういえば、なんでキルギス人のアジスって奴は、家族連れでここに滞在してるんですかね？」

田岡の質問に、ジャンク船を眺めていた鷹野は視線を戻した。

「ここカンボジアで成功したキルギス人がいるらしい。彼が、いわゆるパトロンで、アジスたちの面倒を見ているそうだ」

「パトロン？　どんな奴でしょうね？」

「さあ、どんな奴なのか」

その辺りで、入口にアジスの姿が見えた。鷹野が立ち上がると、まるで旧友でも見つけたような顔で近づいてくる。

「しばらく連絡が取れなかったから、ヒヤヒヤしてたんだよ。良かったよ、会えて」

抱きつかんばかりのアジスに、鷹野はまず田岡を紹介した。

「こいつは田岡亮一。信頼できる」

とつぜんの鷹野の改まった紹介に、田岡が慌てて席を立ち、アジスと握手を交わす。

アジスはさほど気にもせず、すぐに鷹野に向かって話そうとする。

「アジス、先に俺の話を聞いてくれ」と鷹野はそんなアジスを制した。

「……今回の案件に対応するＡＮ通信の責任者は、この田岡だ」

アジスの表情に一瞬影が差し、その隣で田岡が慌てる。

明らかにまだ自分よりも若い田岡を、アジスはそれこそ頭のてっぺんから足の爪先までじっくりと見た。そして、「どういう意味だ？」と少し怒りを含んだ表情で訊いてくる。

「確かにこいつはまだ若い。だが、こいつは俺が長年きちんと育ててきた男だ。なんの問題もなく、今回の案件もこなせるはずだ。俺を信じてほしい」

鷹野の説明に、「あんたはこの案件から抜けるってことか？」と、アジスが喧嘩腰になる。

「いや、そうじゃない。俺もこの田岡と一緒に最後まで動く。ただ、責任者はあくまでもこいつで、最終的にこいつが下した判断なら俺も従うということだ」

アジスが改めて田岡を見つめる。

田岡は視線を泳がせている。

「まあ、あんたが今回の仕事から抜けるということじゃないんなら、いいよ。誰が責任者かはあんたらの組織で決めることで、俺が口出しすることじゃない」

アジスが改めて田岡に手を差し出す。田岡が少し躊躇いながら見つめてくるので、鷹野は、しばらく鷹野の言葉を吟味した田岡の表情がみるみる変わっていく。自分のなかで何かの結論に達したらしく、かなり間を空けてからだったが、「分かりました」と田岡が頷く。

「これからはお前が責任者だ」と告げた。

鷹野もそれに応えて、ただ頷き返した。

改めて田岡とアジスが握手を交わすと、三人は席に着いた。川を渡ってくる風が、肌に浮かんだ汗を冷やす。

「では、早速、私どもが現在知り得た情報をお伝えします」

田岡が口火を切る。

「……今回の中央アジア水道事業に関して、V.O.エキュ社のリー・ヨンソンが手を組もうとしているのは、イギリスの投資会社『ロイヤル・ロンドン・グロース（RLG）』です。元V.O.エキュ社の幹部だったデュボアという男から得た情報なのでまず間違いありません。ちなみにこのRLGという投資会社がこれまでに絡んできた途上国開発をこちらで一覧にしてきましたが、正直に申し上げて、露骨な拝金主義であり、その国々の人たちのためになっているとは言えません」

田岡の説明を聞きながら、アジスが鷹野に、「ほう、この若造、できるな」とでも言うような視線を送ってくる。

「……ただ、現実問題として、RLGの資金力は絶大で、この資金力がなければ、V.O.エキュ社といえども中央アジアの水道事業に巨額の投資を行うことは不可能です。もちろん、他にも投資会社はありますが、このRLGほどの規模で、同族企業のため、意思決定に小回りが利くような企業は多くありません。その上、ここまでの冒険ができるところも少ない。

言い換えれば、このRLGが手を出さない限り、中央アジアの水道施設には、これまでの旧ソ連の遺物が残り続けるということです」

ここまで田岡の話を聞いたアジスが、重いため息をつく。

「ということは、もし俺たちが現在の計画を妨害したとすれば、この先数十年、我々の水道設備は改善できないということか……」

「残念ながら、今回の機会を逃せば、キルギスの財政から推測して、この先三十年から五十年の間での劇的な変化は難しいと思われます」

「どうすればいい？」

アジスは一瞬鷹野に目を向けようとして、その視線を田岡に移した。

「私のアイデアとしましては……」

田岡が遠慮がちな目で鷹野を見つめてくる。鷹野は、「言ってみろ」とでも促すように顎をしゃくった。

「私のアイデアでは……、かなり長期間の計画になるのですが……」

田岡が言葉を選ぶように慎重に話し出す。

「これまでの世界の例から見て、ここで今回の計画を潰すよりも、いったん計画を進めさせたあとに、その全てをひっくり返す方がいい。簡単に言ってしまえば、V・O・エキュ社とR

ＬＧが確立する水道利権を奪い返す方が現実的であり、ボリビアでの住民による利権企業への暴動から起こった一連の流れ、水道事業を推し進めた当時の政権転覆、新政府の既存契約の破棄、その際に請求された賠償金の減額を世界世論に頼るというやり方は、一つの例として勘案する価値はあると思います。もちろん最終的な契約時点で、現政府とＶ・Ｏ・エキュ社、ＲＬＧとの関係、誰がどれほどの利益を得るかという事実を国民に暴露することも可能です。そのための情報は私どもが必ず集めます」

田岡の話を聞き終えたアジスが、「どちらにしろ、現段階でこの計画を妨害するのは我々のためにもならないということか」と項垂《うなだ》れる。

この消極的な田岡のアイデアに、鷹野は口を挟まなかった。

＊

日を浴びた芝生の香りに、ＡＹＡＫＯは深呼吸した。曇り空が続くロンドン滞在中、珍しく朝から晴れ渡っていた。

今朝になって、長年の知り合いであるロバートから連絡が入り、ここクイーンズクラブでテニスでもしないかと誘われた。

ゲームを終えたAYAKOは汗を拭いながら、コートを出た。ロバートにラケットを預け、ベンチに置いていたタオルで汗を拭う。

「AYAKOがコートのなかを走っている姿はやっぱり美しいよ」

「そのわりには手加減してくれないじゃない」

「テニスで手加減する男なんて嫌いだろ？」

「テニスだけじゃなくて、何に対しても私に手加減する男なんて大嫌い」

AYAKOはロバートのエスコートでサロンへ向かった。

ロバートとの付き合いはかれこれ十五年近くになる。彼はいわゆるイギリスのエスタブリッシュメント一族の御曹司で、郊外で小さな城や猟場を管理してもいれば、ロンドンの一等地に十億は下らないアパートメントなども所有している。

一時期、AYAKOはこのロバートとスイスのジュネーブで同棲生活を送っていたこともあったが、明日の自分がどこにいて、どのようなことが起こるかが分かるような生活にはまったく馴染めず、一夏も過ごせずに逃げ出したのだ。

サロンの椅子に腰かけると、ロバートがカーディガンを肩にかけてくれる。AYAKOはその手に軽く触れた。

「私を誘ってくれたってことは、何か分かったんでしょ？」

待ち切れないとばかりに尋ねるAYAKOに、「せっかちだな」とロバートが苦笑する。

「AYAKOはきっと百カラットのダイヤモンドよりも、誰かを出し抜く情報の方が好きなんだろうな」

「もちろん百カラットのダイヤモンドも好きよ。ただ、私がそれを手に入れたことで、悔し泣きする誰かがいればの話だけど」

届いた紅茶を一口飲んだロバートが、「はい、これ。百五カラットのダイヤ」と言いながら書類を差し出してくる。

AYAKOはロバートから書類を受け取り、「リー・ヨンソンが何者かが分かったってことよね？」と微笑んだ。

AYAKOの笑顔に少し苦い顔をしたロバートが、「残念ながら、何者かまでは分からなかった。ただ、面白い場所と繋がったよ」と言う。

「面白い場所？」

AYAKOは早速書類を捲った。

さほど分量はなかったが、その内容から調査のプロの仕事だと一目で分かる。

「いつものことだけど、あなたのお友達の調査書は眺めていて気持ちがいいわ」

「そりゃ、そうさ。殺しのライセンスを持った我が国の公務員だからね」

その時、「え？」と、AYAKOは声を洩らした。慌てて前のページへ戻り、その件《くだり》をもう一度読み直す。

「どう？　面白い場所に繋がっただろ？」

さも自信ありげにロバートが笑いかけてくる。

「リー・ヨンソンが、若い頃にキルギスで暮らしてた？」

AYAKOは驚きを隠さなかった。

「ああ、今から十五年ほど前になる」

「ちょっと待って。でも、十五年前に二十歳前後の青年だったと書いてあるわ。ということは、リー・ヨンソンってまだ三十代半ばなの？」

「そうなるね」

AYAKOは傷が浮き出たリー・ヨンソンの顔を思い描いた。あの貫禄は三十代のそれとは思えない。もっと言えば、あの男が持っている強さは、死を恐れぬ者のもので、決して三十代で手に入るものではない。

AYAKOは改めて書類に目を落とした。

今から十五年ほど前、リー・ヨンソンと思われる青年が、中国の新疆ウイグル自治区からキルギスに運び込まれた。

運び込んだのはウイグル自治区で商売をしていたキルギス人の家族で、リー・ヨンソンは顔や体に大怪我をしていた。

このキルギス人の家族は数カ月にわたり、リー・ヨンソンを懸命に看病した。そのお陰で、顔や体におぞましい傷痕が残ったものの、幸い、彼の命は助かった。

「ちょっと待って。その命の恩人がいる国を、彼は滅茶苦茶にしようとしてるの？」

AYAKOの口から思わずそんな言葉が洩れる。

「それがどうも違うらしいんだ。まあ、そう慌てず、その先を読んでくれよ」

ロバートに促され、AYAKOは首を傾げながらもページを捲った。

「ちょ、ちょっと待ってよ……」

また、思わずAYAKOは声を洩らした。慌ててしまい、ページを捲る手が滑る。

「ねぇ、これってどういうこと？　十五年前にリー・ヨンソンを助けた家族というのが、水道事業民営化推進に反対するグループで活動しているって書いてあるけど」

「その通り。この資料を素直に読めば、リー・ヨンソンは命の恩人たちを裏切ることになるばかりか、彼らが一番嫌がることをやろうとしている」

「でも……」と、そこでAYAKOは口を挟んだ。

すでにロバートも気づいているようで、「ああ、たぶん、そうだろうね」と頷く。

「リー・ヨンソンは、キルギスの人たちから水を奪おうとしているんじゃない。キルギスの人たちの水を守ろうとしてるんだわ」

浮かんだ思考を言葉にしても、まったく実感が湧かなかった。それもそのはずで、AYAKOが知っているリー・ヨンソンという男から、恩や他人への愛情というものを感じたことがなかったからだ。

「ねぇ、そもそも、リー・ヨンソンという男、どうやってここまで伸し上がってきたの？」

とAYAKOは訊いた。

「その辺りはかなり謎に包まれている。もちろん、リー・ヨンソンというのが偽名なら、出身地がシンガポールというのも怪しい。ただ、一つだけ、このリー・ヨンソンという男が関わったと思われる案件がMI6の資料にあったよ」

AYAKOは待ち切れずにページを捲った。

「ロシアの軍事機密を中国に売った？」

「ああ、時期的にはキルギスで傷を癒やしたあとのことだ。キルギス人になりすましてロシアに入り、当時起こったロシアの原子力潜水艦沈没事故に関するなんらかの情報を手に入れた可能性がある」

「リー・ヨンソンが一人で？　二十歳そこそこの子が？」

「おそらく、それができるような教育をどこかで受けていた可能性がある。そして彼はその時に得た報酬を元手にビジネスに乗り出す。そして十五年後、君の前に現れた」

AYAKOは誰もいない芝生のコートに目を向けた。ボールが一つ、風に転がっている。

団体観光客の流れがふと切れた瞬間、アンドレアス・グルスキーの巨大な写真の前に立つミス・マッグローの後ろ姿をAYAKOは見つけた。

マッグローは火曜日の午後の数時間をここテート・モダンで過ごす。

マッグローの背後に近づくと、「不思議ですけど、彼の写真って、ずっと見てると水墨画に見えてくるんですよ」とAYAKOは声をかけた。

すぐに誰が来たのか気づいたらしく、マッグローは振り返りもせず、「なんでもアジアが起源だっていうのは、アジア人の悪い癖よ」と笑う。

「……いい知らせ？」

振り返ったマッグローが、無表情のままそう尋ねてくる。

「初めて会った時、私はあなたの役に立つはずだって、言いましたよね？」とAYAKOは応えた。

「ええ、そう言ったわ。だから私はあなたと組むことにした」

また団体客が入ってくる。AYAKOはホールの隅にあるベンチにマッグローを誘った。

「今日来たのは悪い知らせです。でも、悪い知らせというのは、早くもらえばもらうほど、いい知らせに変わる」

遠回しなAYAKOの言葉を、マッグローも理解しているようで、その長い睫毛《まつげ》を小さく揺らす。

「リー・ヨンソンとキルギスには繋がりがあります」

AYAKOの言葉に、「繋がり？　どういうこと？」と、マッグローが眉を上げる。

「リー・ヨンソンは、V.O.エキュ社やあなたの会社に入る巨万の利益のために、中央アジアの水道事業をやろうとしているんじゃありません。彼はV.O.エキュ社やあなたの会社を使って、中央アジアの人たちのための水道事業をやろうとしています」

AYAKOの言葉を、マッグローはすぐには理解できなかった。

「どういうこと？」

AYAKOの目の前で、マッグローの顔から一気に血の気が引いていく。

＊

早朝にもかかわらず、社会部の電話はどれもこれも鳴り続けている。さっきまではそのいちいちに応対しようと努力していた記者たちも、さすがに音を上げ、目の前で鳴り続ける電話や携帯を呆然と見つめている者さえいる。

数時間前に出たばかりの朝刊の社会面をデスクに広げている九条もその一人で、鳴り続ける電話を前に、自分で原稿を書いた記事を改めて読んでいる。

見出しには、「闇の人身売買組織か？」と大きくある。

そして「アジアネット通信（通称AN通信）、産業スパイ組織の疑い」「諜報員に孤児を採用か」と、センセーショナルな言葉が並ぶ。

九条は記事を読んでいるだけでも喉が渇き、問い合わせの電話が鳴り響くなか、廊下の自動販売機へ向かった。

廊下の突き当たりにある喫煙スペースで、やはり問い合わせの電話から逃れてきたらしい上司の小川たちがタバコを吸っている。

販売機でお茶を買う九条に、「予想以上の反響やな」と小川が声をかけてくる。

「警察の方はどうなってるんですか？」と九条は尋ねた。

「今、直々に局長が出向いて、説明しとるんやないかな」

九条は買ったお茶をその場で飲んだ。よほど喉が渇いていたのか、半分ほど一気に飲み込んだ。

「証言してくれた若宮真司の方はどうなっとうね？」

小川の質問に、「これからホテルに報告に行きます」と九条は応えた。

ＡＮ通信という謎の産業スパイ組織。若宮真司のような境遇の子供たちが、自らの意思とは関係なく諜報員として育てられ、自らの意思とは関係なく働かされている。

自分は正しい記事を書いたのだと、九条は心のなかでまた呟いた。誰かが若宮真司のような境遇の子供たちを救ってやらなければならないのだと。

ただ、これは直感としか言えないのだが、そういう強い思いで書いた自分の原稿が、どこか偽善的に思えてもいた。それは、証言をしてくれた若宮真司の言葉の端々から、「できることなら、自分もＡＮ通信の一員として働きたかった」という思いが伝わってきたからだ。ＡＮ通信の諜報員という仕事が、若宮真司のような子供たちの希望であったような気がしてならなかったからだ。

おそらく今後は警察が動くことになる。若宮真司の証言から、まずは彼が預けられていた東京の児童福祉施設が捜査され、当該施設のＡＮ通信との関係、これまで子供たちを斡旋してきた事実などが白日のもとに晒されるはずだ。

今回の若宮真司が作ってくれた、ほんの小さな亀裂から、ＡＮ通信という巨大組織にどこまでメスが入るのかは想像もつかない。

今回のスクープを出すに当たって何度も繰り返された編集会議で、「万が一このAN通信が有力な政治家や財界人と深い繋がりがある場合、必ずどこかで横ヤリが入るだろう」という意見があり、そして、その可能性はほぼ百パーセントに近い、という結論に達している。

九条はデスクに戻ってバッグを手にすると、真司が宿泊しているホテルへ向かった。

真司の証言を元に、九条たちがスクープ記事を打ったあと、代議士の中尊寺信孝の私設秘書である石崎が今度は動くことになっている。

石崎は、面識があるAN通信の鷹野一彦という諜報員に接触し、更に詳しい内部事情を調査する。その際、当初の約束通り、九条は真司をこのAN通信の諜報員、鷹野に会わせる。

社の前でタクシーに乗り込むと、すでに朝刊に目を通していたらしい運転手が、「今日の朝刊、面白い記事が載ってましたね」と声をかけてきたが、九条は、「ええ」と素っ気なく応えただけだった。

ホテルに着く直前に連絡を入れたが真司は出なかった。まだ寝ているのかもしれず、フロントにかけ直して部屋に繋いでもらった。それでも出ない。

九条は少し嫌な予感がして、真司の部屋へ急いだ。

だが、ドアをノックしても応答がない。

「ごめん、開けるよ」

九条は念のために預かっていたスペアキーを使った。がらんとした客室に真司の姿はない。さっきまで寝ていた真司だけが急にいなくなったように、部屋のなかでベッドのシーツだけが乱れている。

「真司さん？」と九条は声をかけた。

しかしトイレや浴室からも返事はない。明らかに異様な雰囲気だった。真司の私物は全て残っている。ただ、真司だけがこの部屋から消えていた。

*

プノンペン空港で、鷹野はキルギスへ向かう田岡とアジスを見送った。田岡は向こうでアジスと行動を共にする仲間たちに紹介されることになっている。

もちろんこれまでにも田岡が単独行動したことはある。だが、それはあくまでも鷹野の命によるもので、かつ、業務上の全ての判断は鷹野が下すことになっていた。しかし今回の案件は違う。今後は、アジスとの交渉において、田岡はAN通信を代表することになる。

二人を見送ると、鷹野は混み合ったラウンジから離れた。窓の向こうに各国の航空機がずらりと並んでいる。

日を浴びた滑走路の気温は、おそらく四十度近いのではないだろうか。陽炎《かげろう》と呼ぶには、あまりに濃いゆらめきのなか、各国の航空機が風景に滲んでいる。

風間から連絡が入ったのはその時だった。

「九州新聞の記事、もう読んだか？」

風間の問いに、

「読みました。単なる臆測記事とは思えないんですが」

「さすがに本部も騒いでるよ」

「じゃあ、実際に密告者がいるってことですか？　ＡＮ通信に入れなかった奴が」

「すでにその人物は特定されてる。若宮真司という男で、彼に関する資料もすでに確認された」

「でも、いくらそんな奴が今さら世間に出てこようと、何かやれるわけでもないでしょう」

「ただ、世論ってもんがある。謎の産業スパイ組織に、謎の人身売買組織。マスコミは面白がって煽るだけ煽るだろう。となれば、国としても動かざるを得ない。ただ、国が動けば、うちと関係のある代議士たちはもちろん、企業関係者も困る。どこかに落とし所を探すことになるはずだ」

鷹野は、正直、風間からのこの連絡の意味を測りかねていた。

「……すぐにシェムリアップに向かってくれ」

その時、やっと任務内容が告げられる。

「……その若宮真司という男が、保護されていた福岡のホテルからシェムリアップに向かったという情報が入った。詳細は不明。おそらく身の安全を確保するためだと思うが、九州新聞とカンボジアというのが今のところ繋がらない。とすれば、このスクープには九州新聞の裏に黒幕がいる」

鷹野はすでに発券カウンターに向かっていた。

＊

日陰になった壁でヤモリが鳴いている。原生の椰子林を吹き抜けてきた風が、プールに波紋を作っている。

リー・ヨンソンは手を伸ばし、小さなヤモリを摑んだ。顔を潰すように摘んで、目の前で眺めると、尻尾や両手足を必死にバタつかせ、その愛らしい口を大きく開く。

リーはそのままヤモリを自分の腕に置いた。ヤモリは慌てふためき、腕を這い上がったかと思うと、足元に落下して、そのまま日を浴びたプールサイドから涼しげな藪《やぶ》に逃げ込んだ。その滑稽な様子にリーは思わず笑みを浮かべた。

ヤモリが逃げ込んだ藪をしばらく見つめていると、プールサイドを歩いてきた部下が、「準備ができました」と声をかけてくる。

リーはグラスに残っていたジンを飲み干し、「分かった」と応える代わりに手を払った。立ち上がって広々としたプールを眺める。プールを囲むように建てられた邸宅はメキシコ人建築家のデザインで、どこへ目を向けて、どの細部を見ても、太陽と影のコントラストがはっきりとしており、丘の上にあるため、どの窓からも原生の椰子林が見渡せる。

ここまでくるのに、どれくらいの時間がかかっただろうか。

リーは、ふとそう思う。

この景色を手に入れるのに、いったいどれだけの血を流し、どれだけの距離を歩き、どれだけの人を裏切っただろうか。

そこまで考えて、リーは苦笑した。

これじゃまるで、人生上がりになった奴が吐く科白みたいだ。

俺はまだこんな景色じゃ満足していない。俺にはまだ手に入れたいものがある。そのためにはこれまでの倍、血を流す。これまでの十倍、歩く。そしてこれまでの百倍だって人を裏切る。

リーはゆっくりとプールサイドを歩き出した。足元をついてくる自分の影を、プールから溢れた水がさらうように流れる。

「石崎が日本から連れてきた若宮真司という男をここに呼んでくれ」

リーが告げると、背後に待機していたメイドが急いで呼びに行く。

真司が連れてこられた時、リーはテラスから原生の椰子林を眺めていた。

メイドが真司だけを置いて辞すと、

「何か困ってることはないか？」

とリーは声をかけた。

「別に」

真司がぶっきらぼうに応える。

「今ごろ、ＡＮ通信は血眼になってお前を捜してるだろうよ。どうだ、少しは恐怖を感じるか？」

リーの質問に、

「いや」

と真司が即答する。

「ほう」とリーは微笑んだ。

「俺はAN通信から捨てられた時に一度死んだ。死んだ人間に恐怖心はない」と真司が言う。

「捨てられた？　解放されたとも言えるだろ？」

「それは選択の自由がある奴の考え方だ」

「なるほど。それはお前が正しい。……ところで、AN通信の人間に会って何がしたい？

それがお前の目的なんだろ？」

「納得したい。ただ、それだけだ」

「納得？」

「ああ、なるほどこれなら俺みたいな奴は弾かれて当然だって。こんな過酷な世界で生きるのは俺には無理だって、それが分かれば、俺はこのクソみたいな自分の人生を受け入れられる」

「もし、奴らがお前の期待に適わなかったら？」とリーは訊いた。

「適わなかったら……」

少し迷った真司が、

「俺の人生をクソにしやがった罰に、ぶっ殺す」

リーはじっと真司の目を見つめた。ただの一度も自分自身を許したことのない男の目だった。

13 南蘭島の森

玄関に立っている女を、中尊寺信孝はモニターで舐めるように見つめていた。

中尊寺はこれまでに何人もの美しい女たちと出会ってきた。女優たち、銀座の女たち……、もちろんその誰にもそれぞれの気品と色気があった。

だが、今、玄関に立っている女は、彼女たちよりも頭一つ抜けているのがモニター越しにでも分かる。

一九六〇年代の日本の女優たちのような気品がある。そして同じ時代のイタリアの女優たちのような豊満さがある。

「面会の約束はなかったのですが、これを持参されまして」

秘書に渡されたのは中尊寺もよく知っている香港在住の実業家からの紹介状だった。

中尊寺はざっと目を通した。簡単な無沙汰の挨拶のあと、「会って損をする女ではない」と書いてある。

「通せ」

中尊寺は秘書に命じて、池の上に建つ応接室へ向かった。

秘書に案内されて、そのAYAKOという女が現れた時、中尊寺はなぜか腹の底から笑いが込み上げてきた。長年の勘としか言いようがないが、自分の運命が今この時を境に、大きく好転することを感じたのだ。

丁寧なお辞儀をする女に、中尊寺は思わずこう言った。

「不思議なんだが、あんたが来るのを待ってたような気がするよ」と。

中尊寺の言葉に媚《こ》びることもなく、女は涼しげな顔で立っている。

「まあ、そこにおかけなさい」

AYAKOがソファへ向かいながら、窓の外の日本庭園を眺める。

「そこの枯山水《かれさんすい》、曹洞宗のなんというお寺だったか、そこの住職が手がけるお庭に似ているような気がするんですが」

中尊寺はAYAKOの審美眼に驚いた。実際、この庭を作らせたのは曹洞宗のある寺の住職で、日本庭園造形者として世界的にも有名な男だったからだ。

「彼の作品をどこで見たのかな?」と中尊寺は訊いた。

「たしか、ベルリンで……」

「ああ、それなら墨水苑だろう」

窓辺に寄ったAYAKOが枯山水を眺める。その形の良い尻に中尊寺は見とれた。

「……リー・ヨンソンを破滅させる。もし、そんな計画があったとしたら、ご興味ありますか？」

枯山水を眺めたまま、AYAKOが振り返りもせずに言う。

「リー・ヨンソンを破滅させる？」

中尊寺は繰り返した。

「そうです」

振り返ったAYAKOの顔に、初めて笑みが浮かんでいる。

「私の嫌いな話じゃなさそうだな」と、中尊寺もその笑みを受けた。

「ご無礼は承知で申し上げますが、現在、あなたはリー・ヨンソンにいいように使われていますよね。恐らく何か弱みを握られてのことでしょうが……」

「無礼でもなんでもない。実際、その通りだ。この私が、今じゃ、あのリー・ヨンソンの家来も同然だよ」

「しかし、その見返りにあなたは……」

「ああ、そうだ。日本の水道事業が民営化される時の全権を裏で握らせてもらう」

「それで、あなたは満足なさるんですか？」

「どういう意味だ？」

「すでに設備の整った日本の水道事業など、いくら民営化したところでそう大きく化けるものじゃありません。世界で一番大きな湖をご存じですか？」

「さあ、どこだったかな？」

「カスピ海です。ロシア南部からカザフスタンやイラン北部に広がる湖で、琵琶湖の何倍という話ではなく、その広さは日本の国土とほぼ同じです」

中尊寺は膝が震え出すのが分かった。昔からこういう場に立つと震えが出る。もちろん恐怖からではない。武者震いというやつだ。

中尊寺はAYAKOと並んで庭の枯山水を眺めた。

「私のことは、イギリスの投資会社の代理人だと思って頂いて結構です。そして私たちは現在、リー・ヨンソンと一緒に中央アジアの水道事業に乗り出そうとしています」

「リー・ヨンソンと一緒に？　ということは、仲間を裏切るという話か？」

「正確には、リーが私たちを裏切る前に、私たちが動くことになります」

「あんた、AYAKOさんと言ったな、私はあなたのことを好きになりそうだよ」

中尊寺は、AYAKOにソファを勧めた。

正面に座ると思ったが、AYAKOは庭を背にした斜向いに腰を下ろした。

まさか自分の背景まで気にして動いているわけでもないだろうが、AYAKOの顔が日を浴びた庭に咲いた牡丹の花のように見える。

「もう少し詳しく話を聞こうか」と中尊寺は口火を切った。

「イギリスの『ロイヤル・ロンドン・グロース』という投資会社をご存じですか？」

AYAKOの質問に、中尊寺は、「ああ、名前は聞いたことがある」と頷く。

「このRLGと、リー・ヨンソンが率いるV・O・エキュ社が、これから中央アジアの水道事業開発を始める予定です。もちろん、ビジネスですから両社ともどれだけの利益を得られるかが重要であり、建前上は別としても本音を言ってしまえば、中央アジア各国の人たちのことなど考えていない。極端に言えば、『買えなければ、水を飲むな』と言わんばかりの状況を作り出す可能性もあります。しかしだからこそ、そこからは莫大な利益が生まれる。それを見越して、RLGはこの計画に参加しました。ただ、リー・ヨンソンの裏を探ってみると、どうやら様子がおかしい……」

「様子がおかしい？」

思わず中尊寺は口を挟んだ。

「ええ、詳細は省きますが、どうやらリー・ヨンソンという男は、この計画を利益重視と見せかけて、まるで慈善事業にしようとしている。少なくとも、手始めのキルギスでは間違いなくそうしようとしている」
「なぜ、リー・ヨンソンがそんなことを？」

「簡単に言ってしまえば、リー・ヨンソンが利益ではなく、キルギスの民衆側に立っているからです」

中尊寺はもっと詳しく聞きたかったが、その先にある金儲けの話を急いた。
「……もし、私たちRLGがリー・ヨンソンを切った場合、V.O.エキュの代わりに、あなたが顧問を務めている東洋エナジーを、この計画に参加させてほしいんです」

AYAKOの言葉に中尊寺は口の端が痙攣した。嬉しさのあまりに込み上げた笑いを必死に堪えたためだった。
「ほう……、JOXパワーではなく、東洋エナジーか。ということは、この計画がうまく運べば、私はリー・ヨンソンだけでなく、あの大國の鼻まで明かせるということだ」

中尊寺はもう我慢できずに笑い出していた。

腹を抱えてさんざん笑ったあと、中尊寺は無理に表情を戻した。
「いやー、実に愉快。愉快以外に言葉がない。……だが、そう簡単にあのリー・ヨンソンという男をこの計画から弾き出せるもんかね？」

中尊寺の質問に、AYAKOは動じない。

「もちろん簡単ではありません」

「だろうな」

「一番、手っ取り早いのは、インターポールかＣＩＡが、リー・ヨンソンをなんとかしてくれることなんですが」

「まあ、叩けばいくらでも埃は出てくる」

「埃なんてものじゃないでしょう。……でも、さすがにその辺りの用心深さは相当で、リー・ヨンソンは簡単には尻尾を摑ませない」

「だろうな」

そこでAYAKOが意味深長な笑みを浮かべる。

「でも、尻尾なんて、本当に必要なんでしょうか？」

AYAKOの言葉を中尊寺は一瞬理解できなかった。だが、すぐにAYAKOが言わんとすることが分かってくる。

「ほう」と、中尊寺は声を洩らした。

「中尊寺先生は、日本の警察に顔がお利きになる。いや、顔が利くどころの話じゃない」

「何が言いたいんだ？」と、中尊寺はもう完全に分かっていながら尋ねた。

「もう分かっていらっしゃるでしょ？　あなたは日本の警察を動かせる」

ここにきて、AYAKOという女が一番の笑顔を見せる。

「リー・ヨンソンが尻尾を出さなければ、こっちで作ればいいってことか？」

中尊寺はまた笑い出しそうになった。

「ええ。それにまんざら、まったくの嘘でもないと思います。まさか彼が日本でだけ、悪さをしていないなんて思えませんし」

「リー・ヨンソンの居場所などの情報は？」

質問しながら、中尊寺は若返るような興奮を味わった。

「必要な情報は、私が提供します。日本に呼び寄せるよりは、海外の警察と連携して逮捕というのが現実的かもしれません」

中尊寺は改めてAYAKOという女をまじまじと見つめた。勝利の女神というやつが実在するなら、きっとこんな顔をしているのだろうと思った。

＊

鷹野がシェムリアップに到着した時、すでに日は暮れていた。世界遺産アンコールワットの拠点になっているこの町には、世界中から観光客が訪れており、その賑やかさと猥雑さは、バンコクのパッポン通りやスペインのイビサ島と変わらない。軒を連ねたカフェやレストランはギラギラとした電飾に浮かび上がり、町を揺らすようなダンスミュージックが流れ、メイン通りでも路地裏でもサンダル履きの白人の足やアジア人の足が土埃を立てている。

鷹野は一軒の騒がしいバーに入ると、カウンターで冷えたビールを注文し、つけっぱなしのテレビでボクシングの試合を眺めた。

若宮真司という男の動きは、驚くほど簡単に分かった。

急遽、今回の渡航のために偽造パスポートを作ったらしく、とすれば、蛇の道は蛇で、偽造元からの情報はすぐに手に入り、この若宮真司は、石崎某《なにがし》という男と共にリー・ヨンソン所有と思われるプライベートジェットで、ここシェムリアップに到着していることが分かった。

現地での聞き込みで、リー・ヨンソンと思われる男の屋敷がジャングルのなかにあるという情報もすでに入手しており、鷹野はすぐにでも向かおうとしたのだが、夜のジャングルにライトをつけた車で向かえば目立つ上、その屋敷はまだ地雷の残っている地区にあるという。

ボクシングの試合でバーテンダーと賭けをした鷹野は負けた。賭け金の百ドルを払うと、「実はあんたが賭けた選手は足首を悪くしてるんだ。そうアナウンサーが言ってた」と、香りのいいスコッチを一杯ご馳走してくれる。

鷹野がリー・ヨンソンの屋敷に向かったのは、その数時間後、金色の朝日がジャングルに差し込み始めた頃だった。

ジャングルに延びる赤土の一本道を、窓を全開にしてひた走る。たまに水牛を連れた農民たちとすれ違う以外、ただ一本道が延びている。

町で仕入れた情報通りに、途中からジャングルに分け入り、川を渡った。もちろん舗装などされていないが、明らかに車の行き来している道があり、次第に気温も上がってくるなか、奥へ奥へと進んでいくと、とつぜん視界が開ける。

鷹野は小高い丘の上で車を停めた。

見渡す限りの農地だった。ジャングルが開墾され、マンゴーやオレンジが枝もたわわに実っている。

ゆるい傾斜の農道をトラックに乗って移動してくる農民たちがいた。ただ、さきほどの一本道ですれ違った農民たちとは明らかにその見た目が違う。乗っているトラックもフォードの新車なら、作業着もお揃いだった。

しばらく眺めていると、トラックが近づいてきた。特に鷹野の車に警戒することもなくすれ違い、町の方へと走っていく。お揃いの作業着を着た農民たちがトラックの荷台に四、五人乗っている。

すれ違ったその時だった。

鷹野は、「ん？」と声を洩らした。

荷台から聞こえてきたのが日本の歌、それも鷹野が通った懐かしい南蘭島高校の校歌だったのだ。

思わず車を飛び降りた鷹野は、走りゆくトラックに向かい、「おい！」と声をかけた。

しかし、運転手には聞こえないのかトラックは停まらない。

「おい！　寛太《かんた》だろ？　おい！」

ほとんど鷹野は叫んでいた。

鷹野は高校の頃、南蘭島という孤島でＡＮ通信に入るための極秘訓練を受けていた。その際、同じように訓練を受けていた柳勇次《ゆうじ》という同級生がいた。その柳に寛太という知的障害のある弟がおり、たった今、すれ違った男にその面影があったのだ。

荷台の上、大声で校歌を歌っていた男が立ち上がっている。

鷹野は混乱したままだったが、また「おい！」と手を上げた。

校歌を歌っていた男はじっとこちらを見ているが、鷹野が誰なのかは分からないようで首を傾げている。

昔と比べ、日に灼け、無精髭も生やして逞《たくま》しくなっているが、間違いなく寛太だった。組織を裏切った柳と共に姿を消した寛太に違いなかった。

そのうちトラックはジャングルに消えた。タイヤが枝を踏みしだく音がする。

鷹野は咄嗟に車に乗り込み、トラックを追おうとした。しかし次の瞬間、背後からすっと黒い影が伸びた。

反応する間もなかった。背中にライフルが突きつけられているのが、その影の形で分かった。

そのまま私設の軍人らしい男たちに連行されたのは、寛太らしき男を見かけた丘からさらにジャングルを奥へと分け入った場所だった。ふたたび視界が開けた丘には、もう千年も雨に打たれたような寺院の遺跡があり、次に現れたのは石積みの壁と白いコンクリートが対照的なモダンな大邸宅だった。

鷹野はライフルを突きつけられたまま、車を降りた。

邸内には椰子が並び、風に波紋を広げる美しい池があり、強い日を浴びてギラギラと輝いている。

玄関前に停められた一九四〇年代のキャデラックに、鷹野が目を向けていた時だった。

玄関から出てきたのはリー・ヨンソンだった。傷痕と肉の引き攣れの残るその顔に強い日差しが当たり、より痛ましい。

リー・ヨンソンは無言で近づいてきた。鷹野はその顔ではなく、無傷の瞳だけをじっと見つめた。

「柳か……」

鷹野はその瞳に尋ねた。

次の瞬間、その瞳が静かに頷く。

「種明かしはもう少しあとの予定だったんだけどな」

リーが、いや、柳勇次がそう言って笑い出す。

「柳……、お前……」

「まあ、そう急ぐなって」

見た目は変わり果てていたが、その口調は懐かしい柳のままだった。まるでこのカンボジアのジャングルが、南蘭島の森のように見えてくる。

＊

コテージを出ると、ひんやりとした風が素足を撫でた。木立の向こうに、朝日を浴びピンク色に染まるヨセミテ国立公園のハーフドームと呼ばれる岩山が見える。

AYAKOはシューズの紐を結ぶと、清潔な朝の空気のなか、ゆっくりとハイキングコースを走り始めた。

何もかもが清潔だった。朝露に濡れた草花、樹々と分け合う森の空気、そして唯一響く自分の足音。AYAKOは徐々にスピードを上げた。

ここアメリカ西部にあるヨセミテ国立公園に到着したのは昨夜の遅い時間だった。案内されたコテージで熱いシャワーを浴びたあと、テラスに出た。聞こえるのは虫の声だけだった。

かなり長い時間、コテージのテラスで暗い森を眺めていた。ときどき遠吠えが聞こえた。ロサンゼルスへの出張のあと、「ロイヤル・ロンドン・グロース」のミス・マッグローが、ここヨセミテでウィークエンドの休暇を取っていた。

朝日に輝く木立を抜け、渓流沿いの径《みち》へ出たところで、少し前を走っているそのマッグローの姿があった。

AYAKOはスピードを上げ、横に並ぶ。

気がついたマッグローがイヤホンを外し、弾んだ息で、「おはよう」と笑みを浮かべる。

「呼吸をするたびに、体内がきれいになっていくような気がしますね」とAYAKOは言った。

「どんなアンチエイジングの化粧品より、ここの空気が一番体に良いと思うわ」

「特に朝は」

「ほんとうにそう。特に、全てが始まる朝は」

「東京でも、気持ちのいい朝が迎えられそうです」

「期待通りだったってこと？」

「期待以上。私たちの計画より早く、夜は明けそうです」

「そう」

マッグローがスピードを上げていく。

AYAKOはその背中に、「のちほど、朝食の時に」と声をかけ、川沿いの径から、険しい山道へのコースを取った。

径を折れた途端、未舗装になり、ごつごつした岩から岩へ跳び渡るように走る。息が上がり、薄らと額に汗が滲んでくる。

湖を眺めながら五キロほどのジョギングを終えたAYAKOは、コテージで熱いシャワーを浴びると、マッグローと約束したレストランへ向かった。

木立のなか、広いテラスには白いクロスをかけたテーブルが並び、清潔な朝の空気と小鳥たちの声に満ちている。

マッグローはすでに食事を始めていた。

AYAKOが席に着くと、早速、若いウェイトレスがコーヒーを注ぎに来てくれる。

「ありがとう」

礼を言ったAYAKOに、「お似合いですね」とウェイトレスが微笑む。

AYAKOは首を傾げた。

「そのネックレスです」

ウェイトレスの言葉に、マッグローまで、「私も、そのネックレス、素敵だと思ってたわ」と話に加わってくる。

「アンティークなんです。一九三〇年代にパリからアフリカに渡っていたものらしくて」

AYAKOはネックレスに触れた。

「きっときれいな人がつけていたんでしょうね」

清々しい笑みを浮かべて、ウェイトレスが去っていく。

「気持ちのいい女の子ね」

マッグローがそう呟くので、「だって、毎日、この森で朝を迎えてるんですもん」とAYAKOも応える。

水を一口飲むと、マッグローが表情を変えた。

「リー・ヨンソンが、今回の計画にAN通信という組織を入れるって言ってきてるの。どう思う？」

「その話なら私も聞いています。別に心配することはないですよ。AN通信というのはいわゆる産業スパイ組織で、実質的な経営に絡んでくるわけじゃない。簡単に言えば、用心棒を雇う程度のものですから」

「そうなの？　でも、利益の数パーセントを報酬として払うような契約を交わしたいみたいだけど」

「問題ないと思います。どちらにしろ、AN通信を使うなら、高い契約料が必要ですから」

「じゃあ、あとで面倒になることはないのね？　私たちがリー・ヨンソンを追い払ったあとに、そのAN通信が残っていても」

「逆にいろんな使い道がありますよ」

AYAKOはバゲットを千切った。焼きたての芳ばしい香りが立つ。

「それより、私たちの予想より、中尊寺の動きが早くなりそうです」とAYAKOは言った。

「いいことじゃない」

マッグローがベーコンを皿の端に避ける。

「最近、日本でダムの連続爆破事件が起こったのをご存じですか？」

「知らないわ。私、アジアには興味がなくて」

「その黒幕がリー・ヨンソンと中尊寺なんですよ」

さすがに驚いたらしく、マッグローが握っていたフォークを落とし、大きな音が立つ。

「そこで、中尊寺としては、その首謀者としてリー・ヨンソンを売りたいと」

「でも、リーを売ったら自分も道連れにならない？」

「ですから、そうならない方法を考えてほしいと。それさえあれば、すぐにでも日本の警察は動かせると」

「で？　あなたに何かできそうなの？」

「ちょっと役に立ちそうな情報がないこともなくて……」

食事を済ませたマッグローが、口元を拭いたナプキンを置いて席を立つ。

「ねえ、空港までのリムジンの予約、お願いできるかしら？」

「ええ、もちろん」

マッグローをAYAKOは見送った。

さっきのウェイトレスが現れたのはその時だった。AYAKOはふと、気になって尋ねた。

「ねえ、さっきまでここにいた女性のネックレスの方が、私のより数十倍も高価なものだと思うけど」と。

しかし彼女は、「だって、似合ってなかったですもん」と微笑む。

「あなたはこの森の朝にとても似合ってるわ」

AYAKOは嬉しくなった。

14　焦れば、負け

リー・ヨンソン邸のプールサイドを歩くと、自分の濃い影が足元をついてくる。

周囲の原生の椰子林を揺らしている風はお湯のようで、首筋を撫でられるたびに体中から汗が噴き出す。その時、クラクションが鳴った。視線を転じれば、レンジローバーの運転席の窓にリー・ヨンソンこと柳勇次の姿があった。

「乗れよ」

リーが顎をしゃくる。

鷹野が助手席に乗ると、リーはすぐに車を発進させた。

鷹野は改めてリーの横顔を見つめた。自分の知っている柳とはまったくの別人だが、横にいるのがあの柳勇次だとはっきり伝わってくる。

「なあ、柳……、あれから何があった？」

鷹野は尋ねた。まるで高校生の柳に語りかけているようだった。

「楽しそうな人生を送ってきたように見えるか？」

リーがその傷だらけの顔を鷹野に向けて笑い出す。

「……俺、昔はお前なんかよりイイ男だったよな？　学校の女たちはみんな俺に惚れてた」

「お前、顔だけじゃなくて、頭んなかも傷だらけか？」

あっという間に昔のリズムが戻ってくる。

そのことが嬉しくて、鷹野も声を上げて思わず笑う。

車は熱帯のジャングルを掻き分けるように進んでいた。ときどき分厚い植物の葉が窓ガラスに当たる。

ジャングルを抜けた車が、浅い川を渡り、そのまま急斜面を上がっていく。上がったところで視界が開けた。自分たちがいるジャングルと地続きとは思えないほど、その丘は美しく開墾されている。

その丘で、数人のスタッフと共に寛太が農作業に精を出している。

「寛太！」

柳の声に、寛太が立ち上がって手を振る。

「この辺りの畑は全部あいつが世話してるんだ」と、リーが誇らしげに教えてくれる。

「てっきり俺は……」

「二人とも、とうにくたばってると思ってたか？」

風に乗って、寛太たちの笑い声が聞こえてくる。

「なあ、あれから何があった？」

鷹野はさっきした質問をもう一度繰り返した。

リーの目は、楽しげな寛太に向けられている。

「何があったか……、自分でも不思議だよ。あの頃のことを思い出すと、自分の記憶のはずなのに、誰か知らない奴の記憶をたどっているような気がするんだ。……想像してみてくれよ。裏切り者は容赦なく消すような組織から追われている身だぞ。その上、逃亡の道連れはあの寛太だ。生きようとすれば、裏社会に紛れ込むしかない。ただ、裏社会に入ればAN通信に居場所を知られる。あれはいつ頃だったか、真冬にある港の倉庫で夜を明かしたことがある。寒さが尋常じゃなかった。その日、口に入れたのは固くなったメロンパンだけだった。『腹が減った』って寛太が怒るんだ。あの寛太が、犬に咬《か》まれてもその犬を撫でてた寛太が怒ったんだ」

その夜からリーは空き巣を始めたという。民家や商店で金を盗み、また別の街に移動する。そうやって貯めた金で、リーと寛太はロシアに密航した。

「今、考えると、だいぶボラれたんだろうな。でも、あのボロ船が日本海に出た途端、強烈に自由を感じたよ。もうなんでもやってやる。もう何も恐くないってな」

リーと寛太はウラジオストクに到着すると、偽造パスポートで生活を始めたという。幸い、同じように密航した日本のヤクザと知り合いになり、逃亡者の生活の心得を教えてもらったらしい。

「……組に裏切られて日本からハワイに逃げて、ハワイでもパクられそうになったんで、ウラジオストクに流れてきたってヤクザだったけど、なぜか俺たちのことを息子みたいに可愛がってくれてな」

リーはこのヤクザと共に、拳銃や麻薬を日本へ送る仕事を始めたという。

「最初は調子良くやっていた。ただ、そんな仕事をする奴らは、結局みんなイカれてる。ある取引で、俺はしくじった。敵味方ともに裏切ったことがバレた。イカれた奴らを怒らせたらどうなるか分かるだろ。奴らはさんざん俺を痛めつけて楽しんだよ。その祭りの痕がこの顔だ」

リーが自分の顔に触れる。触れると、まだ痛みが走るように見える。

「……生きたまま極寒のバイカル湖に投げ込まれた。さすがにもうダメだと思ったよ。でも、よっぽど悪運が強いんだろうな。あるロシア人に救われた」

リーの話によれば、そのロシア人が元KGBの男だったという。

「……そいつの伝手《つて》でキルギスって国に密入国した。そこである家族が助けてくれた。なんとか傷も癒やしたよ。そんなある日、その元ＫＧＢのロシア人の口から『ＡＮ通信』って言葉が出たんだ」

そこでリーは一世一代の芝居を打つ。

「……『実は俺もそのＡＮ通信の諜報員で、極秘任務でここにいる』ってな」

それを、このロシア人は信じたという。

「……実際は本当に信じていたのかどうか分からない。ただ、信じている方が楽だったんだろうし、一緒に危ない橋を渡るようになってからは、信じていないと生きた心地がしなかったんだと思うよ」

傷を癒やして、世話になったキルギスを出てロシアへ戻ると、リーはこのロシア人といくつもの危ない橋を渡り始めた。

ロシアの軍事機密を中国に売るのが主な仕事だったが、なかでも一番金になったのが、当時、世間を騒がせたロシアの原子力潜水艦沈没事故に関する情報を手に入れたことだった。

「この情報がバカみたいに高く売れた。それで相棒のロシア人とはそこで別れた。奴はずっと憧れてた南国の島でのんびり過ごすって言ってたよ」

相棒と別れたリーは、山分けしたその莫大な利益を元手にビジネスを始め、そこで自らをリー・ヨンソンと名乗り、シンガポール国籍を取得した。

「AN通信の諜報員になるために、必死に勉強させられたことが大いに役に立ったよ。言ってみれば、何が金になるか、ただそれだけをずっと教え込まれてたようなもんだからな。その知識を使えば、金儲けなんて簡単なことだし、この世のなかを動かしているのが強欲な奴らで、強欲な奴らは何よりも金が好きだってことさえ分かっていれば、あとは自然と金なんてものは集まってくる」

「そうやってお前が作り上げた王国が、これなんだな」

それまでじっとリーの話を聞いていた鷹野は、改めて目の前の丘を眺めた。強い日差しを浴びた丘に、整然と果物の樹々が並んでいる。

「いや。これは寛太の王国だ。俺の王国はこんな規模じゃない」

「ああ、分かってるよ。世界の水メジャー企業のV・O・エキュ社を、簡単に買い取れるくらいの規模の王国だ」

「ああ、そうだ。そして、俺の王国はこれからもっとデカくなる」

南蘭島を先に出ていったのはこの柳だった。その時、どんな別れ方をしたのか、もう鷹野は思い出せない。ただ、またいつかどこかで会えると思っていたはずだ。

「俺の王国はこれからもっとデカくなる」

リーが繰り返す。

「……その王国に、お前もいてほしい」

ふいに聞こえたリーの言葉に、鷹野は思わず顔を上げた。

「……そう驚くことないだろ？　お前ももうすぐ、ＡＮ通信を引退だ。そのあとの話をしてるんだ」

一瞬、リーと一緒にキルギスの水道事業に関わっている自分の姿を想像した。しかし、そこに見えるのが本当に自分の姿なのかどうか判然としない。

「もうすぐ三十五歳だろ？　ＡＮ通信に何をもらって、その後どうするつもりなんだ？」

「昔と何も変わってないんだ。今日一日のことだけ考えて生きてる」

次の瞬間、強風が吹き抜けた。原生の椰子林を揺らした風が、森を震わせる。

地鳴りのような音が響いてきたのはその直後だった。まるで山自体が動き出したような音で、鷹野たちは思わずしゃがみ込んだ。

黒い影が二人を覆ったのはその時だった。咄嗟に見上げた空に、黒い何かがある。一瞬、太陽の眩しさで視界がぼけた。しかしその黒い何かが太陽を隠した。

軍、もしくは警察のヘリだった。それも一機ではなく、二機、三機とあとに続いてくる。

リーが車を急発進させる。

「警察のヘリだ」

「警察？　なんで？」

「さあな。この国じゃ、理由もなく何かが起こる」

鷹野は丘へ目を向けた。何かあった時の訓練がされているのか、作業員たちは寛太を囲むようにしてどこかへ避難させている。

車が急斜面を下りようとした時だった。まるでジャングルの樹々をなぎ倒してくるように、警察の車が斜面を上がってくる。

「おいおい……」

思わずリーが呟いた。

それでもリーはアクセルを踏もうとする。しかし、次の瞬間、ジャングルの樹々の間から大勢の男たちがライフル銃を構えて現れた。気がつけば、車はライフル銃に取り囲まれている。

「心当たりは？」と、鷹野は訊いた。

「ない」と、リーも首を振る。

「どうする？」

ライフルを構えた男たちの目は本気だった。何かあれば、容赦なくその指が動く。

「何が目的か知らないが、とりあえず奴らの言う通りにするのが賢明だろうな」

リーがハンドルをトントンと呑気に指で叩く。

「……まあ、安心しろ。何かの間違いだ。この国の警察には顔が利く」

ドアを開けたリーが両手を上げて車を降りる。一斉にライフル銃がリーに向けられる。

鷹野も一瞬迷ったが、リーと同じように両手を上げて外へ出た。

真上をヘリが旋回していた。体ごと吹き飛ばされそうな強風だった。

両手を上げた鷹野とリーのもとへ、ライフル銃を構えた警官たちがジリジリと詰め寄ってくる。

その時、リーが何かクメール語で怒鳴った。責任者を出せとでも言ったらしく、すぐに車のなかから恰幅のいい男が降りてくる。

「本部長が直々にいらっしゃってるよ」

リーが日本語で呟く。その瞬間、一斉にライフル銃が構え直される。

口髭を生やした本部長と、リーはしばらくクメール語で会話を交わしていた。

本部長の表情には敵意もなく、たまに笑みもこぼれている。

「鷹野、お前のことは今ちゃんと説明した。お前はこのまま俺の家へ戻ってくれ。とりあえず俺はこいつらと一緒に行かなきゃならない」

「大丈夫なのか？」

「ああ、大丈夫だろ」

「こいつ、なんて言ってるんだ？」

「本部長も詳しいことは聞いてないらしい。とにかく一緒に行ってくる。心配するな」

話している最中に、警官たちがリーを取り囲んだ。乱暴な扱いではなかったが、決して丁寧でもなかった。

警官たちも次々にトラックの荷台に乗り込んで、リーを乗せた車を追いかけていく。

結局、鷹野だけがそこにぽつんと残った。すでにヘリもおらず、真っ青な空からは苛烈な日差しだけが降り注ぐ。

ふと見上げると、巨木に太いニシキヘビが巻きついていた。途端に嫌な予感に包まれる。

鷹野は、アジスと共にキルギスに滞在している田岡に連絡を入れた。

「何か変わった動きはないか？」

繋がると、そう尋ねた。

「変わった動きですか？　いや、特にないっすけど……」

呑気な声が返ってくる。

「今、リー・ヨンソンがこっちの警察に連行された」

「警察に？　なんで？」

「さあ」

「こっちは順調に進んでますよ。ロイヤル・ロンドン・グロースとV・O・エキュが立ち上げた会社がキルギス政府と正式調印します」

鷹野は巨木を見上げた。いつの間にか、ニシキヘビが姿を消していた。

＊

「このあとリー・ヨンソンの身柄はどうなりそう？」

ロンドンへ向かう機内ではシャンパンが配られていた。

マッグローは、「クリュッグじゃなくて、サロンに替えて」と、グラスをCAに返したあと、AYAKOにそう訊いた。

AYAKOは冷えたシャンパンを一口飲むと、革張りのシートで足を組み替えた。

このボンバルディア社のビジネスジェットは「ロイヤル・ロンドン・グロース」が所有しているもので、おそらく価格は五十億円を下らない。

「現在、リー・ヨンソンはカンボジア警察に脱税の容疑で身柄を拘束されています。ただ、いわゆる別件逮捕ですので、長くても三、四日が限度かと……、そう長くは拘束できないはずです」

「日本側の動きはどうなの？」

「間に合うと思います」

「思いますじゃ困るのよ。間に合う、という答えしか私は聞きたくない」

別のシャンパンを運んできたCAの手から、マッグローがグラスを乱暴に受け取る。

AYAKOはマッグローの顔から目を逸らし、窓の外に広がる雲海を眺めた。

優雅の対極にあるのが焦りという感情なのではないかとAYAKOは思う。

目の前にいるマッグローを見れば分かるが、普段は誰もが羨むような優雅で気品のある女でも、こうやって自分の利益に関わることになった途端、そこから余裕が消える。

余裕が消えた途端、女の価値は下がる。

もちろん恋愛でも同じことだ。

焦れば、負け。

「ねぇ、このまま計画通りにリー・ヨンソンがカンボジアから日本側にその身柄を引き渡されたとするわよね」

ビンテージのシャンパンも気に入らなかったようで、マッグローがそう言いながらグラスを置く。

「……その場合、AN通信とはどう付き合うのが得策かしら？」

「元々、AN通信は産業スパイ組織です。自ら経営に乗り出してくることは考えられません。いわゆる顧問料さえ払っていれば……」

「その顧問料が安くないのよ」

マッグローの瞳からまた余裕が消える。

「では、どうしたいと？」

「元はといえば、AN通信はリー・ヨンソンが独断で引き込んだ。その彼がいなくなるわけだから、AN通信にもここらで手を引いてもらいたい」

「しかし、すでに契約は交わされていますし、現状で契約解消となれば、そうとうな額の違約金が発生すると思いますけど」

「だから、そういうものが発生しないように手を引かせたいのよ」

「簡単ですよ」

「え？」

言い出したマッグローの方が驚く。

「ある条件でAN通信とは契約を一方的に解除できます。契約書にも明記されています」

「どんな条件？」

「AN通信の諜報員が、契約案件の機密を外部に洩らした場合、要するに諜報員が裏切った場合、契約は無条件に破棄されます」

AYAKOは表情を変えずに伝えた。逆にマッグローに笑みが浮かんでくる。

「うまくいきそうな計画でもあるの？」

「ええ、あります。大勢の死人が出ますけど、それでもよければ」

AYAKOは眉一つ動かさない。

マッグローが満足げに、「私はいつもそういう簡潔な答えだけが欲しいのよ」と微笑む。

AYAKOは席を離れると、ある男に連絡を入れた。男はすぐに出た。しかし、予想していたのと様子が違う。

「デイビッド・キムよね？」とAYAKOは声をかけた。

「久しぶりだな」

「今、リー・ヨンソンと組んでるんでしょ？　マッグローから聞いたわ」

「ああ、あれならやめた」

「やめた？」

「ああ。また悪い癖が出た」

「女？」

「いや、女になら慣れてる」

「じゃ、何？」

「ちっぽけな幸せってやつだよ」

「何よ、それ」

「今、好きな女とマルタ島で暮らしてるんだ」

AYAKOは電話を切った。他人の幸せに付き合っているヒマはない。

＊

シェムリアップ空港のオレンジ色の屋根瓦は荘厳な寺院を思わせる。エントランスで車を降りた鷹野は、日を浴びた屋根を見上げた。

後続のワゴン車からも若宮真司と、中尊寺信孝の私設秘書である石崎が降りてくる。

「リー・ヨンソンさんは、もう空港内にいるのか？」

石崎に声をかけられ、鷹野は、「ああ、もうビジネスジェットに乗り込んでるはずだ」と短く応えた。

「しかし、どうなってるんだ？」

石崎が何を訊きたがっているのかは分かったが、鷹野はただ、「さあ」と首を傾げただけだった。

実際、鷹野にも何がどうなっているのか分からない。とつぜんカンボジアの警察に拘束されたリーが、またとつぜん釈放された。

リーによれば、この国ではそう珍しくないとのことだったが、それにしても何が目的だったのかさえはっきりしない。

解放されると、リーは急遽、日本行きを決めた。虫の知らせだと、本人は言っているが、とにかく早急に、日本側のＪＯＸパワーとの話を決めてしまいたいらしかった。

バタバタと訪日の準備が始まった。ビジネスジェットで向かうことになり、若宮真司たちも同乗することになった。

鷹野たちがビジネスジェット専用の搭乗口へ向かっていると、とつぜん石崎がしゃがみ込んだ。

「どうした？」

覗き込んだ石崎の顔が尋常ではないほど真っ青だった。よほど痛むのか、脂汗を流して腹を押さえている。

「どうした？」と鷹野は改めて尋ねた。

「さあ、たぶん今朝食った果物だ。部屋にあったから食ったんだが、腐ってたのかもしれん」

鷹野は便所を探した。

「先に行ってくれ。便所に行って治まるような痛みじゃない。俺は様子を見て、普通の便であとを追うよ」

石崎の言葉に鷹野は一瞬、何かの策略かと疑ったが、それにしては石崎の顔色が完全に演技を超えていた。

「多少なら待てるぞ」と鷹野は言った。

しかし石崎は首を振る。そうこうしているうちに、我慢できずに石崎が嘔吐した。実際、果物が原因らしかった。床に広がった嘔吐物に赤い果肉が混じっている。フライトには耐えられそうになかった。薬を飲んで数時間横になっていた方がいい。

鷹野はそう伝えると、石崎を置いて搭乗口へ向かった。

ビジネスジェットでは、すでにリーが寛いだ様子で待っていた。

乗り込んでくる鷹野を見つめながら、「石崎は？」と訊いてくる。

「腹を壊したらしい。普通の便であとを追ってくるそうだ」

何か言おうとするリーに、「大丈夫だ」と、鷹野は口を挟んだ。

「もし、あれが仮病なら、地球が逆に回り始めるよ」

鷹野の言葉に、リーもそれ以上は疑わない。

真司という若者は相変わらずの仏頂面で、すでに着席して窓から滑走路を睨みつけている。

CAからシャンパンを受け取り、鷹野はリーの後ろに座った。

「……本当に大丈夫なのか？」

シャンパンを一口飲んで、鷹野は尋ねた。警察から釈放されたあと、まともに顔を合わせたのは初めてだった。

「まだ自分でも誰がなんの目的で、あんなことをやったのか、まったく分からないんだよ」

「脱税関係っていうのは、考えられるのか？」

「なくはない。ただ、だとすれば、なんで急に釈放なのかが分からなくなる」

機体がゆっくりと滑走を始める。

鷹野は窓からターミナルを眺めた。おそらく石崎は病院に運ばれただろう。単なる食中り《しょくあた》かもしれないが、症状は良くない。

そこまでふと考えて、中尊寺信孝の顔がなぜか浮かんだ。すぐに目の前のリーに何かを伝えようとしたのだが、自分が何を伝えたいのかがまだ分かっていなかった。

直後、機体が離陸した。

石崎は1・5リットルの水を飲み干した。最後はボトルの口を咥えたまま喉を伸ばし、吐き出しそうになるのを必死に堪えて飲み干した。

＊

張った腹を押さえて、便器に顔を突っ込み、指で舌を強く押す。一気に胃の内容物が喉をせり上がってくる。

何度かえずきながら、胃の中身を全部吐き出すと、石崎は空港ターミナルのトイレを出た。

心配して外で待っていた空港スタッフが、新しいタオルをくれる。

「休憩室で少しお休みになりますか？　それともすぐに救急車をお呼びしますか？」

小柄な可愛らしい女性で、流暢な英語だった。

「ありがとう。でも、大丈夫です」

石崎は丁寧に礼を言うと、スタッフを置いて歩き出した。

急に腹痛を起こさせる薬を使ったので、その成果はあったが、さすがにまだ足元がふらついた。

すぐに吐き出せたからよかったが、もしも完全に胃で吸収されてしまうと、こうやってすぐに歩くどころか、二、三日は意識が混濁していたかもしれない。

石崎はいったんターミナルの外へ出ると、深呼吸した。ねっとりとした空気だったが、それでもエアコンの利き過ぎたターミナル内の空気よりは気分が楽になる。

深呼吸してすぐに携帯を取り出す。

フェンスの向こうに、ちょうどリー・ヨンソン所有と思われるビジネスジェットが飛び立っていくのが見えた。

携帯を耳に当てると、すぐに中尊寺の声が聞こえてくる。

「計画通りです。リー・ヨンソンたちが乗った飛行機が今、シェムリアップ空港を飛び立ちました」

「お前は残ったんだな」

「はい、空港におります」

「すぐに日本に戻れ。お前が日本に戻る頃には、リー・ヨンソンたちの乗った飛行機はすでに墜落してるはずだ」

「墜落？」

「ああ。とつぜん消息を絶ったマレーシア航空機の事故を覚えてるか？　今回もあれと同じようになる」

石崎は空を見上げた。リー・ヨンソンのビジネスジェットが旋回して雲のなかへ消えていく。

石崎からの電話を切ると、中尊寺はそのままAYAKOに連絡を入れた。

「今、石崎と連絡がついた。リー・ヨンソンたちの飛行機は飛び立ったらしい。あとは計画通りに進めてくれ」

受話器の向こうから、「分かりました」という事務的なAYAKOの声がする。

「しかし、あんたって女は大した人だよ。ほんの数日でここまでの計画を練って、練るだけではなく実行できる」

中尊寺はソファに腰を下ろした。

「簡単なことですよ。私は必ず勝つ側につく。だからずっと勝ち続けていられるんです」

「これまでに負けたことはないのか？」

「たとえ負けたとしても、必ず敵討ちをしますから」

本気か冗談か、受話器の向こうでAYAKOは笑わなかった。

「……それでは今後の予定をお話しします。よろしいですか？」

「ああ、頼む」

「リー・ヨンソンたちが乗ったビジネスジェットは空港を離陸後、十分後にこちらのプログラムが作動して操縦不能になります。経路は東京へは向かわず、正反対のタイランド湾へ向かいます。おそらくこの時点で管制塔との通信は途絶え、各国の軍事レーダーからもその姿を消すはずです。それから三十五分後、上空で急降下を始め、操縦不能のまま海上に墜落します。乗客たちの生存確率はゼロ。その辺りは海流が激しいため、大破した機体が発見される確率も五パーセント未満です」

中尊寺は黙ってAYAKOの声を聞いていた。まるで原稿でも読み上げるような感情のない口調で、目に浮かぶ墜落シーンも下手なCG画像でも見ているようだった。

「……消息を絶ったあと、おそらく二週間ほど各国による捜索が続けられると思います。その間に、中尊寺先生は日本で起きた連続ダム爆破の首謀者をリー・ヨンソンとして、話を進めてください。本人がいませんから、簡単なはずです」

「ああ、分かってる。すでにV.O.エキュのデュボアと東洋エナジーの幹部には話が通っている。リー・ヨンソンの単独行動だったということで法廷に立つ準備も始めている」

中尊寺は壁の時計を見た。

AYAKOとの通話が切れると、中尊寺は大声で秘書たちを呼んだ。駆けつけた秘書たちに、「おい、潮目が変わるぞ」と微笑みかける。

「……これでダム爆破も何もかも全部、片がつく。もう何も恐れることはない。……首相の大國の方に流れるはずだった金が、これから全部こっちに流れてくるんだ。さっそく大國降ろしを始めるぞ。あいつには、できる限り惨めな結末を用意してやる。さんざん世話してやった俺を、まるで使用人のように使った罰だ。あいつがここで土下座する姿がもう見えるよ」

中尊寺は磨き上げられた床を見つめ、声を上げて笑った。

15
ライバル

窓の外に美しいプノンペンの街が広がっている。青々とした水田に南国の太陽が反射している。機体は高度をさらに上げていく。ときどき雲のなかを抜ける。鷹野は目を閉じた。

「おい」

目を閉じてすぐ、リーが声をかけてくる。鷹野は目を閉じたまま、「ん？」と返した。

「今回のキルギスから始まる中央アジアの水道事業のことだが、実際にはあまり利益は出ない」

鷹野は驚いて目を開けた。

「……いや、もちろん莫大な利益が出るやり方もある。だが、俺はそれを選ばない」

「どうして？」

「簡単に言えば、これは俺のキルギスへの恩返しだ。俺が今、ここにいるのは、あるキルギス人の家族が命を救ってくれたからだ」

「恩返しにしては大き過ぎないか？」

「じゃあ、恩返しの相場ってのはどのくらいだよ?」

リーの軽口に、鷹野は笑った。

「……そこでだ、そうなると、間違いなく『ロイヤル・ロンドン・グロース』のマッグロー嬢が黙っちゃいない」

「だろうな。どうする?」

「破産させようと思ってる」

「あの『ロイヤル・ロンドン・グロース』を? どうやって?」

「まだ方法は見つかってないよ」

機体が水平飛行に入り、CAが席を立つのが見えた。窓の外を眺めたリーが、「ん?」と顔をしかめたのはその時だった。

「どうした?」

「いつもとルートが違う……」

リーが窓に顔を寄せる。次の瞬間だった。たった今、解除されたばかりのシートベルト着用のサインがまたついた。

CAが慌てて席に戻ろうとする。

「どうした?」

サインを無視して席を立ったリーが、CAに声をかける。

「今、機長に確認します」

CAが受話器を手にする。

「どうしたんだよ？」

やけに慌てているリーに、鷹野は少し呆れて声をかけた。しかし「まったく逆方向に向かってるんだよ」というリーの返答に、鷹野も嫌な予感がする。

特に機体に揺れがあるわけではないが、背後の席に座っている真司もこちらの動きが気になるようで、首を伸ばして様子を窺っている。

機長と連絡を取り合っているCAの顔が徐々に強ばっていた。

リーも気づいたようで、「どうした？」と詰問しながらCAに近づく。

「落ち着いてください」

そう注意はするが、CA本人の声が震えている。

「だから、どうした？」

「計器に異常があるようです。すぐに空港に引き返します」

「その空港から、どんどん離れてるんだよ！」

リーの怒鳴り声にCAはもう声を返さない。リーが操縦室のドアを叩く。

鷹野もシートベルトを外し、揺れ始めた機内を壁や天井に手をつきながら進んだ。

「落ち着けよ」

そう声をかけるが、リーはノックをやめない。次の瞬間、ドアが開いた。表情は冷静そのものだが、副操縦士の目だけが緊張していた。

「計器に異常がありまして」

「だから、どういう異常だよ？」

リーが副操縦士の制止も聞かず操縦室に入る。

「ミスター・リー。大丈夫です。操縦不能ですが、一定の高度を保っていますし、管制塔とも連絡が取れています」

機長の声がした。しかしそう口にした直後、管制塔との通信が切れたらしく、「応答願います！　応答願います！」という機長の焦った声が響く。

次の瞬間、機体がガクンと降下した。ＣＡが悲鳴を上げ、一瞬、宙に浮いた鷹野たちの体も床に打ちつけられる。

立ち上がった瞬間、鷹野は違和感を覚えた。窓の外に左翼が見える。また一瞬、機体に振動が走る。鷹野は窓に顔を張りつけた。

左翼の先端に、あまり見かけたことのない黒いボックスがあった。明らかにあと付けされたもので、赤いランプが点滅している。

鷹野は操縦室に向かった。

操縦室に駆け込むと、すでにリーが副操縦士の席に座っていた。

「完全にコントロールされてる。ただ、本体の機器自体の動きじゃないんだよ。ときどき、何かが乱れて、操縦桿《そうじゅうかん》の自由が利くんだ！」

脂汗を垂らして、リーはその操縦桿を必死に握っている。

「左翼に、何か黒いボックスがある。あれは通常あるものなのか？」と機長に訊いた。

「黒いボックス？」

機長が首を傾げる。

「見てきてくれ」

「私がここを離れるわけには……」

「いいから！」

鷹野は機長を押し退けると、代わりに自分がその席に着いた。

このボンバルディア社のビジネスジェットなら何度か操縦したことがある。

鷹野は考えられる範囲で、自動操縦のロックが外せないか試していった。しかし、どの方法でも解除できない。

その時、「ほら」とリーが声を上げる。

「……ほら、今、一瞬、自由になった。お前も分かったろ？」

リーが言う通り、一瞬、操縦桿が動き、全ての目盛りが正常に作動した。

「雲だ」と鷹野は言った。

「……雲のなかだと、自由になる」

「なんで？」

「本体がプログラミングされてるんじゃなくて、何かが電波で……」

鷹野が言い終わる前に、「見たことないです。あんなもの、この機種にはついていないはずです！」と、左翼を確認してきた機長が戻ってくる。

「やっぱり、あれだ。この妨害電波の正体」

鷹野は席を機長に譲ると、「できるだけ、高度を下げていってくれ」とリーに頼んだ。

「おい、待て。何するつもりだよ！」

慌ててリーが呼び止める。

「左翼に出る」

鷹野の言葉に、一瞬、誰もが言葉を失う。

鷹野は誰の反応も待たずに操縦室を出た。

「待て！」とリーの声が聞こえたが、ちょうど雲に突入したらしく、「下げろ、高度を下げろ！」という鷹野の指示に従った。

鷹野はCAに、救命道具はどこだと尋ね、そのなかからロープを取り出すと、自分の体に巻きつけ始めた。

横で呆然と見ている真司という若者に、「手伝えよ。スパイになりたかったんだろ？」と笑いかけると、「翼に出るなんて無理だよ」と真司が首を振る。

「無理でもやるんだよ。やっても死ぬかもしれないが、やらなかったら確実に死ぬ。お前ならどっちを選ぶ？」

大きな雲に入ったようで、高度が急激に下がる。鷹野と真司は床に這いつくばった。

＊

通称ザ・ガーキンと呼ばれるロンドンの名物高層ビルから、AYAKOはロンドン市街を見下ろしていた。

場所はRLGのオフィスで、背後ではマッグローが小切手を切っている。

「とりあえず、これ」

マッグローの言葉に、AYAKOは振り返った。渡された小切手を見ると、百万ポンド（およそ一億三千万円）と記入されている。

「これは？」とAYAKOは訊いた。

「もちろん、今後のことはまた今後のことで。とりあえずこれまでの働きの分よ。十分だと思うけど、足りない？」

マッグローが早く受け取れとばかりに小切手をひらひらと揺らす。

しかしAYAKOは受け取らなかった。

「不満そうね。もちろん、今後のことも考えてるわ。今後、あなたを中央アジア水道事業の責任者として雇うつもりよ。報酬はあなたの言い値でいいわ。もちろん、常識の範囲でだけど」

そこまで聞いて、AYAKOは百万ポンドの小切手を受け取った。

「……あなたって、欲がないのか欲深いのか、よく分からないわ」

そう苦笑したマッグローが、少し緊張した面持ちで時計を確認する。

「そろそろよね？」

マッグローの問いに、AYAKOは表情を変えず、「ええ、そろそろです」と頷いた。

「リー・ヨンソンたちが乗ったジェットは、もう墜落してる？　それともまだ……」

「おそらく、たった今、墜落しようとしています」

無表情で応えたAYAKOに、マッグローは不快感を覚えたようだった。

「あなたって……」とそこまで言い、「もういいわ」と退出を促す。

しかし、AYAKOは、「この作戦にゴーサインを出したのは、あなたですよ」と言葉を返した。

「ええ、そうよ。指示を出したのは私。そして結果報告を受けるのも私。でも、その途中の生々しい瞬間は嫌いなの」

マッグローは苛々していた。

「私は好きなんです。その生々しい瞬間が」とAYAKOは言い返した。

「……生きてるってそういうことだから」と。

しかしもうマッグローは顔も上げず、書類に目を通している。

「失礼します」

AYAKOが退室しようとすると、「あ、ちょっと待って」とマッグローが声をかけてくる。

「……今夜のパーティーの準備、問題ないわよね？」

「ええ、マンダリン オリエンタルのボールルームを押さえてありますので、盛大なパーティーになるはずです」

「今回の中央アジア水道事業のプロジェクトを正式に内外に報告するパーティーで、パートナーのリー・ヨンソン氏の訃報を伝える。世界中から同情を買うし、そのイメージで今回のプロジェクトを慈善事業のように見せることもできる」

「ええ、もちろんそのつもりで進めています」

「パーティーで披露するプロモーション映像も完成してるのよね？」

「はい、完成しています。確認しましたが、美しい短編映画を見ているような仕上がりで、中央アジアの雄大な水資源が美しく表現されていました」

「とにかく、全てを完璧にやって」

マッグローがまた書類に視線を戻す。

廊下へ出たAYAKOは空を見上げた。この空の向こうで、今、鷹野やリー・ヨンソンたちが乗ったビジネスジェットが墜落しようとしている。

「さあ、どうする？　あなたたちが黙って運命を受け入れるとは思えないけど……」

AYAKOは空に向かって微笑んだ。AYAKOはガラス窓に指を這わせた。空から何かが落下してくるように、その指をすっと落とし、窓枠にぶつかりそうになったところで、

「大丈夫よね？」

と呟くと、指先をガラスの上で再浮上させる。

＊

急降下する機内で、鷹野はシートにしがみついた。

床に押しつけられたかと思うと、急に体を放り出されるような無重力状態が来る。

急激な変化に、CAが必死に嘔吐を堪えている。

「おい、大丈夫か？」と、鷹野はやはりシートに摑まっている真司に声をかけた。

真司は真っ青な顔で奥歯を嚙みしめ、なんとか正気を保っている。

「もう少し高度が下がったら、非常ドアを開けて翼に出る。お前はこのロープが絡まないように見ててくれ」

鷹野はそう言いながら、自分の体にロープを巻いた。

「外に出るなんて、絶対無理だよ！」

真司が呆れるのを通り越して、本気で怒っている。

「無理でもなんでも出るんだよ！」と鷹野も怒鳴り返した。

機体が安定するのを待って、今度はロープの端をシートの脚に括りつける。無理だとは言いながらも、真司もロープを伸ばすのを手伝っている。

「いいか、俺に何かあったら、あとはお前がやるんだ！」

鷹野は怒鳴った。

「やるって何を？」

真司が慌てる。

「そこにいるCAをお前が守るんだよ！」

「無理だよ、そんなの！」

「お前は、二言目には『無理だよ』だな。無理かどうかなんて、自分で決めるもんじゃないんだよ！」

鷹野はもう一度、腰に巻いたロープを強く縛ると、シートを摑んで通路を進み、非常ドアのノブに手をかけた。

窓から覗くと、かなり高度は下がり、日を浴びて輝く海面がはっきりと見える。

「いいか、いくぞ！」

鷹野はドアを開けた。途端に気圧が下がり、機内の空気が吐き出されていく。

鷹野は収まるまでじっと堪えた。

「よし、ロープを伸ばせ。ロープに巻き込まれるなよ！」

鷹野は慎重に顔を出した。すぐに、風で耳を殴られたような痛みが走る。ロープが絡まないようにたぐる真司に合図を送り、鷹野は更に体を外へ出した。

足元には何もない。少しだけ外に出た爪先が心細く宙に浮いている。

非常ドアから翼まで四、五メートル離れている。たかだか車一台分の距離だが、上空数百メートルではとてつもなく遠く見える。

タイミングさえ外さなければ、翼に飛び移れる自信はある。翼にさえ飛び移れれば、あとはしがみついて先端まで移動し、あの黒いボックスを蹴り落とせばいい。

目視ではそう頑丈に固定されているようにも見えない。

鷹野は、「一、二、三」とまずタイミングを測った。そのタイミングでグリップから手を離し、外へ飛び出す自分の姿をイメージする。イメージ内では、体はうまい具合に翼に引っかかった。あとはしがみついて移動する。そう長い距離でもない。

鷹野は唾を飲んだ。そして改めてタイミングを測ろうとした。しかしその瞬間、翼に飛び移る術《すべ》はあっても、戻ってくる方法がないことが頭をよぎる。

もちろん最初から分かっていたことだ。ただ考えないようにしていたことが、ふと頭をよぎっただけだった。

鷹野は一つ深呼吸した。そしてもう何も考えず、「一、二……」とカウントを取る。

グリップから手を離す。

途端に体が自由になる。機体は水平飛行を保っている。

鷹野は爪先で蹴り、大きく踏み出した。

一瞬、空が動いた。世界全体が動いた。

慌てて両手を伸ばし、翼を摑もうとする。翼が迫る。これを摑めなければ、終わる。

指先に触れた翼を、鷹野は必死に摑んだ。左手が滑り、右手に全体重がかかる。と同時に、体を反転させた。

大きく振られた両足が、翼の上を滑る。鷹野は崖でも上るようにその足でもがいた。

しかし、どんなにもがいても、靴底が滑るだけで安定しない。

そのうち更に左手が離れていく。

「クソ――――ッ！」

鷹野は叫んだ。同時に唯一引っかかっている右手で、握り潰すように翼を摑んだ。

その瞬間だった。機体がタイミングよく左に振れた。

鷹野はこのチャンスを逃さず左手を伸ばした。今度は両手でがっちりと翼を摑む。

あとは慎重に先端まで移動していけばいい。ただ、相変わらず両足の自由は利かず、機体の揺れで大きく体が振られる。

それでもじわりじわりと手を滑らせ、鷹野は先端へと向かった。徐々に長くなっていくロープが風に煽られ、重さを増してくる。

見れば、真司が非常ドアからこちらを覗き込み、なるべくロープが風に持っていかれないように必死に長さを調整していた。

機体はまだ水平飛行を続けていた。

だが、何者かがこの飛行機を墜落させようとしているのであれば、いつまでも水平飛行が続くわけがない。

手を伸ばせば、黒いボックスに届くところまで来ていた。

近くで見ると、頑丈なボックスだが、やはり取り付けは雑で、四隅のボルトのうち、一つが少し浮いている。

この程度であれば、足で蹴り落とせる。

雲間でも電波が弱まったのだから、機体から離れてしまえば、また操縦可能になる。

鷹野は慎重に体を引き上げた。強烈な風が襟元から吹き込み、体ごと持っていかれそうになる。

脚を曲げ、ボックスの角に当てる。感触としては、簡単に蹴り落とせそうだった。

「一、二……」

カウントして、鷹野は思い切り蹴りつけた。

靴底に感触がある。間違いなく、外れかけていたボルトが更に浮いた。

鷹野はもう一度、蹴りつけた。ガツッと更に強い感触があり、ボックスが翼から浮いているのが見える。

あと一度蹴りつければ落とせる。鷹野は足を上げた。しかし、その瞬間だった。とつぜん機体が急降下を始めた。

今まで翼にぶら下がっているような体勢だったのが、とつぜん前に滑り落ちそうになる。

鷹野はそれでも必死にボックスを蹴り続けた。しかし体勢が悪く、足に力が入らない。

急降下は止まらない。機体は完全に力を失っている。それでも鷹野はボックスを蹴り続けた。確実にボルトは弛んでいる。もう一蹴りで外れそうだった。しかし最後のボルトがどうしても外れない。

その時だった。機体が更に高度を下げた。

一瞬のことだった。翼を摑んでいた鷹野の手が浮き、そのまま離れる。

摑み直そうと伸ばした手より、後方に投げ出される方が早かった。

しがみついていた翼から体が浮く。

しかし、もうダメだと思った瞬間、最後のボルトだけが残ったボックスをその手が摑んだ。

すでに体は翼を離れている。全体重がたった一本のボルトにかかる。

さっきまで蹴り外そうとしていたボルトに、もう少しもってくれ、と頼む。

だが、じりじりとボルトが抜けてくる。

鷹野は目を閉じた。

このボックスと心中かよ。

なぜか笑いが込み上げてくる。

いつの間にか海面がとても近くなっていた。もう墜落まで時間がない。

鷹野はボックスを引きはがすように腕を引いた。一度、二度、引いたところでボルトが抜けた。

一瞬、時が止まったようだった。

機体から体が離れる。もう何も考えていなかった。

青一色の世界だった。

もう死んだのかと思った。

次の瞬間、もの凄い痛みが腰に走った。抱えていたボックスが手から離れていく。

次に体がくの字に曲がった。完全に機体からは離れている。

ピンと張ったロープの先に、開きっぱなしの非常ドアが見えた。

そこで必死にロープを引いている真司の姿がある。

「無理だよ……、その手を離せ」と鷹野は思わず苦笑した。

しかし真司はそれでも懸命にロープを引っ張ろうとしている。

機体は更に高度を下げる。海面はもうすぐそこだった。すでに操縦桿は自由になっているはずだが、ここから急上昇できるかはギリギリだった。

その時、再び腰に激痛が走った。真司がまだロープを引っ張っている。

鷹野は手を伸ばした。しかしまだ翼は遠い。

また真司がロープを引く。腹に食い込んだロープで、激痛が走る。

この状況で一センチでもロープをたぐり寄せるのはどれほどの根性か。おそらく真司の手のひらはすでに切れ、奥歯は嚙み砕かれているかもしれない。

鷹野はそんな血の臭いを嗅いだ。同じように奥歯を嚙みしめ、ロープを摑んだ。真司と同じように、自分でもロープを引く。腕を伸ばし、引き寄せる。また腕を伸ばし、引き寄せる。

強風に体が回転して、目が回る。呼吸もできないほどの風が顔に当たる。

それでも鷹野は腕を伸ばしてロープを引いた。

ロープを摑んで翼の上に立ち上がり、一気に走る。

たわんだロープを真司が必死にたぐり寄せる。

鷹野は翼の根元まで来た。非常ドアまで五メートル。しかし、すぐそこに海面が迫っている。

すでにここからの急上昇は無理と判断したのか、柳たちはそのまま不時着させるつもりらしかった。

ただ、海面に着水するにはスピードが速過ぎるし、降下の角度があり過ぎる。

それに鷹野自身、ここにいては、万が一うまく着水できたとしてもその衝撃で体ごと吹っ飛ぶ。

鷹野はロープを摑んだ。非常ドアの真司と目が合う。

なぜか互いに微笑み合った。

「行くぞ」と鷹野が合図を送ると、「ああ」とでも応えるように真司が頷く。

あと五メートル。

鷹野はロープを引いた。

もうそこに海面がある。やはりスピードは落ちない。

おそらくこの角度とスピードだと、海面と激突した機体は真っ二つに折れる。残念ながらそうなる。

それでもまだ一パーセントでも可能性があるなら俺は機内に戻る、と鷹野は思う。

あとはリーを信じるだけだ。あそこでロープを摑んでいる真司を信じるだけだ。

*

リムジンは渋滞に摑まり、ロンドンのブロンプトン・ロードから動かなかった。

AYAKOはハロッズから大きな紙袋をさげて出てくる中国人の観光客を眺めた。

「依然、リー・ヨンソンのビジネスジェットの行方は分からないみたいだね」

今夜のパーティーのエスコート役を頼んだロバートが隣で端末をいじっている。

「あなたはどう思う?」とAYAKOは訊いた。

「どうって?……墜落したかどうかということなら、間違いなく墜落してるよ」

「彼らが生き残ってる可能性は?」

「九十九・九パーセントないだろうね」

AYAKOは窓を開けた。

ゆっくりと車列が動き出す。今夜、マッグローのパーティーが行われるホテルが、通りの先に見えてくる。

ホテルの車寄せに横付けされたリムジンからAYAKOはロバートのエスコートで降りた。

エントランスは経済誌やゴシップ誌の記者やカメラマンでごった返しており、クリスチャン・ディオールの赤いドレスで降り立ったAYAKOに、一斉に視線とカメラが向けられる。

胸元が臍の辺りまで大きくカットされた斬新なドレスで、その素肌の上ではハリー・ウィンストンのシークレット・クラスターのネックレスが輝いている。

AYAKOは取材陣に軽く笑みを浮かべて会場内に入った。

ボールルームへ向かう途中、ロバートがふいに足を止める。

「どうしたの?」とAYAKOは訊いた。

「英国軍からの情報でまだ公表されてないんだけど、タイランド湾の沖合でビジネスジェットの機体の一部が発見されたらしい」

AYAKOは思わず胸に手を当てた。そのまま胸元で揺れているダイヤを摑む。

「機体の一部……」とAYAKOは繰り返した。

「……ああ、発見されたのは右翼の一部みたいだね。ただ、現状から見て、墜落した機体は粉々になったようだ。今のところ、近辺に生存者はなし」

大きな扉が開く。扉の向こうは華やかなパーティー会場だった。

会場に入ると、中央でマッグローを囲むグループができていた。どの顔も神妙なところを見ると、今回のパートナーであるリー・ヨンソンの事故の話になっているらしい。

AYAKOが近寄っていくと、マッグローがすぐに気づいてそのグループを離れてきた。

「どう？　その後、何か情報は入った？」

せっつくようなマッグローの問いに、AYAKOは、「いえ、まだ何も」と嘘をついた。

「でも、とにかくリー・ヨンソンたちは死んだのよね？」

「ええ」

AYAKOは表情を変えずに言った。自分が言ったことを自分が信じているのか信じていないのか判断できなかった。

「とにかく、みんな心配してくれてるし、とても同情してくれてる。早速、資金的に協力したいって話もあるわ」

AYAKOは興奮を無理に抑えたようなマッグローの顔を見つめた。

「……話の進め方次第では、かなりこっちに有利な資金提供をしてもらえるかもしれないわ」

マッグローが隠し切れずに笑みを浮かべる。

AYAKOはその笑みから目を逸らすように、会場内を見渡した。

生花の香りがムンムンする会場内には、いわゆる政財界のお歴々が集まっている。視線をまたマッグローに戻そうとした時だった。視界の隅に見知った顔がちらっと映った。

若い男はじっとこちらを見つめている。

AYAKOは会場の外に出るようにと目で合図を送った。男はすぐに動く。

少し時間を空けてAYAKOは男を追った。会場を出た途端、男に腕を取られた。

「何か知ってんのか？」

顔にかかる息が甘かった。たった今まで飴を舐めていたような息だった。

AYAKOは向き直ると、そこに立つ田岡亮一を見つめた。

「鷹野さんたちが乗ったビジネスジェットが消えた。何か知ってるなら教えろよ」

「ちょっと待ってよ。もし私がそれを知っていたとして、あなたに教える義務がある？」

AYAKOは田岡の手を払った。

「ってことは、知ってるんだな？」

会場内のスクリーンで、今回のプロジェクトを紹介する映像が始まったようだった。

「今さら遅いわよ」とAYAKOは言った。

自分でも不思議だったが、口にした瞬間、どうしようもなく悲しくなった。

「遅いってどういうことだよ？」

田岡が食ってかかる。

「鷹野たちが乗ったビジネスジェットは墜落した。英国軍からの情報だから間違いないわ」

田岡が絶句している。

「……ねえ、鷹野ってこんなに柔《やわ》な男だったかしら？」

田岡は何も応えない。

「……ねえ、こんなに呆気なくいなくなるような男だった？……ねえ、こんなにつまんない男だった？」

思わず声が上ずってくる。

田岡は何も応えない。おそらくここへ来るまでにしていた最悪の想像が現実だと知り、自分がこれからどう動き出せばいいのか分からないのだ。

AYAKOは田岡を置いて会場に戻った。

大きなスクリーンでは、キルギスを含む中央アジアを紹介する映像が、美しい音楽と共に映し出されている。

このあと映像は、これら美しい国々が抱えている水の問題を露《あらわ》にし、水不足が深刻な地方の様子が紹介される。

そこでいったん映像は止められ、マッグローが壇上でスピーチを行う。

おそらくこの会場にいる人たちがマッグローのスピーチを聞けば、「ロイヤル・ロンドン・グロース」という投資会社が、さもこの問題を抱える中央アジアの国々の救世主のように見えるだろう。その上、共に救世主となるはずだったリー・ヨンソンのビジネスジェットが現在消息を絶っている。

AYAKOはボーイからシャンパンを受け取ると、壇上へ向かうマッグローを見つめながら、「結局、勝ったのはあなた」とグラスを上げた。

その気配に気づいたのか、拍手のなか壇上に立ったマッグローがちらっと目を向けてくる。しかしAYAKOはなぜか目を逸らした。自分がこちら側の人間だとは分かっていながら、まったく勝利に酔えない。

目を逸らした先で、田岡が唾を飛ばして誰かと電話で話をしている。

AYAKOは改めて、「本当に負けたの？」と、そこに立つ田岡を通して、消息を絶った鷹野に問いかけた。

もちろん返事はない。

壇上では、パートナーであるリー・ヨンソンの無事を祈るマッグローの白々しいスピーチが始まっていた。

マッグローのスピーチの背後では、中央アジアの国々が豊かな水に満たされていくCGが大きなスクリーンに流れている。

乾いた大地に残っている旧ソ連の遺物と呼ばれる古い水道パイプが消えていく。そして、そこに最新式のパイプが延び、美しく豊かな水が中央アジアの隅々まで運ばれていく。

子供たちが水を浴びて歓声を上げている。ひび割れた農地に水が撒かれ、作物がぐんぐん育っていく。

水は命です。

という今回のプロジェクトのメインコピーが各国の言葉で紹介される。

AYAKOはぼんやりとそのコピーを見つめた。

「水は命です」

そう呟き、我ながらその白々しさに失笑が洩れる。

AYAKOは立ち去ろうとした。勝負はついた。もうここに残る理由はない。もちろんこのままマッグローの下で働く気などさらさらない。

ふと、自分は鷹野たちでなく、目の前のマッグローに勝ちたかったのだと気づく。

「……AYAKOさん、ライバルって言葉の語源、知ってますか？」

その時、ふと背後で声がした。

振り返ると、田岡が立っている。鷹野たちの最期をやっと受け入れたのか、さっきまでの動揺はない。

「ライバルの語源？」とAYAKOは訊き返した。

「ええ」

「さあ、知らないわ」

「じゃあ、教えますよ。英語の Rival（ライバル）の語源は、ラテン語の Rivalis（リーワリス）。『同じ川の水利用をめぐって争うもの』っていう意味なんです。……つまりライバルって言葉は、水の奪い合いから生まれた言葉ってことです」

田岡の説明を聞きながら、AYAKO はなぜか心が浮き立ってくる。理由は分からない。ただ、まだ何かが終わっていない。自分にはまだちゃんとライバルがいるという思いが強くなってくる。

「何かあったの？」と AYAKO は訊いた。

「知りたいですか？」

田岡が耳元に口を寄せてくる。

ぞくぞくした。こういう瞬間を繋いで生きていたいと思う。

「……今回の中央アジアの水道開発プロジェクトは五年や十年といった短期間のものではなく、次世代へ繋ぐ意義のある長期的な計画です」

スピーチを続けながら、マッグローはゆっくりと背後のスクリーンを見上げた。

豊かな水に満たされていく中央アジアの国々のＣＧが感動的な音楽と共に映し出されてい

る。

こういうのをアドレナリンと呼ぶのか、大勢の聴衆を前に理想を語っている自分がとても誇らしい。

どんなにきれいごとを並べようと、結局は金儲けの話なのだ。そして金儲けとは、パートナーのリー・ヨンソンを抹殺することさえ厭わないほどの執念のことなのだ。

マッグローは改めて聴衆を見渡した。AYAKOが考えてくれたスピーチは口からすらすらと出てくる。一つ一つの言葉に、誰もが未来に夢を馳せているのが伝わってくる。

マッグローはそこで言葉を切った。残るスピーチはあと一行。

沈黙のなか、会場内が緊張する。誰もがじっと自分の最後の言葉を待っている。

マッグローはゆっくりと会場を見渡した。

『このプロジェクトで勝者となるのは、私たちと、そして中央アジアの人々です』

この最後の科白を口にしようとしたその時だった。一瞬、会場がどよめいた。

何事かと思いはしたが、マッグローは気にせず話し出した。

「このプロジェクトで勝者と……」

しかし会場の誰もが自分ではなく、背後のスクリーンに目を向けている。

ある者は驚きの表情で口を覆い、ある者はスクリーンを指差している。

どよめきは更に大きくなる。まるでスクリーンの前に立つ自分など、誰の目にも映っていないようだった。

マッグローは背後のスクリーンを見上げた。

予定ではキルギスに完成予定の巨大ダムのCGが映し出されているはずだった。

しかし見上げたスクリーンにCGのダムは映っていない。代わりにぼんやりとした男の顔が大写しになっている。近過ぎてよく見えない。

「何？　どうしたの？」

マッグローはモニターの故障だと思った。しかし次の瞬間、そこに映っているのがリー・ヨンソンの傷だらけの顔だと分かった。

会場のどよめきは更に大きくなった。

スクリーンに映っているのが、消息を絶ったはずのリー・ヨンソン自身で、その上、どうやらこれがLIVE映像であることが分かってくる。

マッグローは少し後ずさって、スクリーンを見上げた。

映像にはずぶ濡れのリー・ヨンソンが映っている。よく見れば、彼は海に漂う救命ボートに乗っており、波に合わせて背後の水平線や雲が大きく揺れている。

「何、これは何？」

の姿はない。

マッグローは声を洩らした。すぐにAYAKOを探すが、さっきまで立っていた場所にそ
「AYAKOはどこ？　AYAKOはどこなの？」

マッグローは近くにいたスタッフを怒鳴りつけた。

「何？　なんなの、この映像は！」

しかしスタッフは何も応えられず、ただ視線を泳がせている。

そのうち映像だけではなく、音声が入ってくる。会場内にまたどよめきが起こる。

『お集まりのみなさん、リー・ヨンソンです。ご心配をおかけしたようですが、この通り、私は無事です。本来ならそちらに伺うべき立場だったのですが、本日は事情があって日本へ向かっておりました。ただ、ご覧の通り、日本へ向かうことはできず、現在、タイランド湾の沖合で救命ボートに揺られております』

この辺りで会場内に拍手が起こる。会場内はリー・ヨンソンの映像を、そして無事を素直に歓迎している。

『……では、なぜ私が現在、こんな場所で救命ボートに乗っているのか説明させてください』

マッグローは血の気が引いた。思わずスピーチ台を摑む。それでも膝から力が抜け、しゃ

がみ込みそうになる。

「AYAKO……、どこなの？」

掠れた声しか出ない。

『私たちが乗っていたビジネスジェットは墜落しました。乗客たち全員で力を合わせて、なんとか海面に不時着したのです。墜落したのは機体の故障や不備のせいではありません。今、そこに立ち、おそらく白々しいスピーチをしているミス・マッグローの仕業です。今回のプロジェクトを独り占めするために、彼女が仕組んだ策略であります。……今、みなさんの前に立っているミス・マッグローは、私たちが乗る飛行機に電波障害を起こす機器を取り付けました。そのために機体は離陸後数十分で操縦不能となり、海へ墜落したのです。……そこに立っているミス・マッグローは私たちを殺そうとしたのです』

会場の客たちの視線をマッグローは感じた。ただ、まだそこには半信半疑の色があり、スクリーンで語られていることに対しての自分の返答を待っている。

マッグローは毅然とした態度で、客たちに向き直った。

「みなさん、今、ミスター・リー・ヨンソンはご覧の通り、大変混乱しています。おそらく彼が乗った飛行機が海上に不時着したのは間違いないと思われます。そのショックなのかどうか、私にも判断はつきかねますが、明らかに平常心を失っているのはみなさんにもお分かりになると思います。ここで私は改めて、ミスター・リーに、こう声をかけたいと思います」

マッグローはそう言うと、背後のスクリーンを見上げた。

「ミスター・リー。……本当に、無事で良かった。私が今、言えるのはそれだけです」

マッグローは感極まったように声を震わせた。

一瞬、静まり返った会場で、ゆっくりと拍手が起こり始める。客たちはマッグローを信じたようだった。

しかし、その次の瞬間、妙な雑音と共にスクリーンの映像が変わった。会場全体に雑音が響き、誰もが耳を押さえる。

乱れた映像のあと、そこに映し出されたのはマッグロー自身の顔だった。

「何、これ……」

映っているのは、普段使っている自社の執務室だった。これほどプライベートな映像を撮れるとすれば、身内に違いない。

その時、映像に映っている自分が喋り出した。

『そろそろよね?』

『ええ、そろそろです』とAYAKOの声が応える。

おそらくあの女が隠しカメラで撮影したのだ。

『リー・ヨンソンたちが乗ったジェットは、もう墜落してる？　それともまだ……』

マッグローは血の気が引いた。自分が話している相手はAYAKOだ。その時のこともはっきりと覚えている。

マッグローは顔面蒼白だった。

スクリーンでは、AYAKOとのやりとりが続いている。

『おそらく、たった今、墜落しようとしています』とAYAKOが応える。

『あなたって……もういいわ』

うんざりしたような自分の顔が映っている。早くAYAKOを退出させようと手を振っている。

しかしAYAKOは退出しない。

『この作戦にゴーサインを出したのは、あなたですよ』

『ええ、そうよ。指示を出したのは私。そして結果報告を受けるのも私。でも、その途中の生々しい瞬間は嫌いなの』

苛々した自分の顔が大写しになる。

ふと、AYAKOがつけていたネックレスが思い出された。とても美しいアンティークのデザインだったが、褒めるのが嫌で目を向けなかった。もしかすると、あれが隠しカメラだったのかもしれない。

そこまで考えた時、背中にとても冷たいものを感じた。

振り返ると、会場の雰囲気が明らかに変わっていた。

なかには露骨に嫌悪感を顔に浮かべている者もおり、このクラスの人たちの常で、問題が起こる前に退出してしまおうと、すでに会場をあとにする者もいた。

マッグローはゆっくりと会場を見渡した。まず探したのは専属の弁護士だった。今日、ここに招待していないのでいるわけがない。それでも探した。

おそらくリー・ヨンソンの証言に基づいて、自分は近日中に拘束される。

マッグローはゆっくりと壇上から下りようとした。その瞬間、こちらを見つめているAYAKOの姿があった。マッグローは客たちの冷たい視線を浴びながら、それでも会場の真ん中を堂々と歩いた。客たちが避けるように道を開け、その先にAYAKOが立っている。

マッグローはゆっくりと近づくと、「私に勝ったつもりでいるのかもしれないけど、あなたも共犯者よ」と無表情で告げた。

AYAKOはただ微笑んでいる。

「何か言いなさいよ！」とマッグローは怒鳴った。

「じゃあ、言うわ。……とっても楽しかった。ありがと」

エピローグ

車は土埃を巻き上げ、新疆ウイグル自治区のタクラマカン砂漠を走っている。

もう数時間走っているのに、まったく景色は変わらない。前後左右に広がるのは、無表情な砂の大地であり、風紋の砂丘だ。

しかし今になって、鷹野は気づく。砂漠の景色が、刻一刻と変わっていることを。

強い日に照らされた砂丘は、今にも眠りに落ちそうな赤ん坊に似ている。そして濃い影を孕んだ谷は、その赤ん坊をじっと見守る母親の顔に見える。

鷹野は助手席の窓を開けた。途端に砂を含んだ熱風が顔面を叩く。日差しは容赦なく、ジリジリと腕を灼く。

鷹野は冷えた水を一口飲んだ。飲んで初めて、ひどく喉が渇いていたことに気づく。

「どこまで連れていく気だよ？」

鷹野は呆れたように声をかけた。

この数時間、ハンドルを握っているリーとはほとんど言葉を交わしていない。

「慌てるなって」

車内に舞い込む砂に顔をしかめたリーがそう返す。

鷹野は数カ月ぶりにリーと再会していた。ビジネスジェットがタイランド湾沖に墜落した一連の出来事以来だった。

昨夜、キルギスのホテルで再会した時、リーはふと思い出したように、「ちょうどよかった。明日、お前に面白いものを見せてやるよ」と言った。

てっきりキルギスのどこかに連れていかれると鷹野は思った。しかし翌朝、リーが用意したヘリが向かったのは、ここ中国のタクラマカン砂漠だったのだ。

鷹野は改めて広大な砂漠を見渡した。もしも今、車のエンジンを切れば、おそらく砂丘を吹き抜ける風と、自分たちの心臓の音しか聞こえない。

「未だに墜落した時のことを夢に見るよ」

ふいにリーが口を開く。

「夢のなかで、俺たちは助かるのか？」と鷹野は笑った。

鷹野自身、あの墜落する時の感覚は、まるで生傷のように、記憶にではなく、はっきりと皮膚に残っている。あの時、もしも真司がロープを放していたら、おそらく海面に叩きつけられて即死だったはずだ。

あの時、なぜ自分が真司という見ず知らずの若者を信じようと思えたのか、鷹野は未だによく分からない。ただ、ロープを引こうと翼を蹴った時、間違いなく自分の命をあの真司に預けた。

鷹野は必死にロープを摑み、自分の体を引き上げた。真司もまた、口の端に泡を吹きながらロープを引いてくれた。体が機内へ転がり込んだのと、機体の腹が最初に海面に衝突したのがほとんど同時だった。

大きく跳ねた機体の床に、鷹野も真司も強く叩きつけられた。それでも必死にシートを摑み、互いの体を摑み、次から次に襲ってくる衝撃に耐えた。

生存の可能性はほぼなかった。しかし、天は鷹野たちに味方した。

だが、混乱はそこからだった。

機体はすぐに沈み始める。当然、救命ボートなどなかった。誰もが救命胴衣一つで、半分ほど沈んだ機体の翼に摑まっていた。救助が来るとは思えなかった。

パイロットを含め、操縦士たちも無事に機体の外へ出て、どれくらい波に揺られていただろうか。

いよいよ機体が後部から沈み出した。

機体が沈むと、灼熱の太陽が顔を炙《あぶ》った。その反対に、水に浸かった体からは体温が奪われていく。

最初に意識を失いかけたのはCAだった。真司がその体を支え、声をかけ続けていた。潮に流され、みんなが次第に離れていく。誰もが救助への期待を持ちながら、同時に周囲三百六十度が水平線のなかで、すでに絶望してもいた。

遠くから風に乗って汽笛が聞こえたのはその時だった。

それでも見渡す限り無だった世界に、一つ小さく動くものがあった。

誰もが祈るような思いで、遥か彼方の船を見つめた。

すると、その姿が徐々に大きくなってくる。鷹野たちは必死に手を振った。いくら振っても見える距離ではないが、それでも体を動かさずにはいられなかった。

幸運にも船は鷹野たちのもとへ来た。

そしてこの大型クルーザーのデッキに立っていたのが、デイビッド・キムだった。

「計算通りの墜落地点にいたんだぞ。お前らが無駄な抵抗をするから落ちる場所がズレたんだよ」

デッキの上で、デイビッドはそう言って笑っていた。

海に浮かんだまま、鷹野はリーに目を向けた。お前がデイビッドを呼んだのか、という問いだったが、リーは首を横に振る。

たしかにリーが墜落のことを知っているわけがない。

二人の様子に気づいたデイビッドが、ずぶ濡れのCAを抱え上げながら、「その答えなら、AYAKOだよ」と教える。

「AYAKO?」と鷹野は訊いた。

「ああ、そうだ。……やっぱり、あの女、ちょっとイカれてんだよ。お前らを殺そうとしたのもあの女なら、救ってくれと頼んできたのもあの女だ」

デイビッドが呆れたように笑う。

真相を知っても鷹野は不思議と腹が立たなかった。もうどっちが遊んで、どっちが遊ばれているのか分からなかった。


車は速度を変えずに走っていく。一本道のアスファルトが砂に埋まりかけている。タクラマカン砂漠の赤茶けた砂は熱い。

鷹野はずっと握っていたペットボトルの水を飲んだ。いつの間にかすっかりぬるくなっている。

一本道の先に、砂に埋もれそうな小さな集落が見えた。こんな場所にガソリンスタンドを囲んで、いくつかの建物が並んでいる。

「あのスタンドで少し休もう」

リーが更にアクセルを踏み込む。

「何があるんだよ？」と鷹野は訊いた。

「何があるか？　何もないよ。……給油ができて、別に美味くもない食堂で空腹を満たせるだけだ」

車はガソリンスタンドに入った。

水遊びをしていた半裸の男の子と女の子が走り寄ってきたかと思うと、鷹野がいる助手席の窓に水鉄砲を撃ち始めた。

鷹野は撃たれて死んだ真似をした。二人はそれがひどく嬉しかったようで、今度は車から降りたリーを追いかけ、その背中に水鉄砲を浴びせる。

リーは振り返り、面倒臭そうに子供たちを手で払う。払いながら、この辺りの言葉で、

「大人はいないのか？」と尋ねる。

その顔に二人は容赦なく水を浴びせている。

事務所から子供たちの父親らしい若い男が出てきて、給油の準備を始めた。

鷹野も車を降り、真っ青な空の下で精いっぱい体を伸ばした。

リーに手招きされて歩いていくと、隣に小さな食堂があった。いわゆるアメリカの田舎にあるダイナーのような作りだが、メニューには中華料理が並んでいる。男の女房らしい女が

聞いていたラジオのボリュームを上げる。中国の流行歌らしい。

リーは適当に二、三品の料理を注文すると、勝手に冷蔵庫から冷えたビールを二本出した。

「中尊寺が政界引退を表明したらしいよ。スクープを打ったのは九州新聞だ」

リーがそう言って、ビールを一気に飲む。

「みたいだな」と鷹野は応えた。

高度成長期から日本のエネルギー政策に絶大な力を持っていた中尊寺の政界引退は大きく報道された。

ただ、重鎮だった政治家らしく中尊寺自身が表に出てくることはなく、戦後日本のエネルギー政策の是非に関する通り一遍の報道が一段落すると、世間はあっという間に中尊寺という政治家を忘れてしまった。

「結局、ダムを爆破しようとした報いからは逃れられなかったってことだろうな」

リーがそう呟いて、またビールを呷る。

「……結局、真相を知っている大國首相が、中尊寺の首根っこを摑んだままだ。おそらく中尊寺の地盤も権益も、何もかもを、これから大國首相が吸い取っていくよ。当然、中尊寺は黙って言うなりになるしかない。もし逆らえば、ダム爆破の首謀者として逮捕され、余生を刑務所で暮らすことになる」

リーの話を聞きながら、鷹野は外へ目を向けた。砂埃をかぶった車に、子供たちがまた水鉄砲で水をかけている。

「……これで、大國首相はしばらく安泰だ。おそらくオリンピックまで、いや、もう数年、日本は彼の思うままだろうよ」

厨房からニラとキノコの炒めものが運ばれてくる。強い胡椒の香りが食欲を誘い、鷹野は待ち切れぬとばかりに箸で摘んだ。歯ごたえのある珍しいキノコだった。

鷹野は奥歯で嚙みしだきながら、「大國首相と同じように、お前もこれから安泰だな」と冷やかした。

しかしリーはくすりともせず、「中央アジアの水道事業はこれからが正念場だよ」と呟く。

「どうだ、うちの田岡はうまくやってるか？」

「田岡？　ああ、アジスと一緒に動いてるＡＮ通信の若い奴か？」

「あいつは俺が仕込んだ」

「だったら、お前はいい先輩だよ。アジスたちとの信頼関係も厚い。ＡＮ通信の代表として、そこそこ権限も持たせてもらってるらしい」

「あいつは俺が一から仕込んだんだよ」と鷹野はもう一度言った。

「そういえば、墜落した飛行機に乗ってた真司って奴な……」

　次に届けられた魚料理を頬張りながら、リーが思い出したように言う。

「真司か……、あいつがいなけりゃ、今ごろ俺たちはこいつらの餌だよ」と、鷹野は白身魚の身を箸で摘んだ。

「あいつ、今、うちにいるよ」

「お前のところに？」

「ああ、うちで使ってる。もちろん、あのままじゃ使いものにならないから、一から育て上げる」

「どうやって？」

「そんなの、俺たちが一番知ってるだろ」

「パリに送って、テーブルマナーから教え込むか？」

　鷹野の言葉に、リーが声を上げて笑う。

「そうだな。それもいい」

「ああ、あいつならやれるよ」

　鷹野は席を立つと、二本目のビールを勝手に運んできた。

　窓の外に目を向けると、砂漠に延びる一本道の遥か彼方から一台の車が走ってくるのが見えた。

そうとうなスピードを出しているらしく、砂煙を高く舞い上げているが、広大な砂漠の景色を乱すことはできない。

「それよりマッグローの『ロイヤル・ロンドン・グロース』はどうなった？」と鷹野は訊いた。

「ＲＬＧは……」

リーがなぜか店の外へ目を向ける。

「……今のところ、必死に抵抗してるが、俺のものになるのは時間の問題だよ。何しろ、俺が本気で告訴すれば、マッグローは殺人犯、それも飛行機を墜落させようとした張本人として、全てを奪われるからな」

リーがマッグローを生殺しにしていることは、鷹野もすでに知っていた。

パーティー会場のスクリーンで、リー・ヨンソンの無事が伝えられた際、誰もがマッグローの陰謀を信じた。しかしリーはその後の記者会見で、「マッグローの陰謀説は間違いだった。事故直後で頭が少し混乱していた」と説明した。

要するに、マッグローを生かすも殺すも自分の証言次第だということを、彼女に思い知らせたのだ。

現在、リーは合法的に『ロイヤル・ロンドン・グロース』の併合計画を進めている。ロンドンのベルグレイヴィア地区チェスタースクエアにある三十億円は下らない邸宅まで奪い取れるような契約にするつもりらしい。

鷹野は湯気を上げる饅頭《マントウ》を千切ると、香味油で揚げた白身魚を挟んで頬張った。饅頭はふかし立てらしく、たっぷりと汁が染みている。

「じゃあ、もう一人の殺人犯は？」と鷹野は訊いた。

「もう一人？」とリーが首を傾げる。

「マッグローと一緒に俺たちを殺そうとした共犯者がいたろ？」と、鷹野は苦笑する。

「ああ、その女なら……」

またリーが外へ目を向ける。

鷹野もつられて振り返った。さきほど遥か彼方にいた一台の車が、いつの間にかすぐそこまで来ていた。真っ赤なランボルギーニのウルスで、強い日差しにまるでルビーのように輝いている。

鷹野はガソリンスタンドに入ってくるその車を見つめていた。車が停まり、また子供たちが面白がって水鉄砲片手に近寄っていく。

鷹野はその辺りで気づいた。振り返り、「もしかして、その共犯者か？」と尋ねる。

リーがニヤリと笑う。

「あの一件以来、マッグローに追われてるって話だぞ」と鷹野は言った。

「ああ、マッグローが雇った傭兵にモロッコで殺されたって噂もある」

「でも……」

鷹野は立ち上がった。

真っ赤な車から、風に乱れる髪を押さえながら降り立ったのはAYAKOだった。車を降りたAYAKOが、眩しい砂漠をゆっくりと見渡す。少し日に灼けているようだった。

鷹野は店の外へ出た。

ドアが開くのに気づいたAYAKOが振り返る。

「生きてたのか?」と鷹野は声をかけた。

「あなたこそ、しぶといじゃない」とAYAKOが微笑む。

「マッグローに追われてるんだろ?」

「思ってたよりもしつこくて。でも、大丈夫。マッグローはもう終わった女だわ」

AYAKOがゆっくりと近づいてくる。高いヒールが砂に埋もれ、肉感的な歩き方になる。

「疲れ果てた逃亡者って感じでもないな」と鷹野は笑った。

「しばらくニースにいたのよ。ビーチで読書三昧。久しぶりにプルーストを読破したわ」

「呑気なもんだ」

「私、追いかけられるのには慣れてるから」

いつの間にか、背後にリーが立っており、「俺が呼んだんだよ」と声をかけてくる。

「面白いもの見せてくれるっていうから来たけど、こんなところまで呼びつけておいて大したものじゃなかったら許さないわよ」

言葉とは裏腹にAYAKOはすでにこのイベントを楽しんでいるようだった。

「そろそろ行こうか」

リーが腕時計を見る。

「ああ」と鷹野は頷いた。

当然のように、AYAKOは乗ってきた車の助手席へ回り込んでいく。

代わりに鷹野がウルスの運転席に乗った。

土煙を上げて走り出したリーの車を、鷹野は追った。舞い上がった土煙が風に流れ、黄色い砂漠にまっすぐな道が延びている。

リーが運転する車のスピードが落ちたのは十五分ほど走った時だった。車が何もない砂漠のなかにゆっくりと停まる。鷹野はブレーキを踏みながら、辺りを見渡した。

「こんな場所で、あいつ、何を見せようってんだろうな」

車からリーが降りてくる。そして車の屋根に飛び乗った。

鷹野とAYAKOも車を降りた。リーが手招きし、同じように車の上に早く乗れと言う。

まず鷹野が上り、AYAKOを引き上げた。

見渡す限りの砂漠だった。風が作った広大な砂丘は美しいが、それ以外には何もない。

「タイミングは完璧だよ」

リーが嬉しそうに微笑む。その時だった。リーが見つめている方角で、何か景色が動いた。日を浴びて眩しい砂漠の上を、キラキラと輝きながら何かが流れてくる。それは砂漠を舐めようとする大きな舌のようにも見える。

「川だよ。ここに川が出現するんだ」とリーが呟く。

「川？」と、声を上げたのはAYAKOだった。

AYAKOもまた徐々に近づいてくる何かを凝視している。

「夏の三カ月だけ、ここタクラマカン砂漠に出現するホータン川の始まりを、俺たちはたった今、見ているんだよ」

「川の始まり？」と今度は鷹野が訊いた。

水はもの凄い勢いで砂漠を走ってくる。まるで子供たちが楽しそうに駆けてくるように見える。

「この砂漠の向こうには六千メートル級の山々が連なる崑崙《クンルン》山脈がある。その氷河が解け出して、この砂漠に流れてくる。南から北へ、五百キロ。夏のたった三カ月だけ出現する大河、ホータン川だ」

水はあっという間に近づいてきた。細かった筋がいつの間にか大きく広がり、砂漠の色を変えていく。

「行くぞ！　ついてこい！」

リーが屋根から飛び下り、運転席に乗り込む。

「どこに？」

そう尋ねながらも、鷹野とAYAKOも自分たちの車に戻る。

「大河と競走だ！」

すでにリーの車は走り出している。濡れた砂をタイヤが巻き上げ、大河の始まりを追いかけていく。

「行こう！」と鷹野もAYAKOに叫んだ。

「どこまで？」

鷹野は砂漠の果て、地平線を見つめた。

どこにでも行ける……。そう思った。心からそう思えた。

この作品は二〇一八年五月小社より刊行されたものです。

本書はフィクションです。実在の人物・団体とは関係ありません。

ウォーターゲーム

吉田修一《よしだしゅういち》

令和2年8月10日　初版発行

発行人――石原正康
編集人――高部真人
発行所――株式会社幻冬舎
〒151-0051東京都渋谷区千駄ヶ谷4-9-7
電話　03(5411)6222(営業)
　　　03(5411)6211(編集)
　　　振替00120-8-767643

印刷・製本―図書印刷株式会社
装丁者――高橋雅之

幻冬舎文庫

ISBN978-4-344-43013-6　C0193　よ-7-4

幻冬舎ホームページアドレス　https://www.gentosha.co.jp/
この本に関するご意見・ご感想をメールでお寄せいただく場合は、comment@gentosha.co.jpまで。